KB235385

남자에게 여자는
무엇인가

남자에게 여자는 무엇인가

초판 1쇄 인쇄 | 2003년 5월 15일
초판 1쇄 발행 | 2003년 5월 17일

지은이 김종윤 | 펴낸이 김종윤 | 펴낸곳 자유지성사
출판등록번호 제2-1173호 (등록일자 1991년 5월 18일)
주소 서울특별시 종로구 청진동 11-6 삼선빌딩 202호(110-130)
전화 732-3472(대) | 팩스 732-3474
홈페이지 http://www.fibook.co.kr | E-mail fibook@kornet.net

ISBN 89-7997-169-9 (03810)

남자에게 여자는 무엇인가

김종윤 장편소설

자유지성사

1

"너는 어떤 꽃이 예뻐?"

주영이 물었다. 무슨 말이든 시작하기 전에 갸웃, 고개를 살짝 기울이는 민희를 볼 때마다 늘 궁금했던 질문이었다.

왜 그런지 알 수 없지만 가느다란 그녀 목선을 보면 저 여자는 어떤 꽃이 좋을까, 묻고 싶어지는 것이었다.

"옥매화!"

"옥매화? 그런 꽃도 있나?"

"옥매화는 굉장히 작은 꽃잎이 빽빽하게 뭉친 겹꽃이야. 참 촘촘하게 피어. 그런데 옥매화 꽃말이 뭔지 알아?"

민희가 물었다.

"뭔데?"

"영원한 사랑!"

"이름만 예쁜 게 아니라 꽃말도 근사한데. 민희 너하고 딱 어울리는 것 같아."

"그럼 주영 씨는?"

민희가 물었다.

"글쎄?"

주영은 잠깐 생각하는 표정을 짓다가 다시 민희를 보았다.

"나는 어떤 꽃하고 어울릴까? 아직까지 좋아하는 꽃이 없었는데 앞으로는 누가 무슨 꽃이 좋으냐고 물으면 꼭 그 꽃이라고 할 테니까 하나 만들어 주라."

"음, 등나무 같아."

민희가 얼른 대답했다.

"등나무? 보라색 꽃이 주렁주렁 매달린 그 꽃 말이야?"

"팔 뻗어 감싸안아 주고, 넘어질까 봐 받쳐 주고, 싸안아 주고, 잡아 주고."

"와, 근사한데."

"등나무들은 서로 서로 밀어 주고 끌어 주고, 하나로 뭉쳐서 꿋꿋하게 잘 살거든."

"좋다는 소리지?"

주영이 묻자 민희가 소리내어 웃었다.

"등나무 밑에는 늘 벤치가 놓이고, 사람들이 앉아 쉴 수 있는 쉼터가 생겨. 그만큼 모든 것을 포근하게 감싸주는 기분이 들게 하거든. 주영 씨는 나한테 꼭 등나무 같은 사람이야."

민희가 재빨리 주영 입술에 입술을 찍었다.

"뭐하는 거야?"

주영이 주변을 살피며 놀라 물었다.

"주영 씨 입술에서도 향기로운 꽃 냄새가 맡아지는 걸."

"그 꽃향기가 좋아?"

"그럼. 정말 향기로워서 꿀벌들이 가장 좋아하는 꽃이야. 어려서 배고프면 혼자 그 꽃을 따먹고는 했었어. 이렇게!"

민희는 그렇게 말하면서 다시 한번 쪽 소리나게 주영 입술을 더듬었다.

롤러 스케이트를 타고 가던 꼬마 한 명이 우뚝 걸음을 멈추고 주영과 민희를 바라보았다. 민희는 딴청을 부리며 입을 가리고 웃었다.

주영도 발로 장난을 치며 웃고 말했다.

"앞으로 누가 나더러 무슨 꽃이 좋으냐고 물으면 꼭 이렇게 대답해야지."

"어떻게?"

민희가 주영을 보았다.

"옥매화!"

"아까는 등나무가 좋다고 할 거라면서?"

"등나무는 두 번째로 좋아하는 꽃이야. 왜 그 꽃이 좋으냐고 또 물으면 내가 세상에서 가장 사랑하는 여자가 좋아하는 꽃이라서 그렇다고 대답할 거야."

"어휴, 이 능청!"

민희가 소리내어 웃으며 주영 팔을 때렸다. 주영은 재빨리 민희 손을 잡아 팔에 끼고는 어깨를 끌어당겼다.

"그럼 나는 등나무가 가장 좋다고 대답해야지."

민희가 주영 가슴에 기댄 채로 얼굴을 들었다.

"왜 그 꽃이 좋으냐고 물으면 나를 위해서 세상에 태어난 남자 한 명이 있는데, 나는 그 남자가 만들어 준 쉼터에서 쉴 때 가장 편안하고 행복했다고 대답할 거야."

"듣기 참 좋은데."

주영은 그녀 손을 꼭 쥐며 하늘을 올려다보았다.

흰 구름이 꽃처럼 뭉게뭉게 피어 있는 하늘로 새들이 부지런히 날고 있었다.

"인생에서 가장 행복할 때가 언제인지 알아?"

민희가 물었다. 주영은 대답 없이 그녀 얼굴을 보았다.

"누군가에게 사랑 받는다고 확신할 때."

"정말 그렇겠다."

"세상이 참 고마워. 예전에는 나를 태어나게 한 세상이 참 싫었는데, 이제는 아니야. 내가 이렇게 넘치는 사랑이나 행복을 받을 수 있을 만한 행동을 한 적이 없는 것 같은데 너무 넘치게 받고 있어서 불안할 때도 있어. 나는 뿌린 씨앗이 없는데, 왜 이렇게 많이 거두며 살까 생각하면 꼭 남의 것 도둑질한 기분까지 든다니까."

"그렇지 않아. 민희는 충분한 자격이 있어. 사랑도 그렇고, 행복도 그렇고. 오히려 내가 고마운 걸. 민희가 뿌린 씨앗이 너무 많아서 나까지 그 혜택을 받고 사는 것 같아서 말이야."

"……."

민희가 주영을 보았다. 맑은 눈 속이었다.

"앞으로 절대 너를 슬프게 하는 행동은 하지 않을 거야. 네가 행복만 느끼면서 살게 할 거야. 약속해."

주영이 먼저 새끼손가락을 내밀었다.

"나는 주영 씨를 믿어. 딱 한 가지만 빼고. 주영 씨가 날 배신하는 일은 절대 없을 테니까."

"딱 한 가지?"

주영이 의아해 물었다.

"죽음."

“죽음?”

“그렇지만 만약에 주영 씨가 나보다 먼저 죽는다면 나는 주영 씨가 나를 배신한 거라고 믿을 거야. 사랑하는 사람의 죽음만큼 큰 배신은 세상에 없다고 나는 생각해. 만약 그랬다가는 죽어도 용서하지 않겠어.”

그렇게 말하는 민희 눈에는 벌써 물기가 가득 고여 있었다.

“염려 마. 절대 그럴 일은 없을 테니까. 나더러 등나무라고 했잖아. 언제나 민희를 시원하게 해주고 편하게 쉬게 해주는 쉼터라면서.”

“두 말 하기 없기야.”

그때서야 민희는 방긋 웃으며 손가락을 걸었다.

2

정말 아름다운 여자였다. 특히 웃음이 예뻤다.

웃으면 잇새가 가지런해 마치 청초한 들꽃을 보는 듯한 인상을 풍겼다. 하얀 빛이 아름다운 들꽃 말이다.

그렇지만 주영이 민희 그녀를 사랑하게 된 데는 다른 까닭이 있었다. 예쁘다는 표현보다는 귀엽다는 표현이 어울림 직한 그녀의 마음 때문이었다. 얼굴, 마음, 어느 것도 버릴 것이 없는 여자, 민희가 바로 그런 여자였다.

그러나 정작 그녀는 자신이 왜 한 남자에게 그 많은 사랑을 받을 수 있는지, 그 까닭을 전혀 모르는 모양이었다.

"너는 정말 예뻐."

"피, 또 놀려. 나중에 주영 씨가 나한테서 애정이 사라진 뒤에도 그런 말을 할 수 있을까? 사랑에 빠지면 눈에 콩깍지가 낀다던데, 지금 혹시 그런 거 아닐까?"

이런 식이었다. 그리고 정말로 심각한 표정을 짓고는 했다.

"만약 주영 씨가 나 싫다고 도망치면 어쩌지? 세상에는 복병이 너무 많이 숨어 있잖아."

"복병? 누가 복병이야?"

"누구긴. 세상의 모든 여자들이지. 젊은 아가씨일수록 내 적이 될 텐데, 그걸 어떻게 싸워 이기지?"

"야, 그렇게 자신이 없어?"

"그러엄, 나는 늙어 갈 텐데, 한창 피어나는 아가씨들하고 어떻게 겨루냐고. 남자는 숟가락 들 힘만 있어도 딴 짓을 한다던데."

그녀는 정말 심각해 했다.

"인마, 내 미래를 걸고 약속하마. 나는 말이지, 세상에서 너만큼 예쁜 여잔 못 봤어. 아무리 아름다운 여자도 시간이 지나면 싫증이 나게 마련이지만, 너처럼 예쁜 여자는 늙어 갈수록 포근할 거야."

"정말?"

"그러엄. 인마, 법을 다루는 사람이 거짓말을 하겠냐?"

그때서야 그녀는 안도의 한숨을 내쉬고는 했다.

정말 그랬다. 주영에게 민희는 세상의 전부였다. 무엇과도 바꿀 수 없는 전부. 아니, 세상의 그 어느 것을 다 준다 해도 바꿀 수 없는 전부였다.

세상에는 기회란 여러 가지 방법으로 찾아오게 마련이었다. 재물, 출세, 명예 등등. 그러나 주영은 자신에게 주어진 기회란 민희를 만나, 새롭게 맞이하게 된 세상이라고 여겼다. 모든 고난, 절망, 슬픔을 뛰어넘은 자만이 가질 수 있는 기회. 그 기회란 바로 민희와의 만남이었다.

3

겨울은 너무도 길었다.

아직도 겨울이 끝나려면 아득해 보이기만 했다. 아침저녁으로는 맨발로 걷는 차가운 바람이 옷섶을 슬쩍슬쩍 건들고 지나갔다. 마지막 바람둥이처럼.

하지만 달력에는 춘분(春分)이라는 글씨가 선명하게 박혀 있었다.

봄은 아스팔트 위에서 피어 오르는 아지랑이나, 돌 틈에 끼여 피어나는 민들레로부터 시작되는 것이 아니었다. 절기를 알리는 달력의 글씨들이었다.

백화점 쇼 윈도의 마네킹도 밤새 두꺼운 옷을 벗어 버리고, 상큼한 봄옷으로 갈아입은 모양이다. 쇼 윈도에 서 있는 마네킹들의 옷차림에 눈이 부셨다.

그런데 그 상큼한 복장을 한 마네킹 옆에는 다른 마네킹이 하나씩 더 있었다.

'요리를 하는 교수님', '권투를 시작한 남편', '검도를 배우는 아내'.

근엄한 표정의 교수님은 풀을 빳빳하게 먹인 흰 모자에 하얀 요리
가운을 걸치고, 깔끔한 복장의 남편은 몸에 착 달라붙은 트레이닝복
에 빨간 글러브를 낀 채 샌드백 앞에서 포즈를 취하고, 얌전한 모습
의 아내는 까만 검도복 차림으로 당장 검을 내리칠 듯 기세 등등하
게 서 있고.

민희는 그 마네킹들 앞에서 햐, 연신 감탄을 하면서 벌어진 입을
다물 줄 몰랐다.

"인마, 입 속으로 바람 들어간다. 그만 입 좀 다물어라."

주영이 다가가 장난처럼 그녀의 입을 다물려 주어도 그녀는 마네
킹에서 눈을 떼지 않았다.

"정말 사람들 머리는 대단해. 어떻게 이런 재미있는 아이디어를
낼 수가 있지? 그냥 예쁜 옷만 입혀 놨음 사람들이 눈여겨볼 까닭이
없잖아. 검도 하는 아내? 너무 멋있다, 그치?"

미술을 전공한 그녀답게 이런 것 하나도 그냥 지나치지 못하는 것
은 그녀의 장점이자 단점이었다. 간혹 이렇게 마음에 드는 것이 있
으면, 그녀는 한 시간이고 두 시간이고 그 자리를 떠나질 않아 주영
을 화나게 하고는 했다.

"야, 민희야. 제발 좀 가자, 응?"

"잠깐만, 주영 씨. 저 옷 좀 구경하고."

주영이 보기에는 그렇게 길게 감탄할 만큼 대단한 것은 아닌 것
같은데, 그녀는 도대체 움직일 기미를 보이지 않았다.

"인마! 야, 이민희! 내 색시야!"

그때서야 민희는 주영을 쳐다보며 빙긋이 웃었다.

"다른 호칭은 늘 들어서 전혀 감동이 안 되는데 내 색시라는 호칭

은 너무 마음에 들었어. 법전만 들썩거려서 그렇게 멋있는 단어는
아예 모르는 사람인 줄 알았거든. 다시 한 번만 불러 줄래?”
 “너 나 놔두고 그럴 수가 있는 거야? 마치 나 놔두고 딴 남자한테
한눈 팔고 있는 것 같잖아. 이거 정말 자존심 상하네.”
 주영은 공연히 투정을 부려 본다.
 생각 같아서는 백화점으로 들어가 저 근사한 옷 한 벌을 척 사 주
고 싶은 마음 간절했다. 평생에 한 번밖에 못하는 결혼식이 아닌가.
사랑하는 여자에게 백화점에서 아주 근사한 옷 한 벌을 사 주고 싶
은 거야 모든 남자들의 바람일 것이다. 꼭 백화점이 아니라도 어깨
에 힘 좀 줄 만한, 비싸고 좋은 옷 말이다. 하지만 주머니 사정이 그
걸 용납하질 않았다.
 주영은 정말이지 민희에게 모든 것을 다 해주고 싶었다. 민희가
누군가. 인간은 평생 세 번의 기회를 얻는다지만, 진정한 사랑을 얻
는 것은 단 한 번밖에 없다는 것이 주영의 생각이었다. 만약 그녀가
없었다면 코피 흘려 가며 고시에 매달릴 엄두도 못 냈을 것이고, 그
녀가 없었다면 아버지의 동물 우리 같은 집을 탈출하기도 어려웠으
리라.
 다시 버스를 타고 동대문 쪽으로 가면서 주영은 그녀의 손을 자신
의 주머니에 쑤셔 넣었다.
 “왜?”
 그녀가 물었다.
 “그냥, 좋아서.”
 주영은 딴청을 피우며 따뜻한 그녀의 손을 꼬옥 쥐었다.
 “나중에 민희가 파파 할머니로 변해도 이 손은 여전히 이렇게 예
쁠 것 같단 말야.”

"마치 내 손만 예쁘고 다른 데는 하나도 안 예쁘다는 말 같잖아. 정말 그래?"

그녀가 샐쭉해져서 물었다.

"손만 예쁜 건 아냐."

"그럼?"

민희는 눈빛을 빛내며 주영을 바라보았다. 주영은 슬그머니 딴청을 피우며 휘파람을 불 듯이 말했다.

"발가락도 예뻐."

그러다가 자신도 모르게 아야! 비명을 지르고 말았다. 주머니에 같이 들어 있던 민희의 손가락이 주영의 손등을 호되게 꼬집었던 것이다. 사람들의 시선이 한꺼번에 이리로 쏠리고 있었다. 그러거나 말거나, 그녀는 시치미를 딱 떼고 딴청이었다.

"주머니에 누가 웬 가재 발을 넣었지? 아휴, 진짜 아프다."

엄살을 피우며 손을 빼내려 했지만 민희는 더 세게 주영의 손을 붙들고 있었다. 그러고는 곱게 눈을 흘겼다.

"나는 뭐 주영 씨가 엄청 예쁘다고 생각하는 줄 아나? 흥!"

주영은 샐쭉해진 그녀를 향해 몰래 혀를 날름해 보이다가 얼른 입 속으로 감추었다. 다시 그녀가 도끼눈으로 이쪽을 바라보았던 것이다.

동대문 시장은 생각보다 덜 붐볐다. 그러나 질척거리는 시장 바닥을 지나서 광장 시장에 도착했을 때, 두 사람은 온통 흙범벅이 된 신발 때문에 잠깐 난감해 하지 않을 수 없었다.

"그러니까 나중에 드레스 입고 결혼식 하자고 했잖아. 이게 뭐야."

민희가 투덜거렸다.

"인마, 너는 드레스보다 한복을 입어야 폼이 난다니까."
"내가 왜 한복파야? 근사한 드레스가 어울리지. 예쁜 백설공주처럼 드레스 입고 시집가고 싶었단 말야."
"아냐, 인마. 너는 콩쥐처럼 차분한 한복이 제격이야."
"피, 누가 모를 줄 알고. 내년까지 결혼식 미루면 내가 도망칠까봐 그러지?"
"천만에. 나는 약속을 지키는 거라구. 연수 끝나면 너한테 선물 주기로 했잖아. 결혼식 선물 말야."
둘은 층계를 올라가면서 계속 떠들어댔다. 서로 마음에 감춰진 아픔을 그렇게 표현하고 있는 것이었다. 남자와 여자에게 결혼이란 가장 역사적인 사건이 아닌가. 하지만 누구에게도 환영받지 못할 결혼식을 해야 하는 것이다. 먼 훗날 행복이 해당화 꽃처럼 활짝 피어 두 사람을 맞아 주리라는 확신이 있더라도, 축복받지 못한 결혼은 슬플 수밖에 없을 터였다.
이층 매장에는 현란한 색깔의 옷감들이 형형색색으로 요란스러웠다. 그리고 백열등이 꽃처럼 여기저기 피어 있었다.
사람들은 별로 없었다.
"뭘 찾으세요?"
두리번대는 두 사람을 향해 한복 차림의 여인이 아는 체를 해 왔다.
"한복이요."
주영이 얼빠진 표정으로 두리번대는 민희 대신에 대답을 했다.
"아, 혼수 하실 모양이죠?"
"아, 네. 결혼식 할 때 입을 겁니다."
주영은 결혼식이란 말에 힘을 주었다. 그러나 민희는 그 곁에 가만히 서 있기만 했다. 마치 잔뜩 주눅이 든 어린아이 같았다.

"예단은 어떻게 하기로 하셨어요?"

여인은 한복 천을 끄집어내면서 얼른 이렇게 물었다. 예단이라는 말이 무엇을 의미하는 것인지 모르는 사람처럼 두 사람은 가만히 서 있었다.

"친정 부모님이랑 시부모님께 한복 한 벌씩을 해 드려야죠."

"친정이요?"

민희가 바보처럼 여인의 말을 되받았다. 그게 보기 싫어서 주영은 거칠게 그녀의 팔을 이끌고 밖으로 나와 버렸다.

"왜 그래?"

민희가 놀라 물었다.

"네가 너무 바보 같아 화가 나서 그런다, 왜?"

민희도 지지 않고 주영의 말을 맞받았다.

"꼭 이렇게 해야 돼? 부모님이 안 계신 것도 아닌데. 왜 고아처럼 결혼을 해야 해?"

그녀의 음성에는 어느새 물기가 고여 있었다. 며칠 동안 내내 두 사람이 실랑이를 벌였던 것도 바로 이 문제였다. 꼭 이렇게 해야 되느냐는.

"말했지? 우리가 결혼해서 아이 낳고 잘살고 있으면 부모님도 그때는 어쩔 수 없이 인정하실 수밖에 없다고."

주영은 그녀의 손을 잡아 주었다.

"괜한 고집 피워서 나 계속 피곤하게 할 거야?"

"알았어. 주영 씨 말대로 할게."

그녀는 금방 환한 얼굴이 되었다. 그러나 주영의 마음은 전혀 풀리질 않았다. 그녀가 그렇게 환한 웃음을 지을 때, 어떤 심정인지 누구보다 잘 알기 때문이었다.

그러나 그녀 내면에 그림자처럼 드리워진 어둠은 이제 끝이었다. 환한 그녀의 웃음처럼 밝게 빛날 미래가 기다릴 뿐이다. 주영은 이런 생각을 하며 자신을 타일렀다.

그녀는 오로지 주영만을 위해 태어난 여자 같았다. 화가의 꿈을 접어 버리고 교사 자리를 선택했던 것도 주영의 뒷바라지를 위해서였고, 어디 여행 한 번 못 다녔던 것도 모두 주영의 하루 밥 세 끼를 챙겨 줘야 한다는 사실 때문이었다. 주영 혼자서 할 수 있다고, 염려 말고 스케치 여행이라도 다녀오라고 아무리 말해도 소용이 없었다.

"나도 주영 씨 위해서 뭔가 해둬야 나중에 덜 미안하지. 시험에 붙으면 아, 고생한 보람이 있네, 혼자서라도 위안을 삼고 싶으니까."

그녀는 늘 그런 식이었다. 시험이라는 말을 끄집어낼 때면 그녀의 표정은 너무도 진지했다. 그럴 경우 절대로 안된다는 말은 입에 올리지도 않았다. 그녀는 주술처럼 시험에 붙으면, 이라는 말에 힘을 주고는 했던 것이다.

그런 그녀에게 부모님의 요구는 너무도 커다란 상처일 수밖에 없었다.

어머니가 찾아와 떠날 것을 요구하며 돈 봉투를 내놓고 간 뒤, 그녀는 시체처럼 말했다.

"내가 생각해도 부모님 말씀이 옳아. 주영 씨는 할 일이 많은 사람인데, 난 도와줄 능력이 아무것도 없잖아."

그녀는 울고 있었다. 자신의 가난한 환경과 조실부모한 불우한 처지와 한 남자를 사랑하면서도 헤어져야만 한다는 현실 때문에, 그녀는 어깨를 떨어 가며 울었다.

"나는 죽어서도 네 곁에 있을 거야. 난 네가 내 옆에 있는 것만으로도 무지무지 행복해. 죽어서라도 나는 네 곁에 있을 거야.”

주영은 그때 이렇게 말해 주었다. 죽더라도 네 곁에 있어 주마고.

죽어서라도 네 곁에 있을 거야, 그 말을 하면서 주영은 어린 시절, 아주 어린 시절에 한 잎 꽃처럼 홀홀 떠나간 한 소녀의 얼굴을 또렷이 떠올리고 있었다.

얼굴이 동그랗고, 얼굴만큼이나 눈과 입도 동그란 아이. 그러나 봉숭아 꽃잎을 닮았다는 느낌과는 달리 언제나 얼굴에 핏기가 없던 그 애.

대학 1학년 때 첫 미팅에서 민희를 보았을 때, 그 애의 넋이 새보다 더 빠르게 바람보다 더 빠르게 날아와 저기 앉아 있는 듯만 싶어 주영은 자신도 모르게 소리를 지르고 말았다.

“어, 정화야! 너, 너 어떻게…….”

자신을 구하려다 물살에 떠밀려 간 정화, 그 애가 거기 앉아 기다리고 있었다. 참으로 알 수 없는 일이었다. 죽은 정화와 민희가 닮은 구석은 키가 조금 작다는 것과 눈이 동그랗다는 것, 그리고 선한 인상을 갖고 있다는 것 정도였다. 그런데도 그날 주영은 죽은 정화 넋이 민희의 얼굴과 몸을 빌려 자신에게로 다가왔다고 예감했다. 그 예감은 이내 사랑으로 탈바꿈되었고, 어느 순간부터는 하루라도 그녀를 보지 않으면 보고 싶어서 견딜 수가 없었다.

주영이 부모님 앞에서 민희를 선택하는 대신 두 분 도움을 전혀 받지 않겠다고 선언했을 때, 어머니는 놀란 눈으로 물었다.

“주영아, 세상에 여자가 한둘이 있는 것도 아니고 어떻게 그럴 수가 있지? 대체 네가 뭐가 모자라서 그런 의지할 곳 없는 고아하고 결혼을 하겠다는 거야? 어디 네 말 좀 들어 보자. 네가 날 설득하면 너희들 결혼식 올려 주자고 아버지한테 말씀드리마.”

하지만 주영은 한 마디도 할 수가 없었다. 자기 때문에 죽어 간 정화, 그 애 때문에 그 여자를 사랑하기 시작했다고 말한다면 어머니는 무슨 얼굴을 해 보일까.

정화는 어머니가 김 서방이라고 부르던 사람의 딸이었다. 주영은 아제라고 불렀지만, 김 서방은 어머니와 아버지를 먼발치에서만 봐도 무릎을 꿇을 정도로 충실한 하인에 지나지 않았다.

할머니가 시집올 때 가마를 메고 따라왔다가, 지금의 정화 어머니와 결혼해 아예 그곳에 머물며 주영 집안의 허드렛일을 도맡아 했던 사람이었다.

그런 집의 딸과 주영이 가까이 지내고 있다는 것을 알게 된 어머니는 하늘이 뒤집힐 듯 소란을 피워댔다.

"세상에, 어떻게 그런 일이 벌어질 수가 있다는 거냐? 어떻게 그런 상것의 딸하고 가까이 지낼 수가 있지?"

남에게 절대 목청 한 번 높이는 일 없이 늘 잔잔한 미소만을 띠던 어머니의 입에서 막말이 나올 때, 주영은 마치 세상을 온통 잃어버린 것만 같았다.

다행스러운 것은 아버지가 그 사실을 알고서도 아무 내색도 하지 않았다는 점이다.

어머니는 아제를 불러들여 그 애를 절대 집 밖으로 나오지 못하게 하라고 시켰고, 방학 때마다 고향에 다니러 가던 주영에게 다시는 발걸음도 하지 말라고 못을 박았다.

고등 학교 1학년 때였다. 그리고 정화는 중학교 3학년이었다. 주영은 틈만 나면 시골로 내려가 그 애를 만났다. 토요일이면 교묘하게 선생님의 눈을 피해 고향행 기차에 올랐고, 그리고 학교 교문 앞에 서서 정화를 기다리고는 했다.

그러나 지금 생각해도 후회스러운 것은 자신의 행동이었다. 정말 그 애가 그렇게 좋아서 그랬을까. 그때는 그 애가 좋다는 생각과 부모님에 대한 반항이 엇갈려 있어 어느 것이 옳은 것인지 전혀 판단할 수가 없었다.

겉으로는 교양과 품위가 가득한 어머니의 얼굴과 자수 성가한 사람답게 배타적인 성격의 아버지를 향한 반항. 그런 것들이 견딜 수가 없었고, 그 얼굴에 모래를 끼얹는 심정으로 정화를 찾았던 것이다.

그리고 그 해 여름 방학 때 정화는 물살에 떠밀려 죽고 말았다. 발을 헛디뎌 물 속에 처박힌 주영을 구하고. 저수지에 나갔다가 장난삼아 무너진 흙을 밟았을 뿐인데 어어, 하는 소리도 미처 내지르기 전에 물에 빠져 들었고, 정화는 무조건 주영을 구하기 위해 물 속에 뛰어들었다가 소용돌이에 휘말리고 말았다.

그 애가 죽은 뒤에서야 주영은 그 애가 얼마나 소중했는지 비로소 알았다. 그녀는 주영을 위해 나타난 천사였고 선녀였다. 그녀가 사라진 세상은 더 이상 아름답지도 밝지도 않았다.

단 하루도 정화를 잊은 적이 없었다. 그리고 철없던 어린 시절에 무슨 주술처럼 말해 주었던 그 애의 말, 죽어서라도 네 곁에 있을 거야, 그 말을 늘 기억했다. 그렇게 죽은 정화의 그림자가 곁에 있다는 생각으로 지낸 세월이었다. 그러다 민희를 만났다. 기적처럼.

얼레지 무늬가 잔잔하게 그려진 연분홍빛 실크로 한복을 맞춘 민희의 기분은 처음보다 많이 밝아져 있었다.

"계속 그렇게 행복한 표정만 짓게 해 줄게. 절대 불행한 얼굴은 짓지 않게 해 주겠어."

주영은 민희의 손을 꼭 잡아 주었다. 이 작은 손에 행복만 가득 채워 줄 생각이었다. 언제나 새처럼 밝은 음성으로 재재재 세상을 노래하며 살게 할 생각이었다.

예물은 금가락지 하나씩을 나눠 끼는 것으로 만족하기로 했다. 그 반지는 민희의 선배 되는 윤인수가 결혼 선물로 준 것이었다.

"두 사람이 나눠 가지면 훨씬 더 행복해질 것 같아서 말이지."

그 선배는 자신이 너무 지나친 행동을 하는 것 아니냐며 쑥쓰러워했다. 그러나 주영은 그 선배의 말을 너무도 잘 이해할 수 있었다. 신문사와 백화점을 경영하는 지방 유지의 외아들. 어디 그뿐인가, 당당하게 사법 고시에 패스해 머잖아 검사로 임용될 청년과 가난하고 사고무친한 여자의 만남을 누구든 그렇게 불안하게 보리라.

민희는 동대문 시장을 두 바퀴나 돌면서 이것저것 구경하느라 정신이 없었다. 마치 처음 시장 구경을 나온 아이처럼 들떠 있기까지 했다.

"민희야, 언제까지 뺑뺑이 돌릴 참이냐? 그만 좀 집에 가자."

사실은 다리가 조금도 아프지 않았지만 주영은 투정처럼 이렇게 말했다. 눈빛을 빛내며 여기저기 기웃거리는 그녀 모습이 너무도 천진스러웠고, 사랑스러웠던 것이다. 그녀가 그렇게 느긋하게 어슬렁거리는 모습을 본 것도 처음이었다.

주영이 대학을 졸업하고 대학원에 진학하기 직전부터, 그녀는 자신의 생활을 고스란히 포기한 채 살아야만 했다.

주영이 부모님이 사 준 아파트에서 나와 민희 자취방으로 옮긴 것도 그 무렵이었다. 부모님은 주영이 민희와 만난다면 한푼도 줄 수 없다고 했다.

그 속에 숨은 뜻이 무엇인지, 주영은 너무도 잘 알았다. 돈을 한푼도 주지 않으면 민희가 떨어져 나가리라는 계산속이었다. 결국 부모

22

님은 민희가 주영을 붙잡는 것은 집안의 돈 때문이라고 여겼던 것이
다.

그 뒤 주영은 집에서 보내 온 돈을 한푼도 쓰지 않았다. 고스란히
되돌려 보냈다.

고생만 하는 민희에게 미안한 것도 사실이었지만, 그 빚은 나중에
직장을 잡은 뒤에 얼마든지 갚을 수 있었다.

그렇지만 집에서 보내 준 돈을 쓸 경우에는 이야기가 달랐다. 만
약 그렇게 되면 민희가 설 자리는 영영 찾을 수가 없으리라는 것이
주영의 생각이었던 것이다.

하지만 생각과는 달리, 민희가 벌어 오는 돈으로 학비를 하고 생
활비를 쓰며 살기란 생각보다 쉬운 일이 아니었다. 길들여진 식성이
워낙 까다로운 주영 때문에 민희는 두 배로 더 힘들 수밖에 없었다.

두부를 사더라도 반 모만을 사고 시금치 한 잎도 버리지 않고 알
뜰하게 챙기는 민희를 보면서, 주영은 비로소 가난이 뭔가를 알 수
있었다. 차비가 없어서 학교까지 걸어가고, 철이 바뀌어도 여전히
묵은 계절의 옷을 걸치고 다녀야 하고, 기침 감기가 들면 약보다는
파뿌리나 생강 따위를 끓여 먹고, 수돗물을 아낀다며 밤새 졸졸 물
이 나오도록 수도꼭지를 조절하고.

약보다는 그런 자연 식품이 훨씬 몸에 유익하다고 할 수도 있겠지
만, 돈이 없어서 그런 경우에는 얘기가 달랐다.

그게 가난이었다. 그러나 가난은 불편하기는 해도 불행한 것은 결
코 아님을 주영은 배웠다. 한 번도 가난해 보지 못했기 때문에, 없는
사람의 아픔을 조금도 헤아릴 줄 모르는 부모님이 오히려 가엾을 정
도였다.

부모님 신세를 지고 살 때는 남의 어려움이나 아픔을 전혀 알지

못했다. 철거민들이 밤낮을 가리지 않고 데모를 하고 목숨을 끊는 사건을 대할 때면, 오히려 그런 그들을 비난했다. 마치 남의 몫의 가난을 억울하게 대신 짊어지고 있는 듯한 그들의 행동을 이해할 수 없었기 때문이다. 가난은 분명히 그들의 몫일 따름이었다. 적어도 그 무렵의 주영에게는.

그러나 민희 곁에서 배운 가난은 남의 아픔과 슬픔도 같이 배우게 해 주었다. 가난이 얼마나 슬픈 것인지도 알았고, 부자는 돈이 돈을 벌어다 주지만 가난한 사람은 새벽부터 뛰어도 쥐꼬리만한 봉급밖에 손에 쥘 것이 없다는 것도 알았다.

주영이 상념에 빠져 있는 동안 그녀는 어느새 생선 가게로 옮겨가 있었다.

"이거 좀 봐. 굉장히 징그럽다."

그녀는 생선 가게 앞에서 걸음을 멈추고 게불을 살폈다. 보기만 해도 징그러워 보이는데, 그녀는 징그럽다는 말을 하면서도 손가락으로 톡톡 쳐 보기까지 했다.

그녀는 딸기 한 근과 생선회 한 접시, 그리고 냉이와 오이 천 원어치를 샀다. 모두 주영을 위해서였다. 민희는 자신의 입에 넣기 위해 비싼 딸기를 사거나 생선회를 사진 않는다. 모두 아직도 길들여지지 않은 주영의 입을 위해서 산 것들이었다. 그럴 필요 없다고 한사코 말려도 소용이 없었다.

"나중에 돈 많이 벌어서 이딴 거 실컷 먹게 된다고 해도 지금처럼 맛있지는 않을 것 같잖아. 나는 지금 우리의 가난을 즐기고 있는 거란 말야."

가난을 즐길 줄 아는 여자. 그런 여자 앞에서는 어떤 불행도 불행이 될 수 없었다. 오히려 행복의 길로 갈 수 있는 하나의 기회일 뿐이었다.

　주영은 민희가 한눈을 파는 사이 꽃가게로 가서 노란 장미 열 송이를 샀다. 아직 몽우리가 터지지 않은 꽃은 너무도 아름답고 고왔다.

　"어머나!"

꽃을 불쑥 내밀자 그녀는 비명처럼 소리를 질렀다. 그러나 이내 아까운 표정을 지으며 이거 얼마야? 하고 물어 왔다. 주영은 손가락 열 개를 활짝 펼쳐 보였다.

　"만 원!"

　"아니."

　"그럼 천 원?"

　"인마, 장미 한 다발에 천 원이 어딨어?"

　"그럼 십만 원?"

　"아니."

　"그럼 대체 얼마라는 거야? 말해 봐, 응?"

그녀가 애교스럽게 물어 왔다.

　"아니, 이만큼!"

주영은 팔을 크게 벌려 원을 그려 보였다.

　"인마, 그 꽃은 돈으로 계산할 수 없을 만큼 비싼 거야. 내가 이 세상에서 가장 사랑하는 여자에게 가장 사랑하는 마음을 담은 꽃이니까."

　그녀는 금방 고개를 숙였다. 눈물 많은 민희를 또 한 번 울린 모양이었다.

　"정말 향기 좋다. 고마워."

민희는 붉어진 눈시울로 주영을 쳐다보았다.

"그래, 우리 나중에 돈 많이 벌어서 호강하고 살자는 말은 하지 말자. 이렇게 가난하게 살아도 우린 참 많이 부자니까."

주영은 그녀의 어깨를 포근하게 감싸 안았다. 마른 그녀의 어깨는 너무도 안쓰럽기만 했다. 자신을 공부시키기 위해 낙타처럼 무거운 짐을 얹고 사막 같은 세상을 견뎌 낸 어깨였다.

하지만 그동안 주영을 무엇보다 가슴 아프게 한 것은 그녀의 유산이었다. 고시에 패스하기 이태 전의 일이었다.

모두 그녀 혼자서 치러 낸 일들이었다. 그녀가 주영을 잠깐 떠난 적이 있었다. 그때 자연 유산을 했던 것이다.

말하지 않아도 그녀가 왜 주영의 곁을 떠났고, 그런 불행을 겪어야 했는지 누구보다 잘 알고 있으면서도, 주영은 치밀어 오르는 화를 견디느라 애를 먹어야 했다.

그 사실을 어떻게 알았는지, 찾아온 어머니는 참으로 다행이라는 말을 두 번씩이나 입에 담았다.

"그런 근본 없는 여자 몸에서 자식 얻을 생각 아예 말아라. 강아지도 근본을 따져서 사고 파는데, 하물며 인간 아니냐. 정신이 다 아찔하구나. 너도 지금 젊은 기분에 그러고 있는 것이지, 나중에 철들고 세상 물정 알면 이 에미가 틀린 말 한 마디도 안 했다는 걸 알게 될 게다. 속는 셈치고 엄마 말 한 마디만 실천해 다오. 절대 아이는 낳지 않게 해라. 집안이 시끄러워지는 것은 물론이고 네 출세에 지장 생긴다. 세상에 쌔고 쌘 게 여자야. 내 말 알아듣겠니?"

인간으로 태어나 같은 인간을 평가하는 데 그토록 비열할 수 있다는 것이 놀라울 따름이었다. 그 순간 주영이 바라본 어머니의 얼굴은 파충류로밖에는 여겨지지 않았다. 인간을 닮은 파충류.

그 뒤, 주영은 두 번 다시 집으로 연락을 하지 않았다. 오히려 주영이 시험에 합격하고 연수원에 들어가고 검사 발령을 받았다는 사실들을 편지로 적어 보낸 것은 민희 자신이었다.

"부모님이잖아. 부모는 누구든 자식이 못되길 바라진 않아. 주영 씬 부모님이 다 계셔서 부모가 얼마나 소중한 보물인지 모르고 있는 거야. 두 분이 날 미워하는 건 내가 아니라 가난이겠지. 날 미워하는 게 아닌데 주영 씨 기쁜 소식을 전해 드리는 건 당연한 일이잖아."

이렇게 말하는 그녀 앞에서 주영은 말문이 막혔다.

"난 말이지, 일찍 부모님이 돌아가셔서 그런지, 아니면 너무 어렵게만 살아서 그런지 내 눈앞에 보이지 않는 것은 그다지 인정하지 않아. 작고 볼품없더라도 내 눈앞에 있는 것을 소중하게 여길 뿐이지. 화려한 화원의 꽃보다는 돌 틈에 핀 민들레나 제비꽃이 훨씬 예쁜 거 있지. 후훗, 그 중에서도 주영 씨는 내게 너무 소중한 보물이야. 알지?"

만약 부모님이 이런 말을 들었다면 뭐라고 할 것인가.

"보물은 보물이지. 널 잡은 것이 얼마나 큰 행운인데. 한마디로 신데렐라가 따로 없지."

충분히 그러고도 남을 부모님이었다. 그런 부모님한테 어떤 배려나 이해를 바라기란 너무도 불가능한 일이었다.

하지만 민희는 세상을 사랑하는 방법을 알고 있었다. 내가 조금 손해 보면 남이 편안하고, 결국은 그 조그만 손해는 행복으로 다가옴을 알고 있었다.

가난이 바로 그런 것이었다. 쇠고기 대신 두부 조림이나 나물 먹으면서, 비싼 백화점 옷 대신 시장 바닥의 싼 옷을 사 입으면서, 대신 가슴은 부자가 되는 것이었다. 남을 이해하고, 남의 아픔을 안아 줄 줄 알고, 사랑할 줄 아는.

4

제　목 : 들꽃 결혼식
주인공 : 박주영과 이민희
일　시 : 4월 3일 일요일 오후 2시
장　소 : 학교 호숫가

무슨 연극 포스터 같은 청첩장이었다. 겨우 열 장을 인쇄해 가까운 친구들에게만 돌렸다. 학교 호숫가로 장소를 선택한 것은 민희의 뜻이었다.

"그 시간이면 제일 한가하거든. 조금 쌀쌀하기는 하지만 그 옆에 매점이 있어서 식사도 할 수 있고."

듣기에 따라선 하객으로 온 친구들에게 라면이라도 먹일 수 있는 장소로 그곳을 선택했다고 할 수도 있었지만, 아니었다.

결혼식을 앞두고 주영이 부모님을 만날 결심을 한 것도 민희의 그런 마음 때문이었다. 그녀는 자신 때문에 부모와 발걸음조차 끊고 사는 주영에게 너무도 미안해, 사과하는 마음으로 조용히 치를 생각이었을 것이다.

집에 다니러 갈 수밖에 없는 또 다른 일도 있었다. 미국에서 살던 누이가 이혼을 했고, 아버지가 몹시 편찮으시다는 어머니의 연락을 받았던 것이다. 누이 소영의 이혼 소식 때문에 충격을 받을 아버지는 아니었지만, 어쨌든 한 번은 다녀와야 할 것 같았다.

"내가 그 자식이 그럴 줄 알았다. 단물 다 빼먹고 뱉어 버릴 줄 알았어."

분노 때문에 송수화기를 타고 흐르는 어머니 음성은 부들부들 떨리고 있었다.

미국 유학을 갔다가 그곳에서 가난한 고학생을 만났고, 그리고 부모의 반대 때문에 한동안 한국에 나오지 못했던 누이였다.

몇 년 전 한국에 처음 나왔을 때 누이는 어딘지 모르게 위축된 몰골이었고, 매형 승태 또한 물 위의 기름처럼 겉돌기만 했다.

주영이 기억하는 승태의 모습은 한 가지밖에 없었다. 술을 마시고 그는 자조적인 음성으로 뇌까렸다.

"내가 왜 이렇게 초라하게 살아야 하지?"

어렵사리 공부해 이제는 병원을 개업하고 있었지만, 그는 자신을 초라하다고 표현했다.

그가 말한 초라함이 무엇일까, 주영은 한동안 생각했다. 그리고 나중에서야 그가 자신의 결혼을 후회하고 있는 것은 아닐까, 염려했다.

소영은 어떤 마음 자세로 결혼을 했건 절대 자신을 굽히지 않았을 것이고, 둘은 여전히 보이지 않는 벽에 가려져 살았을 터였다.

결국 그 둘의 이혼은 처음부터 예견되어 있었다고 해도 무리는 아니었다. 하지만 그 충격으로 아버지가 쓰러졌다는 소식에는 여간 당혹스러운 것이 아니었다. 아버진 자식의 이혼 사실 때문에 나자빠질 만큼 나약하지도, 살가운 사람도 아니었다.

민희는 학교에 출근하고 없었다. 주영은 학교로 전화를 걸어 민희를 찾았다.

"여기저기 볼일이 많아서 좀 늦겠어. 출근하려면 준비해야 되는 서류가 많거든."

주영은 대충 둘러댔다. 그녀에게 집안의 문제를 한 가지도 알릴 수 없다는 것이 너무 답답했지만, 아직은 때가 아니었다.

"날씨 차가우니까 옷 얇게 입지 마. 신랑이 감기 걸려서 훌쩍거리면 우습잖아."

그녀는 소녀처럼 들뜬 목소리로 종알거렸다. 그리고 빠르게 덧붙였다.

"언제쯤 돌아와?"

"글쎄, 일이 끝나면 빨리 오고 늦으면 늦게 오고. 당연한 거 아냐?"

"에게, 무슨 대답이 그래?"

"인마, 그럼 일도 안 끝났는데 들어오란 말야? 안 그래도 친구 놈들이 민희 치마폭에 폭 빠졌다고 놀리는데."

"나 퇴근하면 늘 주영 씨가 기다렸는데, 오늘은 없을 거라고 생각하니까 갑자기 허전하잖아. 그런데 어디 어디 갈 거야?"

그녀는 지나가는 말처럼 건성으로 물어 왔다. 그러나 정작 그녀가 묻고 싶은 말은 따로 있을 것이다. 부모님께 끝내 연락하지 않을 거냐고.

평일이어서 기차 안은 한가한 편이었지만 주영의 마음은 조금도 편하질 못했다. 뭘 기대하고 길을 나선 걸음도 아니면서 가슴까지 뛰었다.

아무리 자식된 도리라고 해도 부모님께 결혼 사실을 알려야 한다는 생각은 없었다. 그렇지만 민희를 제 아내로 맞아들입니다, 하는 정도의 통보는 해 두어야 옳았다. 민희를 며느리로 인정하건 안 하건, 그건 주영의 몫이 아니었다. 다만 민희가 주영 자신의 아내가 된다는 사실만은 분명히 밝히고 싶었던 것이다.

언뜻 잠이 들었던 모양이다. 어떤 기운에 눈을 떴을 때, 봄비가 내리고 있었다. 빈 들판에 소리 없이 내리는 빗줄기가 퍽 정겹게 느껴졌다. 금방이라도 푸르른 기운들이 쑥쑥 머리를 내밀고 나타날 것만 같았다.

모두 민희를 만나, 그녀의 시선을 통해 하나씩 볼 수 있게 된 것들이었다. 물질로 얻을 수 있는 풍요로움은 금방 추해질 수밖에 없지만, 꾸미지 않은 본래의 것들은 시간이 지나면 지날수록 감춰진 아름다움이 드러나게 마련이었다.

처음 민희를 만났을 때, 그때도 지금처럼 봄이었다고 주영은 기억한다. 그날 그녀는 주영에게 거침없이 말했다.

"댁 같은 분이 고시에 패스해서 요직이라도 맡는 날엔 이 나라꼴이 어떻게 될지 정말 암담하네요."

그녀의 말은 거의 독설에 가까웠다. 큰 실수를 한 것도 아닌 것 같은데 그녀는 주영의 얼굴을 뚫어지게 노려보았다.

조그마한 체구에 말라 보이는 그녀 모습 어디에서 그렇게 신랄한 일침이 쏟아져 나오는지, 처음에는 어리둥절할 따름이었다.

"난 큰 욕심은 없어요. 그리고 이 나라를 위해 애국자적인 어떤 임무를 수행하는, 빛나는 목적 의식도 물론 없구요. 하지만 적어도 나 때문에 이 나라가 어떤 피해를 보거나 슬퍼지게 하는 일은 결코 하지 않을 거예요. 고관 대작 감투 쓴 사람들 함부로 행동해서 민초들한테 민폐 끼치는 꼴 보면 정말 슬퍼지더라구요. 그런데 댁이 그 역할을 할 것 같은 예감이 드네요. 지식인들이 썩는 냄새는 훨씬 더 지독하고 더럽잖아요. 부탁인데요, 우리 선배들이야 시행 착오라는 것도 있고, 지나가는 과정이라는 것도 있을 테니까 그렇다고 치고, 우리 세대는 그 따위 꼴같잖은 짓거리로 한 역사를 더럽히질 않았음 좋겠네요."

그녀는 배실배실 웃으며 돌멩이를 던지듯 툭툭 말하고 있었지만, 주영은 결코 웃을 수가 없었다. 웃는 게 다 뭔가. 근육이 몽땅 뒤틀려서 팔 따로 다리 따로 노는 것처럼 충격적이기까지 했다.

자신에게 그렇게 정면으로 일침을 가한 사람은, 기억에는 없었다. 모나게 행동한 적도 없었고, 누구에게 가슴 아프게 피해를 준 적도 물론 없었기 때문이다.

늘 바르게 살았다고 여겼던 것은 물론이고, 남에게 구질구질한 모습을 보이지 않을 수 있다는 것까지에도 자부심을 지니고 있던 무렵이었다.

"민희 씨가 그런 식으로 개 껌 씹듯이 날 씹어대는 데는 그만한 이유가 있겠죠. 뭐랄까, 일종의 없는 사람들의 콤플렉스라고나 할까? 나 그런 친구들 퍽 많이 봤거든요. 자기 집이 가난하다는 이유만으로, 또 내가 부잣집 자식이라는 이유만으로 공연히 심사가 뒤틀려서 꼴사납게 구는 아이들 말예요."

적어도 그 정도면 그녀에게 보기 좋게 한 방 먹인 것이라고 여겼다. 아무리 생각해도 그녀에게 그런 독설을 들을 까닭이 없었다. 그렇다면 그녀의 긴 말은 가난을 무기로 삼은 자들의 말장난일 뿐이라고 여길 수도 있었다.

그녀는 여전히 배실배실 웃고 있었다. 그 웃음이 주영을 몹시 화나게 만들었지만, 이쪽에서 먼저 화를 내서 사태를 그르칠 필요는 당연히 없었다.

무슨 일에건 냉정하고 이성적이기.

그건 부모님으로부터 물려받은 삶의 한 방법이었고, 이미 확보된 지위를 지키는 데 그보다 더 좋은 방법이란 있을 수 없다는 것이 주영의 결론이었다. 한마디로, 더 채워야 할 것이 없는 사람은 침묵만으로도 상대방을 얼마든지 제압할 수 있는 것이다.

"다른 무엇보다 법을 전공하는 사람들은 인성 교육부터 시켜야 한다는 것이 제 생각이죠. 있는 집 자식들이 아무 고생 없이 검사 되고 판사 되면 법 위에 인간이 우선이라는, 기초적인 상식을 알 턱이 없겠죠. 물론 법대로 하면 된다고 하시겠죠? 하지만 법보다 더 소중한 게 있거든요."

주영은 그 소중한 것이 뭐냐고 묻지 않았다. 그리고 그녀의 마지막 말을 기다렸다.

"그건 사람이죠. 댁 같은 사람 말고 정말 사람다운 사람 말예요."

거기까지는 참을 수 있었다. 하지만 그녀가 침을 뱉듯 마지막으로 남긴 말은 도저히 들어 줄 수가 없는 것이었다.

"여기 어디에서 쓰레기 수거라도 하나 보네. 휴, 이 썩은 냄새!"

"야, 이 계집애야!"

주영은 꽥, 소리를 지르고 말았다. 그러나 민희는 아랑곳하지 않고 또각또각 멀어져 갔다. 마치 그 말을 하기 위해 여기 잠깐 머물렀던 것처럼 아주 가벼운 발걸음이었다. 주영은 그녀의 뒤를 따라갔다. 그리고 차분히 마음을 가라앉히고 말을 걸었다.

"아, 이제 알았어요. 언니 중에 이혼당한 사람이 있죠? 아니면 엄마가 이혼을 당했거나."

그녀가 걸음을 멈추고 물끄러미 이쪽을 쳐다보았다.

"아, 좋아요. 엄마는 아니겠고, 언니쯤 되겠네요. 그런데 그 형부라는 자가 언니의 헌신적인 도움으로 고시에 패스해서 판사나 검사가 됐는데, 바람이 났다?"

그녀의 시선은 여전히 주영의 얼굴에 머물러 있었다. 다소 심각해 보이는 표정 때문에 정말 그랬나? 하는 생각이 들 정도였다. 주영은 계속 떠들어댔다.

"언니가 이혼은 죽어도 못한다고 하니까 그 형부는 학연, 지연, 금전을 총동원해서 언니를 기어이 헌신짝처럼 버리고 만 거죠? 그 피해 의식 때문에 나한테 그렇게 험하게 굴었어요?"

그녀는 말을 잃어버린 사람처럼 한 마디 대꾸도 보내지 않았다. 그러고는 돌아서서 총총히 멀어져 갔다. 주영은 뛰어가서 그녀와 발걸음을 나란히 했다.

"하긴 법을 전공한 남자들이 자기 이혼 앞에서 공부한 실력을 가장 잘 발휘하는 건 사실이에요. 아는 게 도둑질이라고 그런 부류들이 있기는 있나 봐요. 하지만 나무 몇 그루를 보고 숲 전체를 보았다는 어리석은 짓은……."

그녀가 천천히 돌아섰다. 그리고 조금 전과 달리, 아주 차분한 음성으로 말했다.

"다 틀렸어요. 저는 엄마도 없구요, 언니도 없어요. 혹시 고아가 뭔지 아세요? 제가 보기엔 댁은 고아가 뭔지도 전혀 모르는 사람으로 보이네요."

그녀가 고아라는 사실은 금시초문이었다. 놀랍다기보다는 당혹스러웠다.

"왜요? 이젠 집도 절도 없는 계집애가 오만 방자하게 논다고 여기고 싶으세요?"

그녀는 더욱 고개를 바짝 쳐들었다. 쳐든 턱 선이 참 곱다는 생각을 순간적으로 했다. 그리고 감았다가 뜨는 속눈썹이 퍽 길어 보였다.

"댁은 부잣집 자식답게 그따위 시시껄렁한 선문답이나 즐기면서 시간을 허비해도 되지만, 나는 아르바이트를 가야 해요."

그것이 전부였다. 그 무렵에는 그녀가 왜 그토록 자신한테 모독적인 말을 서슴지 않았는지 도무지 알아낼 재간이 없었다. 아무리 생각해도 잘못한 것이 없었으니까.

나중에, 그러니까 그녀와 훨씬 가까워진 뒤에 그녀가 자신의 어떤 점을 그토록 끔찍하게 여겼었는지 비로소 알 수 있었다.

하지만 놀랍게도, 너무나 작고 사소한 문제로 그처럼 화를 냈다는 사실을 알고 주영은 혼자 실소했다.

"왜 과일은 크고 좋은 것만 먹어야 해? 커피가 식어서 산화가 된 걸 먹으면 죽기라도 하는 거야?"

"왜 학교 식당 음식을 먹으면 큰일나는 줄 알지?"

"왜 다른 사람이 무슨 말을 해도 전혀 감동을 안 해?"

"왜 다른 사람의 슬픔을 전혀 이해하지 못해?"

그 왜?라는 질문 중에 어떤 것이 그날 그녀로 하여금 그렇게 화를 내게 했는지, 확인하지는 않았다. 어쩌면 그녀의 예리한 촉수는 어느것 하나도 놓치지 않았을 것이라는 생각을 품었을 뿐이다.

그 뒤, 주영이 그녀에 보여 준 사랑이란 그 왜?라는 질문을 다시 하지 않아도 되게끔 조심하는 것 정도였다.

사랑이라는 것은 그렇게 상대방이 싫어하고 좋아하는 것이 무엇인지 헤아려 주는, 작은 마음 씀씀일 테니까.

기차에서 내렸을 때에도 비는 여전히 내리고 있었다.

집까지는 먼 거리가 아니었다. 주영은 수없이 오고 간 거리인데도 어딘지 모르게 조금은 낯설어 보이는 거리를 천천히 걸었다.

풍요로움밖에 가르쳐 준 것이 없는 거리였다. 늘 아버지의 차를 타고 학교에 갔고, 그리고 그 차를 타고 집으로 돌아왔다. 학교가 멀었던 탓도 있지만 대학이라는 커다란 관문을 통과하려면 체력 싸움이 우선이었고, 그러자면 일부러 버스를 타고 다니면서 체력 소모를 할 필요가 없다는 생각이었다.

누구도 주영의 명문 대학 합격을 의심하지 않았다.

"주영이가 합격 안 하면 대한 민국 학생 아무도 합격 못할 거여."

오래 전에 고향을 떠나 주영의 집안 일을 거들어 주는 정화 어머니는, 입버릇처럼 이렇게 말하곤 했다.

아버지는 어땠던가.

주영은 백화점 건물이 보이는 사거리 앞에서 잠깐 걸음을 멈추고 스스로에게 물었다.

돈과 명예, 그리고 든든한 학벌. 아버지가 생각하는 올바른 세상 살기란 그런 것들을 얼마큼 쟁취하느냐에 달려 있었다.

"뜻 굽히지 말고 최선을 다해라. 나머지는 이 아비가 해결해 줄 테니까. 세상에는 불가능한 일이 있긴 하지만, 그 불가능을 없애 버리면 어려울 게 없다."

말은 하지 않았어도, 아마 아버지는 주영이 법조인이 되기보다는 정치인이 되길 더 희망하지 않았을까. 아버지는 통정 대부를 지냈다는 5대 조부의 이야기를 즐겨 하고는 했으니까.

어쨌든 재력과 명예, 그리고 권력. 아버지는 이 세 가지를 당신과 주영이 모두 이룰 수 있다고 호언장담했다.

백화점 앞으로 아버지의 검은 세단이 다가와 멈추었다. 그리고 이내 차 문이 열리고 아버지의 모습이 나타났다.

다른 사람들 때문에 자세히 볼 수는 없었지만, 안으로 들어가는 아버지의 꼿꼿한 허리는 여전하기만 했다. 조금 희끗해진 듯한 머리카락만 뺀다면 조금도 달라진 것이라고는 없었다.

주영은 집으로 가기 전에 아버지부터 만나려 했던, 조금 전의 생각을 버렸다. 어차피 해결될 것은 아무것도 없을 것이다. 민희와 결혼을 한다는, 일방적인 통보 외에는.

주영은 집 쪽으로 가는 버스에 올라탔다. 빗줄기는 많이 가늘어져 있었다. 기온이 약간 떨어졌는지 손이 시려웠다. 주영은 주머니에 손을 찔러 넣었다. 그러면서 어쩌면 추운 것은 손이 아니라 마음일지도 모른다는 생각을 했다. 민희 곁에 있을 때에는 제아무리 추운 날씨에도 느끼지 못했던 추위였으니까 말이다.

심호흡을 하듯 민희의 밝은 얼굴을 떠올려 보았다. 마음이 한결 편안해졌다.

널찍한 골목을 지나면서도 주영은 민희의 얼굴을 지워 내지 않았다. 그렇게 민희의 얼굴을 떠올리면 아무리 힘들어도 마음이 편해지고는 했다.

겹겹이 둘러쳐진 철조망 너머의 집은 여전히 건재했다. 입구에 있는 방범 초소도 여전했다. 이곳도 아름다울 때가 있긴 했다. 5월이 되면 라일락 향기가 저 멀리까지 퍼지고, 연초록 잎새는 위세등등한 철조망을 교묘하게 숨겨주고는 했다.

대문에 서서 잠깐 마음을 가다듬었다.

벨을 눌렀을 때, 누구세요? 하고 물어 온 사람은 분명히 정화 어머니였다.

정화가 죽은 그 이듬해에 아제도 저 세상으로 떠나자, 어머니는 마치 어쩔 수 없다는 듯이 정화 어머니를 집으로 불러들였다. 그러고는 집안의 일을 거들도록 했다.

"자식들도 다 소용없네. 내 옆에 있으면서 편하게 살게."

어머니는 이렇게 말했지만, 속셈이 무엇인지 주영은 너무도 잘 알았다.

그 동안 여러 명의 식모들이 거쳐갔지만, 어머니의 마음을 흡족하게 해 준 사람은 단 한 명도 없었다. 어머니는 몸종처럼 부릴 사람이 필요했던 것이다. 하지만 누구도 몇 달을 넘기지 못하고 그만두기 일쑤였다. 너무도 까다로운 어머니의 성격에 맞출 재간이 없었을 것이다.

하지만 정화 어머니는 달랐다. 몸에 배인 복종으로 아버지와 어머니의 비위를 거스르지 않고 잘해 냈던 것이다. 마치 두 사람의 수족 노릇을 하기 위해 세상에 태어난 사람처럼.

그렇지만 정화 어머니가 집으로 들어오던 날, 주영은 설명할 수 없는 분노로 치를 떨었다. 어떻게 그럴 수가 있는가. 정화가 누구 때문에 죽었는데…….

그리고 그날의 악몽을 다시 한 번 떠올렸다.

어른들은 정화와 주영이 자살을 하기 위해 물에 빠졌다고 여긴 듯했다. 허파로 물이 차 오르는 듯한 고통 속에서도 주영은 그녀를 구하려 기를 썼지만, 물살이 너무 셌다.

그리고 눈을 떴을 때, 자신은 안방에 누워 있었다. 그리고 정화의 죽음을 안 것은 그 이튿날이었다.

숨죽여 우는 정화 어머니의 울음 소리 때문이었다.

더 놀라운 것은, 물에 빠져 허우적대고 있을 때, 때마침 정화 아버지가 그 앞으로 지나가다 두 사람을 발견했다는 사실이었다.

"그 년은 계집애고……. 주영이가 누군데, 그 년하고 비교하겠습니까. 누구라도 당연히 주영이를 먼저 구했어야지요."

아버지 앞에서 무릎을 꿇고 울먹거리며 정화 아버지는 그렇게 말했다.

뼈에 박힌 하인 근성.

주영은 끝내 자살하려던 것이 아니었다는 말을 입에 담지 않았다. 그들에게 자살이건 아니건 그건 중요할 것이 없었다. 중요한 것은 주영을 살렸다는 데 있을 뿐이었다. 그들에게는 정화의 죽음도 그렇게 별것 아닌 일일뿐이었다.

이쪽에서 아무 대꾸도 하지 않았는데 덜컹 문이 열렸다. 정화 어머니는 인터폰 모니터로 주영을 확인했을 것이다.

"세상에, 비를 다 맞았네, 응?"

정화 어머니는 마치 아침에 집을 나갔다가 들어오는 사람을 맞이하듯, 아무렇지 않게 주영을 반겼다.

"안녕하셨어요?"

"그럼, 나야 호강하고 살지. 근데 연락도 없이 어쩐 일이래? 두 분도 오는 거 알어?"

조금도 호들갑스럽지 않은 정화 어머니의 목소리 때문에 주영은 한순간 정말 아침에 나갔다가 이제서야 들어오는 것인가, 하는 착각에 빠져 들었다.

"어머니는요?"

"응, 잠깐 병원 가셨어. 요즘 눈이 많이 나쁘시거든. 그런데 왜 이제서야 오는 거야?"

정화 어머니의 말 속에서 주영은 자신의 예감이 맞았다는 것을 확인한다. 아버지는 이혼한 딸 때문에 충격을 받을 사람이 결코 아니라는.

결국 주영을 끌어들이기 위한 작전이었던 것이다.

"죄송합니다. 별일은 없었죠?"

"집 걱정하는 사람이 이제서야 나타나? 두 양반이 워낙 대범하시니까 견디셨지, 다른 사람 같으면 주영이 그렇게 놔두지도 않아."

나이보다 훨씬 늙어 보이는 얼굴이었다. 그러나 예전과 달라진 것은 아무것도 없었다. 세상이 아무리 흘러도 변함없는 그 모습 때문에 주영은 정화 어머니를 보면 늘 마음이 편했다.

"요즘 두 분 건강이 예전만 못해. 회장님은 당뇨가 있어서 집에서 하루 세 끼를 꼭 잡수시고, 사모님은 눈이 나빠지셔서 신문 보는 것도 불편하시다고 하셔. 얼릉 장가가서 손주라도 안겨 드려야지."

주영은 문득 정화를 잊었느냐고 묻고 싶은 충동에 사로잡혔다. 바위처럼 무덤덤해진 얼굴 어디에도 자식을 일찌감치 북망 길로 떠나보낸 어머니의 모습은 남아 있지 않았다.

"어디 불편하신 데는 없으세요?"

"나야 없지. 잘 먹고 잘 자는데 뭔 걱정이 있겠어."

"아, 네……."

벨이 울렸다. 주영은 인터폰으로 나타나는 검은색 세단을 보았다. 그리고 문이 열리고 어머니와 아버지가 차에서 내리는 모습도.

"같이 들어오시는 모양이네. 그저 잘못했습니다, 해. 죽고 사는 일도 아니고 부모 자식 간에 안 될 일이 뭐 있겠어."

정화 어머니가 빠르게 주영을 타일렀다.

주영은 그 자리에 선 채 통유리로 내다보이는 바깥을 응시했다.

비는 깨끗하게 그쳐 있었다. 그리고 나뭇가지에 이슬 같은 물방울들이 대롱대롱 매달려 있는 것이 보였다. 처음에는 움이 텄는가, 했다.

물방울들은 맑게 거기 매달려, 차츰 밝아지기 시작하는 하늘을 머금었다. 저 물방울이 떨어지고 나면, 거기서 파란 싹이 돋아나리라. 주영은 수정처럼 맑은 물방울들을 한동안 바라보았다.

이 집에서 그렇게 긴 세월을 살았는데, 사는 동안 뭘 보고 느꼈는지 도무지 떠오르는 것이 없었다. 집 안의 것보다 다른 집의 조경 때문에 더 여유롭고 풍족해 보이는 느낌이 드는, 이 집에서 말이다.

"저 왔습니다."

먼저 들어선 아버지를 향해 주영은 잠깐 고개를 숙였다. 아버지는 느닷없는 주영의 등장에도 눈썹 하나 끄떡하지 않았다.

"주영아!"

어머니는 너무도 놀라 어쩔 줄을 몰라 했다.

"어젯밤에 돌아가신 할아버지가 꿈에 보이더니, 세상에……."

"눈이 많이 나빠지셨다구요?"

"그래, 신경을 너무 쓰고 살아서 그런지 신문도 볼 수가 없다."

"……."

"어서 들어가자."

주영은 방으로 들어가 부모님 앞에 큰절을 올렸다.

삼 년 만이리라. 하지만 부모님을 뵙는 순간, 주영은 좀전에 나뭇가지에서 보았던 봄의 기운이 깡그리 사라지는 것을 느끼고 말았다. 무엇을 바라고 여기에 왔을까, 스스로에게 묻지 않을 수가 없었다.

몸과 마음이 냉각되는 듯한 기분은 두 분과 마주앉아 있어도 마찬가지였다. 주영은 될 수 있으면 두 사람의 얼굴을 보지 않으려 애썼다. 그리고 짧게 용건을 끝내리라고 마음먹었다.

“결혼합니다, 저희.”

주영은 빠르게 말했다. 그리고 다시 말을 이었다.

“와 주실 거라는 기대는 하지 않습니다만, 그래도 말씀을 드려야 할 것 같았습니다.”

“뭐 때문이냐?”

아버지는 대뜸 이렇게 물었다. 무엇 때문이냐고? 주영은 잠시 아버지의 질문에 담긴 뜻을 헤아리느라 호흡을 가다듬었다.

정화 어머니의 말처럼 부모와 자식이었다.

그러나 주영이 마주하고 앉은 부모님은 종류가 달랐다. 세상에서 가장 거대한 태산과도 같은 존재일 뿐이었다.

그들에게 세상이란 돈으로 살 수 있는 물건에 지나지 않았다. 학벌, 명예, 지위, 어떤 것도 마음먹기에 따라서 돈으로 얼마든지 살 수도 있고, 얻을 수도 있는 것이었다.

“저는 민희를 사랑합니다. 세상에 그 어떤 것으로도 그 여자를 살 수는 없습니다.”

그들에게 가장 어울리고 가장 설명하기 쉬운 말이란 그런 식으로 돈의 가치를 들먹이는 것이었다. 그것이 주영을 더욱 암담하게 만들었다.

“그 따위 계집애 하나 때문에 팔자를 망쳐!”

아버지는 눈을 부릅뜨고 주영을 노려보았다.

“두 분께서 어떻게 생각하시든 상관하지 않겠습니다. 어차피 두 분은 제가 뭐라고 말하든 이해하실 수 없을 테니까요.”

“떨어져 살면 뭐가 귀한 줄도 알고 세상 물정도 배울 줄 알았더니, 대체 언제 철이 들 참이냐!”

아버지는 화를 이기지 못하고 목청을 돋웠다.

표현할 수 없을 정도로 무거운 바위 하나가 명치 끝에 매달린 기분이었다. 세월이 흐른 만큼 가로막힌 벽도 많이 허물어졌기를 바랐는데…….

거대한 강이었다. 모두 이쪽 저쪽 건널 수 없는.

"책임 때문이냐?"

침묵을 깨고 어머니가 끼여들었다.

주영은 언젠가 어머니가 그녀에게 사탕을 주듯 던지고 간 돈을 떠올렸다.

"그게 문제라면 그 애가 살 만큼 해 주면……."

"그 애한테는 돈으로도 살 수 없는 것이 있습니다."

"그게 뭐냐?"

"……."

주영은 아무런 말도 할 수가 없었다. 대신 목 울대를 밀치고 치밀어 오르는 뜨거움을 간신히 누그러뜨렸다. 분노가 아니었다. 슬픔이었다.

"왜 말을 못하는 거냐? 말로 설명할 수 없다면 네가 그만큼 감정에 치우쳐서……."

"저는, 저는 그 애한테서 참 많은 것을 배웠습니다. 이십 년 넘게 배운 학문보다 더 값지고 소중한 것을 배웠습니다."

"……."

"그건, 사랑입니다."

"그 흔해 터진 사랑 타령이 그렇게 대단한 것으로 보였냐?"

"……."

주영은 입술을 깨물었다. 어차피 두 사람에게 뭘 얻겠다는 생각은 추호도 없었는데, 왜 이렇게 슬픈가.

"두 분께서 모르는 세상이 있습니다. 그건 저도 예전에는 몰랐던 것입니다. 그러나 민희가 그걸 제게 가르쳐 주었습니다. 사람이 어떻게 살아야 하는지, 사람을 어떻게 사랑하는지, 그걸 말입니다."

"개똥 철학 들먹이지 마라."

아버지의 목소리는 조금도 흔들림이 없었다.

"남자란 일이 우선인 법이다. 그 다음이 여자야."

"……."

"네가 네 몸 하나라고 생각했다면 큰 오산이다. 네 몸에는 수없이 많은 사람들의 목숨 줄이 달려 있어. 그 여자 하나 때문에 네가 물려받아야 할 사업을 버릴 참이냐?"

"저는 그래도 민희를 선택하겠습니다. 사업은 저말고도 능력 있는 사람이 이어받으면 될 것입니다."

"죽기 살기로 이룬 사업을 남의 입에다 처넣으라고!"

아버지는 버럭 고함을 질렀다. 아버지보다 더 놀란 사람은 어머니였다. 어머니는 아버지 입에서 조그만 고함만 터져도 가슴부터 움켜쥐는 사람이었다.

"널 위해서 죽기 살기로 일으킨 사업이야. 너 어떻게 그런 버르장머리 없는 소릴 할 수 있는 거냐?"

"아버지가 일군 사업은 저를 위해서가 아니었습니다. 아버지의 야망을 채운 것 뿐입니다."

"주영아!"

어머니가 사색이 되어 주영을 바라보았다. 그러나 주영은 망설이지 않고 계속 말을 이었다.

"두 분께서 제 몸을 키워 주셨다면 그 애는 제 정신을 키워 줬습니다. 저는 그 애가 없었다면 아무것도 못해 냈을 겁니다."

44

"그 따위 소리 듣기 싫어서 네 통장에 열심히 돈 넣었던 것 아니냐! 그런 고아한테 내 자식 신세졌다는 말 듣지 않게 하려고."

주영은 고개를 들어 두 사람을 쳐다보았다.

"저는 통장에 돈이 들어 있다는 것도 모르고 있었습니다."

어머니는 기가 막히다는 표정을 지었다.

"여태 살면서 내 말을 거역한 사람은 한 명도 없다."

아버지의 눈은 분노로 이글거리고 있었다.

두 사람을 이해 못하는 것은 아니었다. 그러나 이해의 차원을 떠나 인간적으로 두 사람만큼 주영 자신에게 슬픔을 느끼게 했던 사람이 있었던가.

"누나가 이혼하고 돌아왔다. 왜 우리가 네 결혼을 결사 반대할 수밖에 없는지 아직도 모르겠냐?"

주영은 아버지의 시선을 피하지 않았다.

"알고 있습니다."

"그런데도 결혼을 해?"

옛날에 아버지는 소영이 승태와 결혼하겠다고 했을 때, 오르지 못할 나무라는 표현을 했다. 승태가 소영을 선택한 것은 돈 때문이고, 그 끝은 보지 않아도 뻔하다는 것이었다.

그리고 정말로 그렇게 되어 버린 것이다.

"사람은 모양새는 같을지 몰라도 사는 수준은 다를 수밖에 없어. 절대로 그 애하고는 결혼 안 된다."

때로 부모님이 보고 싶지 않은 것은 아니었다. 그러나 막상 눈앞에 앉아 있는 두 사람은 자신이 그렸던 그 부모가 아니었다.

결국 주영 내면 속에 있는 부모란 자신을 낳아 주고 길러 준 저 두 사람이 아니라, 그리움처럼 존재하는 어떤 대상일 따름이었다.

민희의 이슬같이 맑고 밝은 얼굴이 그리웠다. 숨이 막혔다. 한시라도 빨리 그녀를 보지 못한다면 영원히 이 숨막힘에서 탈출할 수 없을 것만 같았다.

5

다행히 맑은 날씨였다.

그러나 결혼식 시간이 다 되어 가도록 민희의 얼굴은 풀어질 기미가 보이지 않았다.

"민희야, 정말 미안해."

주영은 그녀 앞에서 밝게 웃으려 노력했다. 부모님을 만나고 왔노라고 말할 수는 없었다. 친구들을 만나 이차, 삼차, 사차, 돌아다니다 보니까 그렇게 됐다고 궁색한 변명밖에 할 것이 없었다.

"전화는 왜 못해?"

민희의 얼굴은 복어처럼 부어 있었다. 그 모습이 우스웠지만 그렇다고 웃을 기분도 아니었다.

부모님께 인사도 하지 않고 집을 나섰을 때는 자정이 가까워져 오고 있었다. 그리고 어렵사리 서울로 오는 택시를 탈 수 있었지만 발걸음이 가벼울 턱이 없었다.

꼭 이래야만 할까. 그 생각 때문에 서울에 도착하도록 가슴이 터질 것만 같았다.

새벽에 집에 도착해, 반갑게 맞아 주리라고 믿었던 민희까지 잔뜩 볼이 부어 있어서 더 기분을 우울하게 만들어 버렸다. 그런 민희가 너무도 야속하고 서운했지만 내색을 할 수도 없었다.

"인마, 전화를 못할 수도 있지. 전화하려고 시계를 보니까 벌써 두 시가 넘었더라. 너 세상 모르고 잘 텐데, 어떻게 전화를 하나?"

얼렁뚱땅 넘기기는 했지만 울컥 짜증이 솟구쳤다. 오늘만은 민희가 아무 말도 하지 말기를 바랐는데. 그저 새처럼 재재거리며 행복해 하는 모습만 보여 주기를 바랐는데.

"치, 그렇게 오매불망 생각해 주는 사람이 아침에서야 들어 와?"

"야, 너!"

주영은 기어이 꽥 고함을 지르고 말았다.

"무슨 여자가 그렇게 제멋대로야! 내가 사정이 있어서 그랬다는데 왜 자꾸 시비를 거는 거야?"

"주영 씨……."

주영이 해 보이는 위압적인 태도에 민희는 금방 울상을 지었다.

"인마, 나는 네가 뭐든 잘해서 아무 말 않고 사는 줄 알어? 너는 뭐든 실수도 않고 척척 해결하고 사는 줄 아냐구! 사람이 말을 함부로 하기 시작하면 절제 능력이 사라져서 점점 막 나가게 되는 거야. 아무리 부부라지만 조심할 건 조심하면서 살아야 하는 거 아냐?"

주영은 자신의 입 밖으로 튀어 나가는 소리를 그냥 내버려두었다. 그렇게라도 하지 않으면 가슴이 터져서 죽어 버릴 것만 같았다.

"남편 알기를 그렇게 우습게 아는 여자 정말 밥맛이야, 밥맛!"

"주영 씨……."

그녀의 커다란 눈에는 눈물이 그렁그렁 맺혀 있었다. 이 정도면 딴소리 안 하겠지, 주영은 내심 쾌재를 불렀다. 그러나 그것은 잠깐에 불과했다. 소매 끝에 눈물을 닦고 난 민희는 갑자기 표정을 싹 바꾸었다.

"누가 잘못했는데 야단이야? 내가 아무리 찡찡거려도 이번만큼은 주영 씨가 잘못했으니까 그냥 미안하다고 하면 깨끗하게 끝나잖아. 방귀 뀐 놈이 성낸다고 왜 화를 내!"

그녀는 다시금 당당해졌다.

"남자니까 무조건 전화 한 통 없이 늦어도 된다는 법 조항이라도 있어? 나는 남자들은 무조건 늦어도 되지만 여자는 무조건 안 된다고 하는 독선은 죽어도 용서 못해."

한 번 쏟아지기 시작한 그녀의 잔소리를 막을 재간이 없었다. 이쯤 되면 주영이 두 손을 들어야 할 판이었다. 하지만 자존심이 있지, 호락호락 넘어갈 수는 없었다.

"그러길래 미안하다고 했잖아. 미안하다고 했음 됐지, 문서로 남겨?"

주영은 짐짓 목에 힘을 주고 목청을 돋웠다.

"한 번만 미안하다고 하면 끝이야? 내가 화를 다 풀 때까지 계속 미안하다고 해야 되는 거 아냐? 입장을 바꿔서 생각해 봐. 오늘이 결혼식인데 신랑은 코빼기도 안 보이고. 누구한테 알아볼 데도 없고, 내가 어떡하냐구!"

그녀는 코맹맹이 소리를 하면서도 씩씩거렸다.

"우리 부모님이 계셨음 주영 씨 이렇게 함부로 못할 거 아냐! 내가 아무도 없으니까 오고 싶음 오고, 아님 안 오고 그러잖아."

이건 억지였다. 궁지에 몰리면 민희는 이런 식으로 억지를 써서 주영의 항복을 받아 내는 데는 타고난 소질을 지니고 있었다.

"마음대로 해. 나도 엄청 화났으니까 네 마음대로 해. 나 장가 안

가!"

주영은 입었던 양복을 거칠게 벗으며 큰 소리를 쳤다.

"나도 안 해. 너 없음 내가 처녀 귀신 될까 봐?"

늘 이런 식이었다. 한번 부딪치면 애들 티격태격하는 것은 유도 아니었다. 하지만 주영은 그런 싸움이 조금도 불편하지 않았다. 물론 순간적으로 화가 나고 속이 뒤끓는 것은 사실이었다. 그러나 이것이 바로 세상 사는 방법이라는 것을 깨달은 순간부터는 간혹 일부러 싸움을 걸기까지 하고는 했다. 참 이상하지, 그렇게 대판 싸우고 나면 오히려 사이가 좋아지더라는 사실이었다.

그럴 때마다 어머니와 아버지를 생각했다. 자라는 동안 두 사람이 싸우는 소리를 한 번이라도 들었던가.

어머니의 늘 비단 천처럼 온몸으로 드리워진 교양과 예의, 그리고 여자를 하나의 소모품 정도로밖에 취급하지 않는 아버지의 강압적인 태도.

물론 싸울 계기는 여러 번 있었겠지만, 언제나 길들여진 강아지처럼 고개를 숙이는 어머니 때문에 싸움이란 있을 수가 없었다. 집 안에서는 늘 고요가 흘렀지만, 그것은 평화로운 고요가 아니었다. 뭔가 모르게 무겁고 어두운 분위기가 집 안 전체를 에워싸고 있어 항상 숨이 막혔다.

좀 유치한 소리지만, 부부는 그래서 싸우면서 정든다는 말이 맞는 모양이었다. 물론 말이 폭력이 되는 수도 있지만, 서로 적당히 할 말 안 할 말을 골라서 하는 싸움은 잃는 거보다 얻는 것이 더 많았다.

시간은 열두 시가 넘어가고 있었다. 얼른 준비하고 나가야만 할 시각이었다. 그러나 토라진 민희는 도대체 화를 풀 기미를 보이지 않는다.

주영은 그녀의 눈치를 흘끗 보고는 방바닥에 벌렁 드러누워 버렸다. 그러다가 벌떡 일어나 이불을 끌어다 머리 꼭대기까지 뒤집어썼다. 이불을 약간 들추고 내다보니까 민희는 혼자 씩씩거리며 이쪽을 노려보고 있었다. 주영은 그녀 모르게 혀만 낼름 내밀어 보였다.

한참을 그렇게 꼼짝 않고 있었다. 숨도 막혔고 마음도 조급했다. 아까 맺혔던 화도 눈 녹듯이 다 사라지고 없었다.

이 정도면 그녀가 흰 깃발을 들고 나와야만 했다. 아니나다를까, 이불을 확 젖히며 그녀의 쨍, 깨지는 목소리가 터져 나왔다.

"미안해, 다신 안 그럼 되잖어."

미안하다고 하면서도 그녀는 여전히 씩씩거렸다. 그건 그녀가 화를 푸는 한 방법이었다.

"나 장가 안 간다니까!"

주영은 획 돌아누우며 웃음을 깨물었다.

"그럼 나 혼자 어떻게 시집가? 오늘 한 번만 봐줘. 다음엔 안 대들게."

"넌 맨날 안 그런다고 하면서 또 그러잖어."

"안 그런다니까!"

"시집은 엄청 가고 싶었나 보다. 흠, 그렇다면 이번 한 번만 봐줄까?"

주영은 짐짓 여유를 부리며 자리에서 일어났다.

"다음에 또 그러면 어떻게 하지?"

"흥, 오늘만 지나고 보자."

그녀는 혼자말처럼 종알거렸다. 그러면서도 양복 저고리를 주영의 팔에 끼워 주었다.

"어허!"

주영은 그녀를 향해 눈을 크게 떠 보였다.

"안 그럴게. 정말 안 그럴게, 됐지?"

그녀는 정말로 방긋이 웃었다. 그렇게 웃는 그녀의 모습이 너무 곱고 예뻤다. 정말 하늘의 선녀가 있다면 저런 모습이리라.

"여기."

주영은 그녀 앞으로 입술을 내밀어 보였다.

"늦었단 말야."

"어허, 빨리."

쪽, 하는 소리와 함께 그녀의 부드러운 입술이 빠르게 스쳐 갔다.

"다시!"

"정말 돌겠네."

"빨리 시집가고 싶음 정성을 다 바쳐서 뽀뽀해."

주영은 뒷짐을 진 채로 애써 근엄한 표정을 지었다.

그녀는 곱게 눈을 흘기고는 까치발을 하며 주영의 입에 입술을 맞추었다. 달콤하고 향긋한 입맞춤이었다.

실컷 싸웠다가도 이런 식의 입맞춤 하나로 모든 미움이 사라질 수 있는 것. 그것은 이곳이 아닌 다른 곳에 환상의 세계가 있으리라는 기대를 버린 대신 얻은 대가였다. 그래서·꾸미지 않은, 촌스럽고 유치한 것이 세상에서 가장 아름다운 것이다.

만약 이런 모습을 어머니가 본다면 어떤 표정을 지으실까.

어머니는 단 한 번도 아버지 앞에서 목청을 높인 일이 없었다. 늘 고양이 앞의 쥐였다.

대신 가장 비싼 고급 옷과 보석을 몸에 지니고 스스로 판단한 상류층 여자들과 여행을 다니고, 쇼핑을 하고, 헬스 클럽이나 골프를 치러 다닐 수 있다는 것에 대단한 자부심을 갖고 있었다.

누구에게도 실수하는 법이 없었고, 누군가 유치한 모습을 보이면 사람 축에도 못 드는 잡종쯤으로 무시해 버렸다.

어머니는 당신이 몸담고 있는 그 공간에서 왕비처럼 살고 있는 것이다. 그러나 주영이 보기에 어머니는 어느 누구보다 초라하고 외로운 삶을 살고 있었다.

폭군처럼 구는 남편, 그리고 마음을 터놓을 수 있는 벗 하나 없는 외로움. 떠나 버린 자식들. 그런데도 어머니는 자신을 지켜 줄 수 있는 것은 오로지 당신의 높은 교양과 아버지의 재력이면 충분하다고 여길 것이다.

한복을 곱게 차려 입은 민희는 몰라볼 만큼 예뻤다. 민희의 하얀 얼굴에 분홍빛의 화사한 한복은 정말이지 눈이 부실 정도로 잘 어울렸다.

"우리 행복하자."

주영은 민희를 가만히 안으며 나직이 말했다.

"……응."

민희는 그의 가슴에 얼굴을 묻고 고개를 끄덕였다.

"둘 중에 누구 하나라도 먼저 죽으면 절대 용서없기!"

"결혼식날 무슨 재수 없는 소리야?"

민희가 얼굴을 찡그리며 주영을 째려보았다.

"인마, 오래오래 잘살자는 소리야. 우리 열심히 살다 나란히 손잡고 천당 가자는 말이야."

그때서야 민희는 안도의 한숨을 내쉬었다.

"염려 마. 나는 부모 복은 없는 대신 명줄 하나는 하늘에서 내렸다고 했으니까."

"누가 그래?"

주영은 민희의 손에 떠밀려 신발을 발에 꿰며 민희를 올려다보았다.

"미술 시간에 어떤 애가 관상책을 보다 걸렸는데, 혼내려고 했더니 나 관상 봐주느라고 그랬다잖어. 그러면서 나더러 벽화 그리고 살겠다고 했어."

"벽화?"

"이거 있잖아."

민희는 장난스럽게 엉덩이에 손을 댔다가 벽에 쓰윽, 바르는 시늉을 해 보였다.

"으악, 이게 무슨 냄새야?"

"무슨 냄새긴, 자연의 냄새지."

주영은 그녀의 엉덩이를 가볍게 때려 주었다. 장난기 많은 그녀의 표정은 언제 보아도 좋았다.

세상을 사는 일이란 이런 것일 것이다. 서로 한 몸인 것처럼 사랑하는 사람과 더불어 사는 것. 때로 화를 낼 때도 있을 것이고 싸움도 할 테지만, 결국 내 몸처럼 이해하고 사랑하게 되는 것. 바로 그런 것일 것이다.

어차피 세상이란 신이 사는 공간이 아니었다. 밥을 먹고, 똥을 싸고, 섹스를 하고, 미워하고, 사랑할 줄 아는 인간들이 사는 공간이었다.

가장 인간적이게 살기. 그건 민희가 주영에게 가르쳐 준 삶의 지혜였다.

택시를 타고 호숫가에 도착했을 때 시간은 벌써 두 시가 넘어서고 있었다.

"무슨 신랑 신부가 이제서야 나타나?"

54

친구들이 다가와 주영의 뒤통수를 한 대 갈겼다.

"안녕하세요?"

민희는 주영의 친구들을 향해 인사를 했다.

민희 친구는 한 명도 없었다. 윤인수가 고작이었다. 그것이 다시 주영의 마음을 짠하게 만들었다.

"축하해요, 주영 씨. 민희도."

윤인수가 주영에게 손을 내밀었다.

"고맙습니다."

주영은 진심으로 말했다.

"잘살 테니까 지켜봐 주십시오."

"고맙습니다."

인수는 오빠처럼 민희의 어깨를 다독거려 주었다. 하지만 민희는 고개를 숙이고 가만히 있었다. 그 모습이 퍽 다정해 보였다.

윤인수가 손에 들고 있던 작은 꽃다발을 민희 손에 건네 주었다.

"이걸 꾸미느라 꽃 시장을 세 바퀴나 돌았다니까."

들꽃 결혼식이란 제목에 딱 어울릴, 작고 아담한 꽃으로 꾸며진 부케였다.

민희는 아무 말도 못하고 그 꽃을 받았다. 가늘고 긴 그녀의 목이 유독 가냘퍼 보였다.

그래, 민희야, 이제 내가 널 행복하게 해 주겠어. 세상은 너를 한사코 버리기만 했지만, 나는 절대로 네 곁을 떠나지 않을 거야.

주영은 민희의 볼을 타고 흐르는 눈물을 장갑 낀 손으로 닦아주었다.

만약 하나님이 우릴 시샘해서 훼방을 놓는다면, 그도 용서하지 않으리라.

"신부가 너무 아깝다. 저런 야수 같은 인간한테 민희 씨를 넘기다니. 아하, 하늘이시여, 당신은 눈도 없으십니까?"

친구 군표가 너스레를 떨었다.

"미녀와 야수 아니냐. 조금만 기다려라. 이제 행복에 겨워할 세월만 남았으니까."

주영도 짐짓 능청을 떨었다.

"만약에 저 자식이 속썩이거나 바람을 피웠다 하면 재깍 저한테 이르세요. 제 명예와 근사한 외모를 걸고 해결해 드리겠습니다."

군표의 넉살 때문에 모두 웃음을 터뜨렸다.

아무도 오늘의 결혼식에 대해서는 묻지 않았다. 하다못해 부모님은 왜 오시지 않았냐는 말조차 묻지 않았다.

4월이라지만, 아직 추위가 완전하게 가시지 않은 호숫가에서의 결혼식을 행복하게 바라본 사람은 아무도 없으리라.

그러나 주영은 자신이 불행하다는 생각은 조금도 하지 않았다. 불행이 다 뭔가. 어떤 알 수 없는 기대와 행복감으로 가슴이 터질 것만 같은데.

결혼식이랄 것도 없었다. 기타를 잘 치는 군표가 실력을 발휘해 웨딩 마치를 연주해 주었고, 고등 학교 때 밴드부에 있었던 다른 친구가 색소폰을 불어 주었다.

그리고 친구들은 어설픈 음정으로 축가를 불러 주었다. 형편없는 실력들이었지만 그런대로 들을 만했다.

"어젯밤 모여서 열 시까지 연습한 실력이 이 정도입니다, 신부님."

한 친구가 민희에게 무릎을 굽혀 정중하게 인사를 하였다. 민희가 까르르 웃었다.

"물고기들이 웬 소란인가 싶었나 봐요. 몽땅 나와서 구경하네요."

민희의 말에 모두 물 속을 들여다보았다. 정말 팔뚝만한 잉어들이 유유히 헤엄을 치고 다녔다.

바람 속에 쌀쌀한 기운은 남아 있지만, 눈을 들어 어디를 쳐다보아도 봄 여신의 흔적은 쉽게 찾아볼 수 있었다. 마른 나뭇가지를 조금만 흔들어도 봄의 물기가 뚝뚝 떨어질 것만 같았다.

맑은 하늘과 따뜻한 햇살, 그리고 봄의 축제가 한창 시작되려는 숲속 호숫가에서 주영은 민희를 위해 색소폰을 불었다.

친구들과 어울려 놀기보다는 혼자 지내기를 좋아했던 중·고등 학생 때 스스로 터득한 실력이었다.

그대 곁에 머물 수 있다면
한 점 바람이라도 좋소
그대 곁에 머물 수 있다면
한 뼘 그림자라도 좋소.

민희가 가장 좋아하는 노래였다. 친구 녀석들이 이 좋은 날 청승맞은 곡은 왜 부느냐고 핀잔을 줬지만, 주영은 그녀를 위해 그 곡을 끝까지 다 불었다.

그녀가 주영의 볼에 살짝 입맞춤을 해 주었다. 환하게 웃는 그녀는 더 이상 불행해 보이지 않았다. 세상에서 가장 행복한 신부가 되어 있었다.

6

다시 집으로 향하는 기차를 타게 될 줄은 상상도 못한 일
이었다.

결혼식을 마치고 친구들과 어울려 놀다가 집으로 돌아온 시간은
새벽 두 시가 넘어서였다. 신혼 여행은 이튿날 강원도로 가기로 되
어 있었다.

하지만 집에 도착했을 때, 두 사람을 기다리고 있는 것은 전보였
다. 어머니가 몹시 위독하다는 내용이었다.

"어쩌면 좋아. 그러다 어머니 돌아가시면 어떡해, 주영 씨."

민희의 얼굴이 백지장처럼 하얘졌다.

"걱정하지 마. 별일 없을 거야."

주영은 민희를 안고 다독거려 주었다.

"어머니 돌아가시면, 나 어떡해. 나 어떡하나구."

주영은 재빨리 집으로 전화를 걸었다.

뚜르르르, 길게 전화 벨이 울렸다.

뚜르르르, 뚜르르르……

제아무리 벨이 울려도 전화를 받는 사람은 없었다. 숨이 끊어진 어머니 모습이 눈앞을 스쳐 갔다.

아, 안돼!

주영은 재빨리 송수화기를 내려놓았다.

"집에 가 봤자 아무도 없을 텐데, 어느 병원에 가셨는지 모르잖아. 아무튼 얼른 나가 봐."

민희는 주영보다 더 쩔쩔매며 재촉을 했다.

두 사람은 밖으로 뛰어나와 이리 뛰고 저리 뛰며 택시를 잡았다.

수없이 많은 자동차와 사람들이 다가왔다가 멀어지기를 거듭했다. 그 모습이 마치 명멸하는, 거대한 불빛을 향해 끊임없이 몸을 부딪치는 하루살이 같았다.

"괜찮아, 주영 씨. 나 걱정하지 말고 어머니 나으실 때까지 곁에 있어."

택시 안에서 그녀는 두려움으로 말을 잃고 있는 주영에게 혼자말처럼 중얼거렸다.

기차에 오르기 전, 주영은 민희의 손을 잡아 주었다. 그녀의 손은 몹시 차가웠다.

"어떡해, 어머니 돌아가셨으면. 나 어떡하냐구."

그녀는 와락 주영의 품에 안기며 흐느끼기 시작했다. 새처럼 가냘 퍼 보이는 그녀의 어깨를 주영은 꼬옥 안아 주었다. 뭐라 말을 하고 싶었지만 입이 열리지를 않았다.

기차는 이내 역을 빠져 나갔다.

짙은 어둠을 뚫고 달리느라 기차는 다른 때보다 훨씬 더 힘겹게 달리는 듯했다. 무엇을 생각하고 무엇을 머릿속에 그렸는지, 떠오르는 것은 한 가지도 없었다. 오로지 숨이 끊어진 어머니의 시신밖에 생각나지 않았다.

이건 말도 안 되는 일이었다. 자신의 행동이 아무리 부모의 뜻과 어긋났다고 해도 죽음이라니. 세상에 이보다 더 큰 배신은 있을 수 없었다.

주영은 처음으로 죽음을 생각했다. 정화의 죽음 이후 늘 머릿속에 죽음의 그림자가 어둠처럼 드리워져 있었지만, 이렇게 두렵게 느낀 것은 처음이었다.

무슨 정신으로 집에까지 왔는지 아무것도 기억나지 않았다.

대문 앞에서 주영은 잠깐 심호흡을 했다. 병원에 가 있느라 아무도 없을지 모른다. 그러나 누군가가 금방이라도 뛰어나와 절망스런 소식을 전해 줄 것만 같았다.

집은 너무도 깊은 정적에 감싸여 있었다. 아직 이른 새벽이기도 했지만, 이처럼 집 안이 무거운 침묵 속에 잠겨 있다는 것이 더욱 불길했다.

주영은 떨리는 손으로 벨을 눌렀다. 그러나 너무도 쉽게 문이 열리는 바람에 잠깐 아연해지고 말았다.

주영은 빠른 걸음으로 뛰어들어갔다.

뛰어들어가다 말고 주춤한 것은 현관 앞에서였다. 문이 열리고, 아버지와 어머니 모습이 동시에 보였던 것이다. 너무 뜻밖이었다.

"어머니!"

주영은 놀란 눈으로 어머니를 불렀다. 그러나 이내 입을 다물고 말았다. 설명하지 않아도 무슨 일이 벌어지고 있는지 너무도 명확했다. 아버지는 주영을 불러들이기 위해 또 다시 거짓 전보를 쳤던 것이다.

얼마든지 그럴 수 있는 일인데도, 아버지의 그런 위선적인 행동에 몹시 화가 치밀었다.

"따라오너라."

아버지는 성큼 현관 밖으로 나갔다. 주영은 잠깐 망설이다가 아버지 뒤를 따랐다.

"아버지한테 대들지 마라. 주영아, 내 말 알았지?"

어머니는 주영을 뒤따라오며 개미만하게 목소리를 죽였다.

"……."

"내 말 알아들었지?"

"……네."

주영은 가까스로 대답을 했다. 안도하는 표정을 지으며 어머니는 다시 주영에게 타일렀다.

"그리고 꼭 집으로 들어와야 한다, 응?"

그 말에는 대답을 하지 않았다. 들어올 수 있을지, 없을지는 주영의 의사가 아니었다. 아버지 행동에 따라 결정될 수밖에 없었다.

언제부턴가 비가 추적대며 내리고 있었다. 후줄근하게 젖은 마당 저 끝으로 비에 젖은 까치 한 마리가 앉아 있었다. 이곳에만 오면 늘 비가 온다는 생각을 했다. 그제도 저 자리에서 비를 맞고 있는 까치를 보았다는 기억이 주영의 기분을 우울하게 만들었다.

아버지는 말없이 먼저 차에 올랐다. 주영이 오르자 차는 미끄러지듯 집을 빠져 나갔다.

비에 젖은 거리는 너무도 한적했다. 너무 한적하다 못해 적막감이 흘렀다. 그리고 세상의 어느 한 구석이 꽉 막혀 있어 숨조차 제대로 못 쉬고 있는 듯만 싶었다. 비가 내리고 있는데도 그런 답답증을 느껴야 한다는 것이 더 주영의 숨통을 조였다.

주영은 아버지 옆에 앉아 와이퍼의 힘겨운 손짓만 말없이 응시했다. 부드러운 움직임인데도 찌이익, 하는 날카로운 소리가 귀를 가득 채우고 있는 듯만 싶었다.

주영은 아버지가 어떤 행동을 취하건 상관하지 말자고 스스로를 타일렀다. 어떤 숨막힘이든 오늘만 당하면 충분할 것이다. 그러면 다시 민희에게로 돌아갈 수 있을 것이고, 예정대로 신혼 여행을 떠날 수 있을 것이다.

주영은 차창 밖으로 시선을 꽂은 채 민희와 행복했던 순간들을 기억하려 애를 썼다. 그녀와의 첫 만남, 그리고 달콤했던 첫 키스, 결혼하자며 내민 장미꽃을 받고 환호성을 지르던 민희의 밝은 모습, 그리고 가슴 떨렸던 첫 섹스.

하지만 그런 행복한 기억들은 절대 길지 못했다. 아버지의 작은 기척에도 그런 것들은 화들짝 놀라 저만큼 달아나버리고는 했다.

차는 좀전에 주영이 지나왔던 사거리를 지나치고 있었다. 그리고 백화점 앞을 지나쳤다.

예상대로 차는 신문사 앞에서 멈추었다.

아버지 뒤를 따라 층계를 올라가면서 주영은 다시 한 번 심호흡을 했다. 그러면서 절대 기죽지 말라고 자신을 다시 타일렀다. 아버지가 어떤 의도로 여기까지 자신을 끌고 왔는지, 이미 짐작하고도 남음이 있었다.

아버지는 주영에게 백 마디의 말보다 더 정확한 현실을 보여 주려 하는 것이다. 당신의 욕망과 야망으로 일군 공간을.

신문사는 눈코 뜰 새 없이 분주하게 움직이고 있었다. 여기저기서 전화 벨이 어지럽게 울려댔다.

더러 한가하게 앉아 잡담을 나누던 부류들이 아버지의 등장에 허겁지겁 자리에서 일어나기도 했지만, 아버지는 아랑곳하지 않았다.

누군가 아버지를 따라오면서 뭐라 말을 건넸지만 아버지는 손짓 한 번으로 그들을 물리쳤다.

주영의 얼굴을 아는 사람은 아무도 없었다. 그렇듯 이곳은 주영에게 낯선 공간일 따름이었다.

1층, 2층, 3층, 4층……. 그리고 마지막이 지하였다. 그곳은 외부인은 절대 출입할 수 없는 인쇄실이었다. 그곳도 분주하기는 마찬가지였다.

아버지는 인쇄소를 한눈에 내려다볼 수 있는 층계 끝에서 말없이 아래를 응시했다. 주영은 그 곁에서 꼼짝하지 않았다. 그 무거운 침묵에 질식할 것만 같았다. 주영은 다시 민희를 떠올리려 애를 썼지만, 거대한 공룡 같은 기계와 아버지가 숨통을 조이면서 아무 생각도 못하게 만들었다.

다시 밖으로 나왔을 때, 빗줄기는 더 굵어져 있었다. 아버지는 운전사가 우산을 펼쳐 들고 뛰어오기도 전에 성큼성큼 차 있는 곳으로 걸어갔다.

차는 이내 신문사를 빠져 나와 질주하는 차량들 틈으로 끼여들었다. 아버지는 여전히 아무 말도 하지 않았다. 숨이 막힐 것 같은 침묵이 차 안에 가득했다. 와이퍼의 힘든 손짓은 아직도 계속되고 있었다.

백화점 건물이 보이고 세일을 알리는 플래카드가 비바람에 휘날리고 있었다. 차는 그곳을 향해 달려갔다.

비가 온 탓인지 백화점은 그런대로 한가한 편이었다. 비가 오지 않았다면 도로 근처까지 붐볐을 것이다.

아버지가 이 백화점과 신문사를 손에 거머쥐기까지 얼마나 많은 사람들이 피해를 입었는지 주영은 너무도 잘 알고 있었다. 고향을 떠난 뒤 아버지가 먼저 손을 댄 것은 건축업이었다.

그리고 어느 정도 재력이 갖춰지자 큰 건물을 맡아 짓게 되었고, 그 중 하나가 이 백화점이었다.

물론 그때까지만 해도 아버지는 그저 건물을 지어 주는 업자일 뿐이었다. 그러나 아버지는 누구보다도 남의 단점을 잘 이용할 줄 아는 천부적인 소질을 지니고 있었다. 백화점의 열악한 재무 구조를 눈치챘던 것이다.

아버지가 어떻게 해서 백화점을 손에 쥐게 되었는지, 세세한 내용까지는 알 수 없었다. 다만 공사를 최대한 늦게 진척시키면서 자동적으로 어음 부도를 내게 만들어 버렸고, 그리고 급기야는 공사 대금을 포함한 저렴한 가격으로 넘기도록 손을 썼던 것이다.

아버지는 누구보다 이 자리가 머잖아 노른자위가 되리라는 것을 예감하고 있었다. 이 백화점뿐만 아니라 아버지가 사들인 부동산은 모두 황금 알을 낳는 거위였다. 돈은 돈을 물어 왔고, 아버지는 이 바닥에서 제일가는 재력가로 자리 매김을 할 수 있었다.

1층에서부터 9층 문화 센터까지 둘러보기까지는 그다지 긴 시간이 걸리지 않았다. 그러는 동안 주영이 아버지에게서 들은 말은 한마디도 없었다. 주영도 굳게 입을 다물고 있었다.

아버지의 등장을 알기라도 했던 것처럼 백화점은 체계적으로 움직이고 있었다. 잘 정돈된 실내, 직원들의 바쁜 움직임, 많은 손님들.

주영은 아버지의 뒤를 따라 여성 의류 매장으로 올라갔다. 그곳에는 며칠 전 민희와 한복을 맞추러 가면서 백화점의 쇼 윈도에서 보았던 옷도 걸려 있었다. 그런데 참 이상도 하지, 왜 그 옷과 저 옷이 같은 것이라는 생각이 전혀 들지 않을까.

아버지는 여유 있지만 무거운 발짝 소리를 내며 각층을 훑어 갔
다.

어린 시절부터 주영은 그 무거운 발짝 소리만 들어도 아버지가 어
디쯤 오고 있는지 쉽게 알아맞히고는 했다. 그리고 그 발짝 소리를
들으면 이상하게도 옛날이야기 속의 도깨비가 떠오르고는 했다. 착
한 사람을 괴롭히던 심술 사나운 도깨비가.

그런 두려움 때문이었을까, 한 번도 아버지에 대한 불만을 밖으로
표현하지 못하고 살았다. 늘 말 잘 듣는 착한 아이일 뿐이었다.

"산으로."

다시 차에 오른 아버지 입에서 단 한 마디의 말이 떨어졌다.

산. 그건 선산을 두고 하는 말이었다.

주영은 시내를 빠져 나가는 차 안에서 어떤 불길함을 떨쳐 내느라
내내 눈을 감고 있었다. 아버지 손에서 쉽게 놓여 나긴 어려울 것이
라는 불길함이었다. 아버지는 무슨 일이건 일단 당신 덫에 걸려든
것이면 절대 놓치는 법이 없었다.

주영은 시계를 보았다. 벌써 네 시가 지나가고 있었다. 예정대로
라면 지금 서울행 기차 안에 앉아 있어야 옳았다. 그래서 내일 있을
신혼 여행의 단꿈에 젖어 있어야 옳았다.

차는 한참을 달렸다. 예전에는 그다지 먼 거리가 아니었는데, 오
늘은 너무도 멀게만 느껴졌다.

선산은 조금도 변하지 않은 모습으로 비를 맞고 있었다. 아버지는
우산도 쓰지 않은 채 위로 올라갔다.

주영도 들고 있던 우산을 펴지 않았다. 차가운 빗물이 옷 속으로
축축하게 스며들었다. 오싹 한기가 일었다. 하지만 아버지의 걸음걸
이는 한치도 빈틈이 없었다.

산은 깊은 정적 속에 잠들어 있었다. 사람이 죽고 사는 문제의 해답이 모두 여기에 모여 있었다.

누구나 살고, 그리고 죽는다. 그 몇 십 년의 세월을 어떻게 보냈느냐는 죽음 앞에서 그다지 중요하지 않을지도 모른다.

어쨌건 죽음과 삶, 그 두 개의 길은 분명히 달랐다. 어떻게 죽음과 삶이 같을 수 있단 말인가. 똑같다고 여기려 하는 것은 나약한 인간의 하찮은 위안에 불과할 뿐이다.

이런 생각은 처음이 아니었다. 처음 그 생각을 한 것은 정화의 죽음 앞에서였다. 만약 죽음과 삶이 연결되어 있다면, 정화가 너무 가엾었다. 얼마든지 살 수 있었는데도 죽을 수밖에 없었던 아이. 만약 영혼이 있다면 그 애는 자기 아버지를 죽어도 용서 못할 것이다. 적어도 주영이 생각하기에는 그랬다. 그렇다면 삶과 죽음이 같아서는 안 되었다. 그 애는 저 세상에 가서라도 행복해야 되기 때문이다.

어느 묘가 몇 대조의 산소인지 훤히 알고 있는데도 아버지는 주영의 머릿속에 각인시키듯 비석 하나하나를 짚어 내려갔다.

그리고 어머니와 아버지의 가묘 앞에서 걸음을 멈추었다.

"여기 계시는 조상님 누구도 계집애 하나 때문에 천륜을 저버린 분은 안 계셨다."

"……."

"너는 내가 왜 여기로 널 데리고 왔는지 잘 알 것이다."

"……."

아버지는 주영보다 훨씬 더 젖어 있었다. 주영은 비로소 아버지의 얼굴을 건너다보았다. 너무도 당당한 모습이었다. 아무리 억센 세월이라도 아버지만은 못 건드리고 지나칠 것 같았다. 세월이 흐르면 나이를 먹고 나이를 먹으면 늙음과 함께 나약함이 보이게 마련인데도, 그게 세월인데도 아버지는 예외였다.

"네가 보기에 이 아비가 잘못 살아온 것으로 보이냐?"

"……."

비에 젖은 머리카락이 고집스런 아버지의 이마를 덮고 있었다.

"나는 네가 자랑스러웠다. 아버지와 달리 너는 머리도 명석하고 인정도 많았다. 그래서……."

아버지는 잠시 말을 끊었다. 작은 웅덩이로 빗방울이 떨어지면서 토닥토닥 산의 소리를 흉내내고 있었다. 주영은 고개를 들어 구름이 가득 내려앉은 하늘을 올려다보았다. 새 한 마리가 무거운 날개를 털며 빗속을 날고 있었다. 새의 날갯짓이 버거워 보여 주영은 한동안 그 모습을 바라보았다.

"네가 사시에 합격했다고 했을 때, 내가 어떻게 했는 줄 아느냐? 고향에 내려가 동네 잔치를 벌였다. 살아온 동안 그날처럼 기분 좋은 날은 처음이었다. 네가 태어났을 때도 그렇게 기쁘지는 않았던 것 같은데. 뭐니뭐니 해도 자식 농사가 제일이라는 말도 그때 실감했다. 네가 그 힘들다는 시험에 터억 합격했다고 해서 그렇게 기뻐했다고 믿느냐? 아니다. 이제는 조상님들께 할 일을 다했습니다, 말할 수 있게 되어서 기뻤던 것이다. 그리고 네가 반드시 돌아오리라는 생각을 한 번도 버린 적이 없었다."

아버지의 음성은 조금 떨리고 있었다. 그리고 비에 젖은 어깨도 조금 떨리고 있는 듯했다. 처음 보는 모습이었다.

그러나 주영은 담담한 심정으로 아버지를 바라보았다. 부모 자식 사이인데도 어떤 상황이건 마음이 움직여 주질 않는 것은 서로에게 불행이었다.

아주 오랫동안 홍역을 치르고 이제서야 여기에 온 것만 같았다.

한 번씩 아팠다가 회복하면 조금씩 어른이 되어 간다는 말이 옳다면, 민희와 함께 마음을 앓는 동안 참 많은 것을 깨달았다는 생각이 들었다. 아버지의 저런 모습도 덤덤하게 받아들일 수 있을 정도로.

"나는 네가 그깟 계집애 하나 때문에 그 많은 것을 버릴 놈은 아니라는 걸 믿는다. 기억나니? 네가 아홉 살 때였을 것이다. 내가 갑자기 복통이 일어나서 죽을 뻔했는데, 어린 네가 그 밤중에 의사를 끌고 왔던 일 말이다. 아마 비가 억수로 쏟아지고 있었을 것이다. 네가 그랬다더구나. 만약 우리 아버지가 그냥 돌아가신다면 의사 선생님 두고두고 원수 갚겠다고 말이다."

아버지 입가로 희미하게 미소가 흘렀다. 그러나 주영은 웃지 않았다. 그 사건은 아직도 또렷하게 기억하고 있었지만, 그걸 지금 이 상황에서 다시금 되새긴다는 것이 무슨 의미가 있겠는가. 어쨌거나 아버지는 지금 주영에게 예전과 다른 모습을 보여 주려 애를 쓰고 있었다.

"내 말 이해하겠냐?"

"......."

아버지는 무슨 대답을 간절하게 원하고 있었지만 주영은 여전히 할말이 없었다. 주영은 얼마든지 아버지를 이해할 수 있었다. 그러나 아버지는 주영 자신을 이해하지 못하고 있었다.

주영은 천천히 아버지를 쳐다보았다.

"아버지, 아버지께서 민희 같은 여자를 한 번이라도 만나 보셨다면 아버지도 분명히 그 여자를 사랑했을 겁니다."

"......."

아버지의 시선이 혼란스럽게 흔들리고 있었지만 주영은 다시 말을 이었다.

“가진 것도 없고 내세울 것이 없다고 해도 따뜻한 가슴만으로도 행복한 사람이 있습니다. 민희가 그런 사람입니다.”

“……”

“저는 아버지가 단 한 번만이라도 그런 여자를 사랑할 수 있었다면 정말 좋겠다는 생각을 많이 했습니다.”

“……”

“그러면 세상에서 뭐가 가장 중요한 것인지 느끼셨을 겁니다.”

“……네 말은, 그러니까 사업보다 집안이나 부모보다 계집애 하나가 더 중요하다는 말이냐?”

아버지의 음성은 조금 전보다 더 떨리고 있었다. 금방이라도 아버지의 입에서 큰 소리가 터지고 말 것만 같았다.

“그런 뜻은 아닙니다.”

“그럼 무슨 뜻이냐?”

“……아버진 제가 뭐라고 설명을 해도 이해하지 못하실 겁니다.”

“말을 해도 부모조차 이해할 수 없는 일을 세상은 이해할 것 같으냐?”

“세상 사람 모두가 다 이해 못한다고는 안 했습니다. 아버지나 어머니 같은 분은 이해하지 못한다고 했습니다.”

“……”

“저는 그 애한테로 돌아가겠습니다. 죄송합니다.”

“……”

“천륜이 중요하다는 걸 몰라서가 아닙니다, 아버지. 그렇다고 한 여자한테 정신이 빠져서만도 아닙니다.”

“……”

“욕심입니다만, 정말 사람답게 살고 싶을 뿐입니다. 가장 인간답게……."

아무리 말을 해도 가슴이 횅해질 때가 있는 법이다. 주영은 입술을 떨며 말을 잇는 동안 아무리 내뱉어도 채울 수 없는 커다란 공간을 보고 말았다.

인간의 말이란 가장 단순하게 가슴 언저리에 얹혀 있는 것을 표현할 때만 소용에 닿게 마련이었다. 우물 속 같은 가슴 밑바닥의 말은 제아무리 좋은 표현으로도 나타내기 어려운 법이다. 토해 봤자 더더욱 공허한 것이 가슴 저 밑바닥의 말이었다.

주영의 말이 다 끝나도록 아버지는 침묵을 지켰다. 커튼처럼 드리워지는 빗줄기 때문에 자꾸만 말이 끊기고 있는 것인지도 몰랐다.

주영은 먼저 몸을 돌렸다. 황토 흙이 잔뜩 엉겨 붙은 신발이 너무도 무거웠다. 신발이 무거울 뿐인데, 숨조차 제대로 쉴 수 없었다.

"천륜을 저버린 자식은 이곳에 묻힐 자격도 없다!"

아버지의 단호한 음성이 뒷덜미를 내리쳤다. 주영은 걸음을 멈추지 않았다.

민희야…….

주영은 쏟아지는 빗물에 얼굴을 씻으며 나지막하게 민희의 이름을 불러 보았다. 저 구름이 걷어지면 맑은 하늘이 얼굴을 드러낼 것이다. 그리고 민희의 밝고 깨끗한 웃음 소리도 다시 들을 수 있으리라.

아버지 차를 타지 않을 작정이었다. 산을 내려가면 아무 차나 얻어 탈 수 있을 것이다. 하지만 아버지는 주영에게 그럴 틈을 주지 않았다. 차가 먼저 주영의 앞을 가로막았다. 아버지는 여전히 굳은 표정으로 자리를 지키고 있었다. 그러나 그 표정은 타라는 명령보다 더 완고했다.

"그냥 타십시오."

눈치만 보던 운전사가 차에서 내려 차 문을 열어 주었다.

주영이 오르자 차는 쏜살같이 내달리기 시작했다.

질식할 것만 같은 차 안의 공기 때문에 주영은 유리창을 약간 열어 놓았다. 빗물과 차가운 바람이 문 틈 사이로 들이쳤다.

어떤 예기치 않은 일이 벌어질지 모른다는 불안감이 다시금 고개를 쳐들었다. 하지만 방법이 없었다.

차가 대문 앞에 멈추었다.

"저는 가 보겠습니다."

주영은 차에서 먼저 내리며 빠르게 말했다. 어머니는 보고 가야 할 테지만 어쩐지 집 안으로 들어가서는 안 될 것만 같았던 것이다.

"들어와!"

아버지 입에서 벼락같은 고함소리가 터졌다.

"아무리 계집애한테 눈이 멀었다지만 부모야, 부모! 배은망덕한 자식!"

아버지의 얼굴이 험상궂게 일그러지고 있었다. 그리고 주영의 팔을 낚아채고 대문 안으로 들어섰다. 너무도 완강한 아버지의 팔 힘 때문에 주영은 꼼짝도 할 수 없었다.

어머니와 정화 어머니가 헐레벌떡 뛰어나왔지만, 아버지의 폭발할 것 같은 행동 앞에서 아무 소리도 못하고 물러섰다.

"들어가!"

아버지는 대뜸 주영을 문간방으로 밀어 넣었다.

"왜 이래요!"

날카로운 어머니의 비명 소리가 터졌다. 하지만 철컥, 밖에서 들리는 자물쇠 소리를 들으면서 주영은 방바닥으로 사정없이 나가떨어졌다.

"아버지!"

"저런 자식은 굶어 죽게 내버려둬야 돼!"

주영은 허겁지겁 방문을 밀었다. 그러나 문은 꼼짝도 하지 않았다.

"제발 이러지 마세요. 모처럼 온 자식한테 이러는 거 아녜요."

어머니의 겁에 질린 음성이 들려 왔지만, 아버지의 쿵쿵대는 발짝 소리는 이내 문 앞에서 사라져 버렸다.

어쩔 줄 모르고 쩔쩔매는 어머니의 목소리가 들려 올 따름이었다.

방은 온기가 없어 몹시 썰렁했다.

낭패였다. 이런 사태가 기다리고 있으리라는 것을 예감하지 못한 것은 아니었다. 그러나 이건 생각 밖의 일이었다.

"이 일을 어쩌면 좋아. 애, 주영아, 내 말 들리니?"

어머니의 다급한 목소리가 주영을 찾았지만 주영은 대답하지 않았다.

시계를 보았다. 벌써 일곱 시가 넘어가고 있었다.

"민희야……."

주영은 간절한 심정으로 그녀의 이름을 다시 불러 보았다.

아무런 묘안이 없었다. 아버지는 절대로 주영이 서울로 돌아갈 수 있도록 문을 열어 주지 않을 것이다.

"이 놈아, 어서 잘못했다고 빌어, 응?"

어머니의 목소리에는 울음이 잔뜩 묻어 있었다.

"제발 고집 그만 부리고 잘못했다고 빌어라, 주영아."

주영은 벽에 기대고 쪼그려 앉았다.

바깥쪽으로 작은 창 하나가 있었다. 그러나 굵은 창살이 완강하게 자리를 지키고 있었다.

　바짓가랑이로 황토 흙이 잔뜩 묻어 있었다. 황토 흙의 무게 때문에 온몸이 무겁게 가라앉는 것 같은 생각에 다시 빠져 들었다.

　"민희야……."

　주영은 간절하게 그녀를 불렀다. 그녀의 밝은 음성과 표정을 떠올리려 애썼다. 그러나 그녀의 얼굴은 너무도 멀리 있었다.

　여기까지 왔던 것이 실수였다. 그리고 아버지한테 어떤 인간적인 배려를 원했던 것부터가 무리였다.

　한동안 마음을 가라앉히려 노력했다. 덕분에 쿵쾅거리던 심장의 박동이 많이 가라앉았다. 민희의 말처럼 성격이 많이 바뀐 모양이었다. 예전 같으면 이런 상황을 절대 못 견뎠을 텐데 말이다.

　처음 그녀를 만났을 때, 그녀는 중요한 사실처럼 말했다.

　"법대생들이 굉장히 정신 불안증에 시달린다더니 맞네요."

　그녀가 주영의 어디에서 그렇게 불안한 모습을 발견했는지 알 수는 없었지만, 불안한 것은 사실이었다. 늘 뭔가에 쫓기는 기분이었고, 어떤 거대한 무게에 짓눌려 질식할 것 같은 꿈에 자주 시달렸으니까.

　머리가 영리해 교과서의 온점 하나까지 정확하게 기억할 줄 알던 친구 녀석이 알코올 중독자가 된 것도 그와 무관하지는 않을 터였다. 하지만 민희를 만난 뒤부터는 그 고질병 같은 불안감이 거짓말처럼 사라졌다. 대신 여유를 얻었다.

　사방이 고요했다. 자동차 소리도 간혹 들려 올 따름이었다. 워낙 도로에서 멀찍이 떨어져 있는 탓도 있지만, 빗소리에 가려 소리들은 더 멀게 다가왔다 사라질 뿐이었다.

　"어서 아버지한테 잘못했다고 빌어라, 응?"

어머니는 간절하게 매달렸다.

"오죽하면 아버지가 이러시겠냐. 서울 일은 깨끗하게 정리하고 하라는 대로 하겠다고 말씀드려, 이 놈아!"

"……."

주영은 어머니의 목소리를 듣지 않으려고 고개를 무릎 사이로 깊숙이 묻었다. 그러면서 이 어둠이 민희와 자신 사이에 놓인 마지막 어둠이 될 거라고 확신했다. 죽는 날까지 이런 어둠은 다시 만나지 않으리라. 아버지가 옳고 그르고, 그건 중요하지 않았다. 아버지와 주영 자신은 부모 자식으로 만난 것부터가 잘못되어 있었다. 부모와 자식이라도 그 잘못된 만남을 계속 끌고 갈 필요는 없었다. 차라리 외면하는 편이 나았다.

문득 운명이라는 것을 생각했다. 사람이 태어나면서 죽는 날까지 붙들려 끌려간다는 그 운명의 끈 말이다.

주영은 고개를 들고 어둠이 까맣게 내려앉은 창문을 응시했다. 거기로 환한 민희의 얼굴이 고즈넉이 나타났다가 사라졌다.

어쩌면 그녀와의 관계는 운명과는 정반대로 흘러가고 있는 것일지도 몰랐다. 운명이란 이미 정해져 있는 것이 사실이라면 말이다. 어머니, 아버지의 뜻대로 행동해 주는 것이 주영과 민희의 운명일 수도 있었다. 운명은 늘 그렇게 비겁한 것이니까.

그렇다면 어떤 일이 있더라도 그 운명의 끈에 묶여 끌려갈 수는 없는 노릇이었다. 어떻게든 거역해야 했다. 그래서 당당하게 선택한 삶을 살 것이다.

"널 어떻게 키운 자식인데 이럴 수가 있는 거냐, 응?"

어머니는 문을 꽝꽝 주먹으로 쳐댔다.

"네가 계집애 하나 때문에 부모도 버리고 집안도 버릴 줄은 생각

도 못했다. 너 없이 지내는 것이 얼마나 큰 고통인데, 언제까지 이럴
참이냐, 응?”
　“그 자식 그 안에서 굶어 죽게 내버려둬. 만약 내 허락 없이 꺼내
줬다간 몽땅 쫓겨날 줄 알어!”
　아버지의 성난 음성이 들려 왔다. 어머니와 정화 어머니, 모두 들
으라는 소리였다.
　“제발 이러지 마세요. 얼마 만에 찾아온 자식인데 왜 이러세요. 제
발 나를 봐서라도 주영이 좀 꺼내 줘요, 네?”
　어머니의 목소리는 너무도 애절했다.
　‘제발, 어머니, 그만 애원하세요.’
　주영은 속으로 중얼거렸다. 그렇게 매달리는 어머니의 목소리가
주영을 더욱 괴롭게 했다.
　바깥은 다시금 조용해졌다.
　얼마나 시간이 흘렀을까, 벽에 등을 기댄 채로 꿈을 꾸었다. 민희
와 정화가, 물살에 떠내려가는 꿈이었다. 누군가를 구해야 했다.
　그러나 주영은 아무도 구하지 못하고 발만 동동 굴렀다. 아니, 물
속으로 뛰어들려고 해도 발이 떨어지질 않았다. 어떤 거대한 힘에
포박된 채 옴짝달싹 못하고 두 사람이 죽어 가는 것을 보아야 했다.
　그리고 또다시 정화를 보았다. 어린 시절, 백일홍 꽃봉오리가 졸
고 있던 화단 앞이었다.
　정화는 꽃보다도 깨끗하고 단정한 모습으로 주영 앞으로 다가왔
다. 그리고 안타까운 표정으로 주영을 쳐다보았다. 잘못 본 것이 아
니라면 그녀는 분명히 울고 있었다.
　“왜 울어?”
　주영이 물었다. 오랜만이라는 사실보다 그녀의 눈물이 주영을 더

안타깝게 했다.

하지만 그녀는 아무 말도 하지 않았다. 그저 슬프게 주영을 응시할 따름이었다. 그녀의 슬픈 표정 때문에 아무 말도 건넬 수가 없었다. 주영은 손을 뻗어 그녀의 손을 잡았다. 그녀의 손은 너무도 작아 보였다.

오랜만이라고 말하고 싶었지만 그녀는 손처럼 자꾸만 작아지기 시작했다. 처음에는 어린 나무처럼 작아지더니 나중에는 조약돌만큼 작아졌다. 그녀의 작아짐이 너무도 안타까워 가슴만 졸이다가 눈을 떴다.

너무도 생생한 꿈이었다. 눈가가 축축했다.

정화가 왜 꿈에 나타났을까. 주영은 어둠이 가득한 창문을 멀거니 바라보았다. 금방이라도 그 유리창으로 그녀의 깨끗하고 맑은 모습이 투영될 것만 같았다.

그렇게 이틀이 지났다.

방 안에 갇힌 채 날이 밝고, 다시금 어두워지는 것을 보았다. 손목시계가 있었지만, 굳이 확인할 필요도 없이 몇 시가 되었는지는 쉽게 알 수 있었다. 아무것도 보지 않은 채 눈을 감고 있으면 거대한 지구가 째깍거리는 시계음을 내며 도는 소리가 들렸다.

불도 켜지 않았다. 벽에 전기 스위치가 있었지만 주영은 그곳에 손도 대지 않았다.

어머니는 방문 앞에서 꼼짝도 않고 앉아 있는 듯했다. 저러다 어머니까지 어떻게 되면 어쩌나, 걱정이 되었다.

"오죽하면 아버지가 그러시겠냐, 오죽하면. 너도 장가가서 자식 낳고 살면 부모 심정 알 거다. 아버지가 어디 남한테 허리 한 번 굽실거리시던 분이냐. 그런 양반이 너한테 그렇게 애걸복걸하는데, 죽

76

은 사람 소원 들어주는 셈치고 알았습니다, 하면 좋잖아."

정화 어머니의 기척은 들리지 않았다. 어쩌면 아버지는 정화 어머니를 어딘가로 보냈을지도 몰랐다. 이상하게도 아버지는 집안에 불미스러운 일만 생기면 정화 어머니를 어디론가 보내고는 했다. 그리고 될 수 있으면 신경을 안 쓰게 해 주었다.

민희가 걱정되었다. 지금쯤 그녀는 돌아오지 않는 주영 때문에 몹시 걱정을 하고 있을 것이다.

방에 통화만 할 수 있는 전화기가 놓여 있었지만, 그것으로 연락을 할 수 있는 방법은 없었다.

"민희야, 걱정하지 마. 여기서 나가면 절대 네 곁에서 떠나지 않을게."

주영은 그녀가 앞에 있기라도 한 것처럼 나직이 읊조렸다. 그 말을 했을 뿐인데 가슴이 무너질 듯이 아팠다.

그녀에게 너무 많은 고통을 안겨 주면서 살고 있다는 미안감 때문이었다.

그리고 한사코 자신을 그녀에게서 떼어놓으려고만 하는 세상을 향해 침이라도 뱉어 주고 싶은 심정이었다. 그러나 절대 그녀를 배신하는 짓 따위는 하지 않을 것이다. 죽음이 사이를 갈라놓는다 해도.

어머니의 기운 없는 목소리가 다시 들려 왔다.

"주영아, 엄마가 뭘 그렇게 너한테 서운하게 하든? 그 애가 뭘 그렇게 잘해 주었길래 부모까지 버리는 거냐, 응?"

"……."

"네가 그렇게 고집을 피우면 아버진 절대 고집을 꺾을 양반이 아니라는 거 너두 잘 알잖어. 제발 그만 고집 피워라. 이러다 엄마가 먼저 죽겠다.”

어머니는 정말로 기운이 없는 목소리였다. 그러나 주영은 다른 생각을 하려 애를 썼다. 이틀 동안 물밖에 먹은 것이 없어서인지 자꾸만 정신이 아른거렸다.

“어떻게 해야 네가 마음을 바꿀 것 같으냐, 응?”

“……”

“아버지가 얼마나 무서운 양반인지 너두 잘 알잖어. 네가 아무리 자식이라지만 그냥은 안 물러나실 분이다. 그 애를 위해서라도 너 이러면 안 돼. 아버지가 마음 한 번 먹으면 그 애 하나는 쉽게 처리하실 분이다.”

“……”

“너는 아버지가 무섭지도 않니?”

어머니의 말뜻을 모르는 것은 아니었다. 민희와 살면서 늘 불안했던 것도 바로 그 부분이었다. 민희가 아버지한테 당할지도 모를 불행한 사태는 자신의 능력으로는 막을 수가 없을지도 몰랐다.

“……”

“너 혼자만 생각하지 말고 다른 사람 생각도 좀 해라. 네가 이러면 마음 편할 사람 하나도 없다. 아니할말로 그 애가 너 이런 사실 알면 얼마나 힘들겠냐.”

“……”

“설령 네가 고집을 피워서 그 애랑 산다고 치자. 그 애가 대접받고 살 수 있으리라고 믿니? 고아로 자랐으면 이제라도 떳떳이 대접받으면서 살게 하는 것이 좋지, 너하고 살면 평생 기도 못 펴고 마음 고생이나 하고 말 것이 아니냐. 너 이러는 거 그 애한테도 아무런 도움이 안 돼, 이놈아.”

어디선가 새 소리가 들려 왔다. 그 소리가 정신을 맑게 해 주었다. 이런 폐쇄된 공간으로도 그런 소리가 흘러 들어올 수 있다는 것이 신기할 따름이었다.

"사람은 분수껏 살아야 행복한 법이다. 그 애가 이 집에 시집오면 평생 죄인처럼 살 것이고, 그러면 있던 정도 사라질 것이고. 분수에 맞게 시집가서 남편, 시부모한테 귀염 받고 살면 그게 더 나은 것 아니냐?"

주영 때문에 불행해질 민희의 모습은 한 번도 생각해 본 적이 없었다. 물론 현실의 벽이야 한동안 완강할 테지만, 그 정도는 충분히 이겨낼 자신이 있었다. 그녀가 없는 세상은 꿈에도 생각할 수가 없었기 때문이다. 당연히 그녀가 없다면 자신이 이 세상에 존재할 가치도 없었다.

빛이 어둠에 밀려 기진맥진 유리창 너머로 사라지는 것이 또렷이 보였다. 어둠이 긴 자동차 경적 소리를 흉내내며 마지막 남은 한 점 남은 빛을 쫓아내는 순간, 주영은 깊은 잠 속으로 빠져들었다.

아무런 꿈도 꾸지 않고 긴 잠을 잤다. 이런 상황에서도 아무 꿈없이 깊은 잠 속에 빠져들 수 있다는 것이 참 신기하다는 생각을 하면서 잠을 잤다.

그러다가 눈을 뜬 것은 온몸으로 쏟아지는 강한 불빛 때문이었다. 그리고 주영은 실눈을 뜬 채로 우뚝 서 있는 물체 하나를 보았다. 아버지였다.

아버지는 아무런 말도 하지 않고 굳은 표정으로 주영을 쳐다보다가, 종이 하나를 휙 던지고 다시 문 밖으로 나갔다.

편지였다.

너도 고집이 세듯이 나 또한 고집 하나로 버틴 사람이다. 거두절미하고 타협을 해야겠다.

나는 절대로 그 애를 우리 집 며느리로 받아들일 생각이 없다. 내 눈에 흙이 들어와도 안 된다.

김 회장님을 너도 잘 알 거다. 네가 어려서부터 우리는 사돈을 맺자고 언약을 했고, 너도 간혹 그분을 뵌 적이 있으니까.

그리고 그 동안 그분의 도움을 퍽 많이 받았던 것도 사실이다.

요즘 같은 불경기에 아무런 장애 없이 버틸 수 있었던 것도 그분 덕분이지.

네가 결혼을 하겠다고 했을 때, 나는 그분 생각이 먼저 났다. 만약 우리가 했던 약속이 깨진다면 내가 얼마나 타격을 입을지 불 보듯 뻔하기 때문이다.

다행스럽게 그 김 회장님 딸이 얼마 전 유학을 마치고 돌아왔다. 그래서 우리는 올 봄에 결혼식을 올리자고 언약이 되어 있던 중이다. 그 동안 아무 말도 하지 않았던 것은 혹여 그 회장님 마음이 변할지도 모른다는 생각 때문이었는데, 이제는 확실해진 셈이다.

자, 어떠냐. 네 손에 이 아비 목숨이 달려 있다. 아니지, 애써 피땀 흘려 이룬 우리 기업이 흥하느냐 망하느냐, 그건 순전히 네 손에 달린 문제지.

긴말 할 것 없이 내일 만나자고 약속을 했다. 네가 싫다고 해도 나는 이 일을 추진하겠지만, 이왕이면 즐거운 얼굴로 나갈 수 있기를 바란다.

내 말 명심해라.

뚝뚝 부러지는 글씨체로 쓰여진 편지였다.

주영은 한참을 그대로 앉아 있었다. 집 안은 너무도 조용했다.

주영은 처음으로 손목시계를 보았다. 새벽이었다.

이곳에서 탈출할 수 있는 방법은 한 가지밖에 없었다. 아버지의 말을 일단은 들어주는 것이다. 그렇게 해서라도 이곳을 빠져 나가지 않는 이상 아무것도 해결할 수가 없을 것이다.

주영은 다시 민희의 얼굴을 떠올렸다. 그녀의 따뜻한 품에 안겨 잠들고, 눈을 떴던 그 시간들이 너무도 아득하게 느껴졌다.

갇혀 있는 것은 몸인데, 이상하게도 시간마저 갇혀 있는 것만 같았다. 아무런 시간 관념도 느끼지 못한 채 몇 시간을 보냈다.

아버지가 다시 나타난 것은 아침나절이었다.

"어떻게 하겠느냐?"

아버지의 목소리는 단호했다. 방문 밖에서 서성이는 어머니의 기척이 들려 왔다.

"네 손에 이 집안이 달려 있다. 우리 기업은 물론이고 우리 식구 목숨까지 쥐고 있다고 생각하면 될 거다. 만약 네가 그 집 사위가 된다면 우리는 그야말로 탄탄 대로 기업으로 성장할 것이다. 어떠냐?"

"……."

"내 생각이다만, 오늘 만나 뵙고 별 문제만 없다면 빠른 시일 안에 혼사를 치를 예정이다. 저쪽 집안도 그걸 바라고 있고."

주영은 아버지의 비위를 건드리지 말자고 자신에게 타일렀다.

"네가 서울에 있는 동안 집안끼리는 깊은 이야기까지 오고 간 상태지만, 김 회장님은 네가 시험에 합격할 때까지는 입을 다물고 있자고 하셨다. 그 동안 음으로 양으로 네 혼사 문제에 많이 신경 쓰고 있었다."

　어떻게 이런 위선이 현실로 나타날 수 있는지, 주영은 아버지의 발끝만 응시하고 앉아 있었다.

　"어떻게 할 셈이냐?"

　다시금 바위 같은 아버지의 음성이 주영 몸으로 뚝 떨어졌다.

　"……."

　"예전이야 철없어서 한 짓들이고, 이제 너도 어엿한 사회인이다. 네 출세를 위해서라도 이 아비가 시키는 대로 해야 할 것이다."

　"……."

　"어쩔 셈이야?"

　"……아버지 뜻대로 하겠습니다."

　주영은 눈을 감은 채로 대답을 했다. 밖에서 안도의 한숨을 내쉬는 어머니의 기척이 들려 왔다.

　"준비해라. 오후 한 시에 차 보내마."

　아버지는 그 말만을 남기고 밖으로 나갔다. 여전히 얼음처럼 차가운 모습이었다. 그 모습 때문에 주영은 또 한 번 부르르 진저리를 쳤다.

　다시 밖에서 문 잠그는 소리가 들려 왔다.

　"잘했다, 잘했어."

　어머니의 들뜬 목소리가 들려 왔다.

　아버지는 열두 시경에 주영의 옷과 구두를 들고 들어왔다. 그리고 주영이 목욕탕에서 샤워를 하고 옷을 챙겨 입는 동안 한시도 그 곁을 떠나지 않았다.

　"아주머니는 어디 갔어요?"

　주영은 두 사람을 안심시키기 위해 다른 화제를 꺼냈다.

　"으응, 친정에 볼일이 있다고 해서."

대충 얼버무리는 어머니의 표정을 보면서 주영은 아버지가 얼마나 철저하게 이 일을 꾸몄는지, 소름이 끼쳤다. 결국 정화 어머니를 밖으로 내보내고 그 동안 모든 일을 처리하려 했던 것이다.

하루가 다르게 날씨가 더워지고 있었다. 오늘도 걸치고 있는 양복 상의가 부담스러울 정도의 날씨였다.

주영은 밖으로 나와 앞산을 바라보았다. 어린 시절에는 늘상 발돋움을 하며 키를 재어보던 그 산이었다. 아직은 소나무 빛깔만 강한 산은, 마치 치다 만 한 점 묵화 같았다. 강금되던 첫 날, 밤새 뭔가 뒤채이며 잠을 방해했는데, 아마 저 산이 그랬나 보다.

차는 이내 골목을 빠져 나갔다. 아버지는 여전히 침묵만을 지켰다. 어머니는 계속 어색한 분위기가 부담스러웠는지 여러 말을 건넸지만, 주영은 대충 대답하고 입을 다물었다.

이런 침묵은 전혀 낯설지가 않았다. 자라는 동안 아버지와 마음을 터놓고 대화를 나눈 적이 몇 번이나 있었던가. 기억에 없었다.

만약 한 번이라도 아버지가 옆 자리를 비워 주었다면, 정화에게 그토록 많은 것을 기대하진 않았을지도 몰랐다. 그리고 정화도 죽지 않았을 것만 같았다.

정화의 죽음과 부모님과는 아무런 연관이 없다고 해도, 가슴 한 켠에 조개 무덤처럼 쌓여 있는 원망은 아직도 여전하기만 했다.

차는 한참을 달렸다. 그리고 호텔 정문 앞에서 멈추었다.

"내려라."

아버지는 한 마디만 남기고 성큼 차 밖으로 나갔다. 그리고 회전문 안으로 사라졌다.

아버지는 커피 숍으로 먼저 들어갔다. 작은 분수대가 물을 뿜어대고, 그 안에 물고기 여러 마리가 떠다니는 모습이 퍽 한가로워 보였다.

김 회장 식구는 미리 와 있었다. 김 회장과는 두어 번 안면이 있었지만 두 여자는 초면이었다.

간단한 소개가 오갔다. 회장 부인과 젊은 여자가 공손하게 이쪽을 향해 고개를 숙였다.

"윤주예요."

앳된 얼굴의 여자가 주영을 쳐다보았다. 맑은 목소리였다.

"네가 너무 바쁘니까 집으로 오라고 해도 안 될 것 같고. 둘이만 만나게 할까 했지만……."

어머니가 궁색한 변명을 했다. 주영은 가만히 있었다. 그러니까 오늘 이 자리는 어른들끼리 미리 약속된 것이었고, 그리고 주영에게도 사전에 허락을 받은 것으로 되어 있는 것이다.

차 주문을 하고, 그리고 주문한 차가 올 때까지 별 의미 없는 말들이 오고 갔다. 아버지와 김 회장은 사업 이야기를 인사말처럼 주고받았고, 어머니와 회장 부인은 집안의 안부를 주고받았다.

주영은 가만히 앉아 있었다. 다소 안심이 됐던지 어머니는 쥐고 있던 주먹을 조용히 무릎 위에 얹어 놓았다.

"선을 본다는 것이 낡은 방식이라고는 하지만, 연애에 소질이 없으면 할 수 없어요. 중 제 머리 못 깎는다고."

어머니의 말이었다.

"그래요. 우리 애도 얼마나 숙맥인지 대학 졸업하도록 연애 한 번 못하고 끝났다고 하면 누가 믿겠어요."

김 회장 부인의 말이었다.

윤주라는 여자는 얌전하게 앉아 있었다. 마치 처음부터 그 자리에 앉아 있었던 것처럼 얌전한 자세였다.

민희보다 다섯 살 정도는 어려 보였다. 그리고 세상의 때가 조금도 묻지 않은 고운 얼굴이었다. 그만큼 민희가 가지고 있는 인간적인 여유나 넉넉함은 보이지 않았다. 인형 같은 여자였다.

"얼른 결혼을 시켜야 마음이 놓이겠어요. 대학 때부터 혼자 자취를 하다 보니까 살도 오르질 않고. 여태껏은 공부하느라 그럴 겨를이 없었지만 이제는 더 망설일 까닭도 없을 것 같아서요."

"그럼요, 그럼요."

회장 부인은 어머니의 말에 맞장구를 쳤다.

주영은 창 밖으로 시선을 던졌다. 맞은편으로 한창 공사 중인 건물이 보였다. 그리고 건물 사이로 새 한 마리가 날고 있었다. 주영은 새의 날갯짓을 길게 바라보았다.

민희를 생각했다. 지금 무엇을 하고 있을까.

만약 그녀가 이런 광경을 목격한다면 뭐라고 할까, 수세미 속 같은 머리를 한 잔의 냉수로 가다듬었다.

어머니가 주영의 팔을 흔들었다.

"우린 잠깐 면세점에 들어갔다가 올 테니까……."

먼저 몸을 일으킨 사람은 아버지였다. 아버지는 뒤도 한 번 안 돌아다보고 성큼성큼 걸어 나갔다. 그리고 기다린 것처럼 나머지 사람들이 그 뒤를 따랐다. 테이블에는 이제 두 사람밖에 남아 있지 않았다.

"잠깐 나하고 이야기 좀 하자."

나간 줄 알았는데 어머니가 입구에서 주영을 불렀다. 주영은 일어나서 그리로 다가갔다.

"우리 없는 사이에 엉뚱한 짓은 할 생각 아예 마라. 아버지 체면을 봐서라도 그래서는 안 돼. 네 아버지가 어디 자식 선보는 자리에 따라오실 분이냐?"

어머니는 빠르게 말하고 다시 덧붙였다.

"이게 모두 여러 사람 살리는 일이다고 생각하고 실수는 하지 마라. 뼈대 있는 집안 막내딸이야. 네가 함부로 대할 처녀가 아니야. 내가 보기에도 여간 영특하질 않아. 인물도 저만하기 힘들고. 너도 결혼해서 자식 낳아 보면 부모 심정 이해할 거다. 내가 어지간만 해도 네 아버지 설득해서 민휘가 뭔가 그 앨 며느리 삼자고 할 것이다. 어디 한 군데라도 내세울 곳이 있다면……."

아버지가 다시 입구에 나타났다.

"……가 보세요."

어머니는 서둘러 그 자리를 뜨며 주영을 향해 간곡한 눈빛을 보냈다.

비참했다. 어떻게 이럴 수가 있는지, 아주 몹쓸 꿈을 꾸고 있는 듯만 싶었다.

"언제 내려오셨어요?"

아가씨는 단 둘이 남게 되자 먼저 물어 왔다. 어디 한 군데 흠잡을 곳이 없는 얼굴이었다. 그녀에게서 느껴지는 향기마저도 완벽했다.

"향수 냄새가 아주 좋군요."

"네?"

여자는 잠깐 어리둥절한 표정을 지었다. 모나지 않게 선이 그려진 쌍꺼풀, 인공적인 선임에도 불구하고 예쁘다는 느낌을 갖게 하는 눈을 지니고 있었다.

"향수 말입니다."

"아, 네. 한국으로 돌아올 때 룸 메이트가 선물로 줬어요. 괜찮나요?"

"네, 좋습니다."

"향수를 별로 안 좋아해서 사용 안 했는데, 앞으로는 조금씩 써야
겠네요."

여자는 스스럼없이 행동했다. 그러나 분위기는 여전히 어색할 수
밖에 없었다.

차 한 잔을 다시 시켜 마시는 동안 여자가 주로 물었고, 주영은 건
성으로 대답을 보냈을 뿐이다.

지금이 아버지에게서 탈출할 수 있는 유일한 기회였다. 그러나 아
직은 불안했다. 모르긴 해도 아버지는 호텔 곳곳에 주영을 감시할
사람들을 심어 놓았을 것이다.

주영은 곁눈질로 주변의 테이블을 살폈다. 유난히 남자들이 많았
다. 그 많은 남자들 모두 이쪽만을 감시하고 있다는 생각이 들자 바
짝 긴장을 하지 않을 수 없었다.

"공부하면서 뭐가 제일 재미있었어요? 저는 정말 공부가 싫었거
든요."

재미있었느냐고? 주영은 잠시 어리둥절해서 여자를 바라보았다.
한 번도 재미있다는 생각을 해 본 적이 없었기 때문이다. 어떤 목적
을 정해 놓고, 그 목적을 달성하기 위해 한눈 안 팔고 달린 것이 전
부였다.

"저는 학교 다닐 때 두 군데는 절대 가지 않겠다고 다짐했어요. 어
딘지 아세요?"

"……."

"의대하고 법대였어요."

여자는 혼자 묻고 혼자 대답하고 있었다.

"그냥 사는 것도 힘들 텐데, 아프고 슬픈 일을 당한 사람들을 상대
하려면 굉장히 고달플 것 같았거든요."

“······.”

“그런데 제가 법 전공한 사람하고 만나게 될 줄은 꿈에도 상상하지 못했어요.”

주영은 고개를 들어 여자의 얼굴을 쳐다보았다. 여자는 화사한 웃음을 짓고 주영의 말을 듣고 있었다. 여자는 주영과 자신이 결혼을 하게 될 사이라고 여기고 있는 듯했다. 오래 전부터 어른들끼리 혼인 문제가 오고 갔다고는 하지만 어떻게 처음 만난 남자에게 아무런 거부감도 느끼지 않을 수 있는지, 주영은 여자의 눈을 피했다.

“윤주 씨는 퍽 착한 어린이 같습니다.”

“네?”

여자가 동그랗게 눈을 떴다.

“어른들 말씀을 퍽 잘 듣는 것 같아서요.”

“무슨 말씀이시죠?”

잘 그려진 여자의 눈썹이 약간 일그러지고 있었다.

“우린 젊은 사람들이니까 서로를 얼마든지 이해할 수 있으리라고 믿습니다.”

“······.”

“이번에 미국에서 돌아오신 건 결혼 때문이라는 말을 들었습니다.”

“부모님이 원하셨으니까요.”

여자는 다소 긴장하는 목소리로 대답했다.

“결혼이란 행복하기 위해서 하는 것 아닙니까?”

“물론 그렇죠. 불행하기 위해서 결혼할 멍청이는 이 지구상에 한 명도 없을 테니까.”

“부모님의 뜻을 따른다는 윤주 씨 말씀은 충분히 이해하겠지만,

제 생각은 다릅니다. 부모의 세대와 우리 세대가 다르듯이 사는 방향도 다를 테지요. 우린 부모님이 원하는 결혼을 해야 하는 사이죠."

"알고 있어요."

"로봇이나 인형처럼 사는 것을 원하시진 않으시겠죠?"

"……."

"제가 윤주 씨 오빠쯤 된다면 훨씬 더 마음 편하게 말을 할 수 있을 것 같군요. 이런 결혼은 해서는 안 된다고 말입니다."

"……저는 꼬는 걸 제일 싫어해요. 단순하고 명확한 것이 좋아요."

"이제부터 부탁을 하나 드려야 하겠습니다."

"뭐죠?"

여자는 바짝 긴장되어 주영을 보았다.

"저는 윤주 씨와 결혼할 수 없습니다."

"왜요?"

왜요? 여자가 따지듯 툭 던지는 질문에 주영은 한 순간 멍청해지고 말았다. 왜요? 그 말은 마치 우린 당연히 결혼을 해야만 하는 사이예요, 하는 것 같았기 때문이다.

"우리 언니, 오빠도 부모님이 정해 준 사람과 결혼했는데 모두 행복해요."

"……."

이번에는 주영이 말문이 막혔다.

"저는 무모하게 사랑에 목숨 걸긴 싫거든요. 어차피 인간은 주어진 대로 사는 것 아닌가요?"

"……."

"저도 어려서는 집안끼리 결혼하는 것에 대해 불만이 많았어요. 하지만 이제는 알 것 같애요. 우린 어차피 특별한 환경에서 살고 있으니까요. 표현이 맞는지 모르지만, 무균질인 사람은 병균이 많은 사람과 어울리면 보통 사람보다 몇 십 배는 빨리 병이 나지요."

무균질이니 전염이니 하는 표현을 다시 되물을 필요는 없었다. 그 말은 어머니와 소영을 통해 귀에 딱지가 앉도록 들었기 때문이다.

"별수없이 환경에 맞는 사람을 골라 살아야 하는 것 아닌가요?"

여자는 주영에게 훈계하고 있었다.

"저는 부모님의 온실 밖으로 나가 살 자신이 없어요. 남들은 화초처럼 사는 것을 불행하다고 할지 모르지만 제 생각은 다르거든요. 화초는 온실 밖으로 나가면 적응이 서툴러서 죽을 수도 있잖아요."

너무도 직접적인 표현 때문에 주영은 말문이 막혀 그녀의 얼굴만 쳐다보았다.

"저는 죽기 싫어요. 오래오래 행복하게 살 거예요. 제가 일찍 죽을 이유가 없거든요. 아마 앞으로도 없을 거예요."

터무니없이 당당한 목소리였다. 하지만 그 말은 무슨 일이 있더라도 주영과 결혼할 거라는 것처럼 들렸다.

주영은 그녀를 쳐다보지 않고 입을 열었다.

"저는 이미 결혼한 몸입니다. 서울에서 제 아내가 저를 기다리고 있습니다."

아무런 감정도 싣지 않고 편안하게 던진 말이었다. 그러나 보지 않아도 그녀가 바짝 긴장하는 것을 쉽게 느낄 수 있었다.

"윤주 씨가 오래오래 누리고 싶은 그 행복, 저에게서는 불가능합니다."

그녀는 애써 감정을 숨기고 있었지만 얼굴은 하얗게 변해 있었다.

그러면서도 그녀는 주영을 향해 입을 열었다.

"저한테 부탁하실 일이 있는 것 같군요. 뭐죠?"

"윤주 씨가 저를 깨끗하게 거절해 주십시오."

"……."

"제가 세상에 태어나서 이렇게 간곡한 부탁을 누군가에게 해 본 적은 없는 것 같습니다. 부탁입니다."

"……."

여자는 여전히 그 자세 그대로 앉아 있었다. 한참 침묵이 흘렀다. 그리고 먼저 입을 연 것은 그녀였다.

"그럼 왜 여기까지 오셨죠?"

"설명하자면 복잡합니다."

"……."

"그럼 부모님은 결혼한 사실을 모르세요?"

"아직은 모릅니다."

"알겠어요. 부탁 들어 드리죠. 저도 불행하긴 싫으니까요. 주영 씨가 서울에 있는 아내를 속이고 저랑 결혼하면 저두 불행해질 일인데 이렇게 솔직히 고백해 줘서 고마워요."

여자는 쉽게 포기했다.

"연기를 하려면 끝까지 잘해야겠죠? 일단 여기서는 웃으면서 나가요. 그리고 나머지는 제가 처리할게요. 그런데 무조건 싫다는 말이 얼마나 설득력이 있을지 모르겠어요."

"무슨 말씀이시죠?"

"그 동안 우린 결혼할 사이로 거의 확정되어 있었거든요. 모르셨어요?"

"……몰랐습니다."

“우리 집보다 주영 씨 집에서 더 서둔 까닭을 이제 알 것 같네요.”

“…….”

“물론 우리 집에서도 이만한 사윗감 다시 없을 거라고 저한테 수 없이 정신 교육을 시키기도 했지만요.”

모든 것이 자신의 의지와 상관없이 벌어졌을 뿐인데, 왜 이렇게 어깻죽지가 무거운가.

“고맙습니다.”

주영은 진심으로 말했다.

“천만에요. 우린 부모님 세대들보다는 산뜻하잖아요. 행복하세요.”

여자는 주영을 향해 손을 내밀었다.

“만약 주영 씨가 그런 엄청난 일을 이야기하지 않았다면 무슨 수를 써서라도 주영 씨를 꼬셨을 거예요. 저는 아직 누군가에게 거절을 당한 적이 없었으니까요.”

둘은 누구랄 것도 없이 자리에서 일어나 나란히 밖으로 걸어 나왔다.

“주영 씨 아버님, 정말 무섭긴 무서운 분이네요.”

“…….”

“아까부터 낯선 남자들이 우리 뒤를 졸졸 따라다녀요.”

커피 숍에서 맞은편에 앉아 신문을 뒤적이고 있던 남자가 딴 곳을 쳐다보면서 두 사람 뒤를 따르고 있었다.

“왜 미행하죠?”

그녀는 재미있다는 듯이 물었다.

“며칠 동안 갇혀 있었어요.”

“왜요? 누가요?”

"윤주 씨하고 결혼하겠다는 승낙을 받아 내기 위해서. 우리 아버지한테."

그녀가 호호호, 높게 웃었다.

"그런데 오늘은 탈출할 수 없을 것 같네요. 감시가 너무 심해요."

그녀는 입구에 서 있는 까만 차를 손가락질하며 다시 웃었다. 아버지 차였다.

"주영 씨를 이해할 수가 없어요. 뭐 하게 이런 모험을 하죠? 편하고 보장된 길이 있는데. 제 생각이 틀렸나요?"

주영은 아무 대답도 하지 않았다. 옛날, 그녀처럼 그렇게 편안한 세상에서 사는 것을 행복으로 여긴 시절이 있기는 했다. 하지만 주영이 그랬듯이, 그녀도 언젠가는 온실 속 세상이 얼마나 위선에 가득 차고 답답한 곳인지 깨달으리라.

기다리고 있었던 것처럼 양가의 부모님들이 나타나고, 예정된 순서처럼 서로의 차를 타고 호텔을 떠났다.

도망칠 필요는 없을 듯했다. 그녀는 자신이 주영을 싫어한다고 말할 것이고, 그러면 이 결혼 문제는 그것으로 끝날 것이다. 그때까지만 기다리면 모든 것은 순리대로 풀리리라는 믿음이 주영의 마음을 한결 편하게 해 주었다.

민희가 여간 걱정되는 게 아니었지만 도리가 없었다. 그리고 주영의 출근 날짜가 바로 코앞으로 다가와 있었다. 결혼식을 하고 신혼여행을 다녀온 뒤, 이십여 일 쉬다가 출근을 할 계획이었던 것이다.

출근을 하면 정신없이 바쁠 것이고, 그러면 민희와 같이 지낼 시간이 없을 것 같아 며칠간의 여유를 두었던 것이다. 그 계획을 말했을 때 기뻐하는 민희의 표정이라니, 그녀는 주영의 목을 감고 깡총깡총 뛰었다.

"주영 씨가 나한테 그렇게 큰 선물을 할 줄 정말 몰랐어. 너무 고마워!"

아무 꾸밈 없이 방방 뛰는 그녀의 모습은 정말 소녀 같았다. 어렵게 혼자 살아오면서 어떻게 그런 모습을 간직할 수 있었는지 그저 신기할 뿐이었다. 그리고 그 해맑고 싱그러운 모습에 절대 때묻히지 않겠다고 수십 번도 넘게 다짐했다.

주영은 따뜻한 햇살처럼 다가오는 민희의 얼굴을 가만히 응시했다. 마음이 평온해졌다. 이런 시련은 얼마든지 견딜 수 있었다. 그녀 곁으로 다가가는 데 겪어야 하는 대가라면.

"민희야, 조금만 기다려. 조금만……."

주영은 주술처럼 속으로 되뇌었다.

아버지는 여전히 주영을 믿지 않았다. 집으로 돌아오자 주영을 골방에 다시 가두었다. 그럴 필요가 있느냐고 매달리는 어머니의 간청에도 아랑곳하지 않았다.

다시 하루가 지났다. 변한 것은 아무것도 없었다. 어머니의 넋두리 같은 잔소리가 사라졌다는 것 외에는.

그리고 다시 아버지가 주영 앞에 나타난 것은 그 이튿날이었다. 아버지는 핏발이 선 눈으로 주영을 쳐다보았다.

"혹시 그날 김 회장 딸한테 무슨 말을 한 것 아니냐?"

어머니가 다급하게 아버지의 팔을 잡았다.

"주영이가 무슨 말을 했겠어요. 만약 했다면 윤주가 사실대로 말했을 텐데, 다른 말은 없었다면서요."

그때서야 아버지는 시선을 풀었다.

"나는 네가 판사 되는 것도 검사 되는 것도 원하지 않는다. 내가 아들이 둘만 되어도 이러진 않아. 하지만 그것도 복이라고 별수가 없다. 죽으나 사나 네가 사업을 이어 갈 수밖에. 무슨 말인지 모르겠느냐? 나는 나를 거역하는 것은 절대 용납하지 않는다."

"……."

"예정대로 결혼식을 하게 될 게다. 김 회장 딸이 싫다고 한다지만 어른 말을 무조건 거역하는 성품은 아니라니까. 그 일은 저쪽에서 해결하겠다고 했다."

"……."

"서울로 갈 생각 아예 마라. 결혼식은 될 수 있으면 빠른 시일 안에 치르도록 할 것이다. 그리고 이제부터는 내 곁에서 경영 수업을 쌓도록 해라."

"어서 그런다고 해, 주영아."

어머니가 간절하게 매달렸다.

주영은 대답하지 않았다. 그런 하찮은 대답은 얼마든지 할 수 있었다. 어차피 그런 약속이란 지키기 위해서가 아니라, 아무런 가치가 없기 때문에 던지는 대꾸에 지나지 않으므로. 하지만 주영은 끝내 아무 말도 하지 않았다. 그러나 어머니는 주영의 대답 없음을 긍정으로 받아들인 모양이었다.

"당신 말대로 한대요. 이제 그만 나오게 해 줘요."

그러나 아버지는 어머니만큼 간단한 사람이 아니었다.

"얄은 꾀에 내가 넘어가리라는 생각은 아예 마라. 나는 절대로 포기하지 않을 것이다. 내가 어떻게 여기까지 왔는지 네가 안다면, 내 명령을 함부로 거역해서 득 될 게 없다는 것도 알 것이다."

"……."

어머니가 뭐라고 한 마디 거들었지만 아버지한테 쫓기듯 밖으로 나가고, 다시 문 잠그는 소리가 들려 왔다.

환한 대낮인데도 의식은 지독한 어둠 속에 갇힌 듯했다. 눈을 부릅뜨고 밝음을 찾아보려 기를 썼지만, 완자 무늬 창문에 어리는 빛마저도 먹빛이었다.

민희의 얼굴이 창가에 어리었다. 그녀의 진달래꽃 한복처럼 환한 분홍빛이었다.

그녀가 너무도 보고 싶었다. 눈물이 나올 만큼.

"민희야……."

주영은 가슴을 치밀고 솟구치는 뜨거움을 견디지 못하고 무릎에 고개를 묻었다.

'울지 말아요, 주영 씨.'

그녀의 음성이 들려 오는 듯만 싶었다.

"금방 갈게, 민희야."

주영은 그녀의 얼굴을 향해 이렇게 대답해 주었다.

그녀의 얼굴이 환히 웃었다. 그 웃는 얼굴이 사라질까 봐 주영은 숨도 크게 쉬지 않았다.

그리고 마치 그녀 품에 안겨 잠들듯 곤하게 잠을 잤다.

잠을 자면서 무슨 소리를 들었다. 그 소리가 몹시 정겨워서 잠에서 깨어났다. 빗소리였다.

그 빗소리를 들으면서 잠이 들었다가 깨기를 반복했다.

어떤 기척이 문 밖에서 들려 와 퍼뜩 정신을 차렸다.

열쇠를 따는 소리였다.

시계를 보았다. 자정이 훨씬 넘어 있었다.

주영은 바짝 긴장해 몸을 일으켰다. 아버지는 아닐 것이다. 그렇다면 어머니?

"어머니?"

주영이 조심스럽게 물었다. 대답은 들려 오지 않았다.

그러나 순간적으로 어머니는 아닐 것이라는 데 생각이 미쳤다. 어머니는 아버지의 뜻을 거역할 만큼 용기 있는 사람이 못 되었다. 또한 주영을 민희에게 절대로 돌려보내지 않겠다는 생각은 아버지와 똑같을 것이다.

주영은 정화 어머니의 얼굴을 떠올렸다.

역시 예감대로였다. 문이 열리고 정화 어머니가 빠르게 주영의 팔을 낚아챘다.

"어여 나와."

주영은 소리 없이 정화 어머니 뒤를 따라 밖으로 나왔다. 다행히 개는 인기척에도 짖지 않았다.

비는 그쳐 있었다. 대문의 걸쇠를 따면서 철컥 하는 소리에 두 사람은 바짝 긴장을 했다.

문이 열리고, 두 사람은 조용히 대문을 나섰다.

"어디 갔다 오셨어요?"

주영은 너무도 반가워 어리광을 피우듯이 물었다.

"친정에 볼일이 있어서 며칠 있다 왔더니만."

정화 어머니는 그렇게 말하고 빠르게 덧붙였다.

"아직 서울 가는 차가 있을까?"

조금도 서두르지 않는 목소리였다.

마치 다니러 왔던 사람을 배웅하는 것처럼 편안하기까지 했다.

"있을 거예요."

"내가 잘하는 짓인지 나도 모르겠다. 이번 혼사가 깨지면 사업이 굉장히 힘들다는데. 까딱 잘못했다간 사업이 넘어갈 수도 있다던데."

“너무 걱정하지 마세요. 별일 없을 거예요. 아무 걱정하지 마세요.”

“나야 잘먹고 잘 자고. 걱정할 일이 뭐 있겠어.”

정화 어머니는 말을 끊었다.

주영은 정화 어머니 눈에 어린 물기를 보았다.

“아주머니…….”

주영은 정화 어머니의 손을 잡았다. 거칠고 무딘 손이었다. 세월이 그렇게 거기 걸터앉아 있었다.

“괜히 정화 생각이 나서…….”

“…….”

“죽을 때가 됐는지, 우리 정화가 자꾸만 꿈에 보여.”

“……정화는 좋은 곳에서 잘지내고 있을 거예요. 착한 사람만 모인 데서 좋은 사람 만나 시집도 갔을 테구요.”

“처음에는 몰랐는데 세월이 갈수록 그것이 눈에 밟혀서……. 살았으면 시집간다는 말도 나왔을 것이고……, 사위도 볼 수 있었을 텐데.”

“…….”

“우리 정화, 참 예뻤지?”

정화 어머니가 희미하게 웃었다. 웃는 눈 속으로 물기가 그렁그렁했다. 주영은 손수건으로 정화 어머니의 눈가를 닦아주었다.

“제 색시도 정화하고 많이 닮았어요. 아니, 똑같아요. 얼굴도 동그랗고 키도 작달막하고 코도 동그랗고. 정말 정화하고 닮았어요.”

주영은 될 수 있으면 밝게 말하려 애썼다.

정화 어머니는 빙그레 웃음을 지었다.

“그러면 참 예뻤겠구만.”

"그럼요."

주영은 정화 어머니의 어깨를 잠깐 안아 주었다. 코에 익은 땀 냄새가 기분 좋게 맡아졌다. 언제나 주영을 가장 기분 좋게 하던 그 냄새였다.

"언제 서울에 오세요. 민희도 좋아할 거예요. 그 앤 엄마가 없거든요."

주영은 정화 어머니가 왜 이런 행동을 하는지 누구보다 잘 알고 있었다. 말 그대로 정화를 생각했을 것이다. 머슴 딸이라는 멍에 때문에 결국 제 명도 다하지 못한 가엾은 딸을.

"그리고 이거."

정화 어머니는 주영 손에 뭔가를 들려 주었다.

"이게 뭐죠?"

"얼마 안 되니까 아무 소리 말고 가져 가. 그걸로 색시 옷이라도 한 벌 해 주고. 부모가 해 준다 생각하고 해 줘. 시작이 불행하면 세상살이가 갈수록 곤곤해져서 못쓴다고 했어."

"……."

"두 양반이 나한테 준 돈 내가 주영이 주는 거니까 남의 돈 아녀."

"아주머니……."

"그려, 어여 가. 두 분 깨어나기 전에. 좋은 판검사 되고 떡두꺼비 같은 아들 낳아서 돌아오면 두 양반도 그때는 어쩌지 못할 거니께 내 말 명심허구."

"내일 아침에 어떡하죠?"

"죽고 사는 문제도 아닌데 뭐가 걱정이여. 어여 가."

아버지가 정화 어머니를 어떻게 하리라는 염려는 물론 하지 않았지만, 떨어질 불벼락을 걱정하지 않을 수 없었다.

이내 문 닫히는 소리가 들려 왔다.

아픈 상처를 속으로 감추고 사는 정화 어머니 때문에 발걸음이 무거웠다.

"잘살게요……."

주영은 혼자말처럼 중얼거렸다.

바람이 차가웠다. 주영은 골목을 빠져 나가다 말고 고개를 돌려 집을 올려다보았다. 철조망이 위풍당당한 저 공간으로 언젠가는 돌아올 것이다. 정화 어머니 말처럼 부모 자식 간이었다. 세월은 어떤 방법으로든 이 어렵고 힘든 상황을 해결해 주지 않겠는가.

이상하게도 부모님에 대한 원망은 일지 않았다. 며칠 동안 갇혀 있다가 탈출한다는 생각도 전혀 들지 않았다. 오히려 더 큰 것, 여지껏 자신을 옥죄고 속박했던, 세상의 그 어떤 거대한 것에서 비로소 놓여 나는 듯만 싶었다. 그 자유스러움이 너무 좋았다.

이제는 아무것도 두려울 것이 없었다. 그리고 염려하고 걱정할 것도 물론 없었다. 민희가 있었다. 하늘만큼 사랑하는 소중한 민희가.

7

　행복한 나날은 다시 계속되었다.

　달라진 것은 아무것도 없었다.

　아니, 한 가지는 있었다. 주영이 출근을 시작한 것이다. 간혹 민희와 밖에서 만나 예전처럼 커피 숍에서 차를 마시거나, 시장 바닥에서 순대나 떡볶이를 사 먹고는 했다. 주말이면 연극과 영화를 보러 가기도 했다.

　비록 몸은 바빴지만, 어떤 것에도 구속받지 않는 자유로운 생활이었다.

　정말 정신없이 바빴다. 그러느라 봄이 익어가는 것도 깨닫지 못했다. 어느 날, 법원 앞을 지나다가 주영은 혼자서 감탄을 했다. 엊그제 새순이 돋아 아기처럼 기는 것 같던 나뭇잎들이 어느새 쩟쩟하게 자라 의젓한 푸르름을 자랑하고 있었다. 그러나 그 감탄도 그것으로 그만이었다.

　생각하기에 따라서 변화 없는 나날이 지루할 수도 있었다. 그러나 아니었다. 오랫동안 뭔가 모르게 불안했고 늘 뭔가에 쫓기는 기분이었는데, 이제서야 따뜻한 물 속에 온몸을 담그고 있는 듯 편안했다.

민희는 주영의 출근이 편리하도록 법원 근처로 이사를 하자고 했지만 주영은 한마디로 거절했다. 아무래도 민희의 할 일이 더 많았던 것이다. 회사원보다 한 시간 정도 빨리 퇴근한다고는 하지만 그만큼 출근이 빨랐다.

아침에 눈을 뜨면 자신의 출근 준비, 주영의 출근 준비로 그녀는 정신이 없었다. 예전에는 집에서 공부만 했기 때문에 민희의 손을 많이 덜어 준 편이었다. 그녀가 못하게 했지만 더러 빨래를 걷기도 했고, 집 안을 대충 치울 때도 있었다. 하지만 지금은 사정이 달랐다.

넥타이, 양말, 와이셔츠 모두 제 손으로 선택해서 입혀야 직성이 풀리는 성격 때문에, 민희는 아침마다 거의 정신을 잃을 정도로 분주하게 움직였다.

퇴근해서도 마찬가지였다. 후닥닥 시장으로 나가 주영이 좋아할 찬거리를 사고, 돌아와서는 정신없이 반찬을 만들고, 청소와 빨래를 하고. 그래도 그녀는 늘 행복해 했다.

"왜 이렇게 행복한 거야?"

그렇게 즐거워하는 그녀를 볼 수 있다는 것만으로도 주영은 어깨가 으쓱거려졌다.

"이건 시작일 뿐이야. 앞으로 이런 날이 계속돼도 그런 말을 할 자신 있지?"

주영은 짐짓 목에 힘을 주고 이렇게 물었다. 정말로 그녀가 언제까지 이렇게 행복한 얼굴만 하고 있기를 바랐다. 조금도 불행하지 않기를.

"난 이상하게도 저번에 주영 씨가 말한 꿈 이야기가 신경 쓰여."

"무슨 꿈?"

"내가 물에 빠져서 죽었다면서?"

"아하, 그거? 인마, 꿈이야, 꿈. 그것도 개꿈."

주영은 너스레를 떨었다.

"너무 행복하면 그 행복이 깨질까 봐 간혹 그런 엉뚱한 꿈을 꿀 수도 있는 거래."

"정말 그래. 나는 참 이상한 버릇을 갖고 있어. 너무 행복하고 기분 좋은 일이 생기면 혹시 그걸 잃어버릴까 봐 지레 겁을 먹거든."

간혹 고집을 피우기는 해도, 자신의 말이라면 뭐든 단순하게 믿어 주고 따르는 민희가 고마웠다.

세상은 너무도 복잡하다. 뭐든 촉각을 곤두세우고 빠르게 손익 계산서를 따지는 것투성이었다. 그런 복잡한 세상에서 가장 단순하면서도 가장 아름다운 사랑이 존재한다는 것이 얼마나 고마운지, 주영도 간혹 두려워지고는 했다.

덕분에 맡은 일도 무리 없이 잘 해결해 나갈 수 있었다. 공부를 할 때는 그토록 지루하고 길게만 느껴지던 모든 것이, 사건에 직접 뛰어든 뒤부터는 새롭지 않은 것이 없었다. 뭐든 최선을 다한다는 마음가짐으로 일했고, 그리고 그것이 완벽한 해답은 못 얻더라도 최선을 다했다는 생각으로 늘 후회 없기를 바랐다.

그렇다고 언제나 마음이 편한 것만은 아니었다. 부모님을 생각하면 언제나 어깻죽지가 무거웠다. 하지만 그런 느낌은 길지 못했다. 아직은 해결할 능력이 아무것도 없는데 일부러 마음에 둘 필요는 전혀 없었던 것이다.

주영이 지방 법원 형사부에 발령을 받은 뒤에 가장 먼저 맡은 것은 단순 폭행 사건이었다. 정말 언제 밥을 먹었고 화장실엘 갔다 왔

는지 기억이 나지 않을 정도로 사건이 많았고, 해결해야 할 문제도
많았다.

모두 따지고 보면 아무것도 아닌 일들이 사건으로 비화되고, 법정
으로까지 끌고 오게 된 것투성이었다.

그러나 법은 냉정해야 했다. 법은 형평의 원칙을 준수해야만 하
는, 비정한 것이었다.

법의 여신상이 한 쪽엔 칼을, 다른 한 쪽엔 저울을 들고 있는 까닭
은 바로 법의 형평의 원칙을 상징하기 위함이다. 저울은 형평이고,
칼은 냉철한 판단이었다. 더러 한국의 법 위에는 정서가 있고 그 위
에는 억지가 있다는 우스갯소리가 있지만, 이 세상의 질서를 확립할
수 있는 것은 법밖에 없다는 것이 주영의 생각이었다.

그러나 주영을 처음부터 당혹스럽게 만든 것은 자학성 사건들이
었다. 모두 자신이 피해를 볼 것이 분명한데도 홧김에 사건을 저지
르고 만다는 것이다.

이지메를 당했다고 옥상에서 투신을 하거나 부모가 형만 편애한
다는 이유로 술을 마신 뒤에 집에 방화를 하고, 제아무리 노력을 해
도 번번이 취직 시험에서 떨어진다는 것 때문에 폭력을 휘두른 뒤에
음독 자살을 시도하고.

모두 스트레스의 자학 처리 수단이었다.

더 놀라운 것은, 그 사건을 저지른 사람들 모두가 굉장히 억눌리
는 환경에서 살고 있다는 점이었다.

"우리 민족은 정착성이 유별나잖아. 좁은 땅에 붙박이로 살면서
좀 정신적으로 압박을 받았어야 말이지. 형벌 같은 삼강 오륜에 조
상, 양반, 지주, 거기다 수탈을 밥먹듯이 하는 관권. 어디 그것뿐인
가. 숨조차 쉴 수 없는 부권에 눌려 살다 보니까 너무 중첩된 억압에

서 헤어나지 못하는 거지. 결국 나를 학대하고 나에게 손실이 되는 자학 처리 심성이 의식 속에 자리잡고 있는 것이지."

선배의 말이었다.

"한마디로 흐린 날씨를 두고 아침 굶은 시어미 낯짝 같다고 하잖아. 며느리한테 불만이 있으면 불러다 타이르거나 종아리를 칠 일이지, 아침밥까지 굶고 하루 종일 우거지상을 하는 것도 한국적인 자학 처리 방법 아닐까?"

선배는 그런 일쯤은 아무것도 아니라는 투로 심드렁하게 말했다. 그러나 주영은 아니었다. 그런 사건을 대하면서 인간의 본질에 대해 심각하게 생각했다.

그러면서 아버지를 떠올렸다. 아버지야말로 그런 자학적인 행동을 겁없이 자행할 사람이었다. 나중에 당신에게 어떤 손해가 생기더라도, 한 번 마음을 먹으면 무슨 일이든 저지를 성격이었다. 그게 주영을 두렵게 만들었다.

법을 전공하게 된 사람 중에는 명성, 법과 대학의 프레미엄을 우선으로 치는 경우도 많지만 무엇보다도 법칙의 연구에 매력을 느끼는 사람들의 집단이었다. 그러니까 질서의 고유한 맛을 아는 사람들의 모임인 것이다.

그러나 법이 무엇인가. 수많은 추함, 슬픔, 절망을 저울질해야 하는 것이다. 법의 여인상의 저울대에 올려진 그 무엇은 결국 그 추함, 절망, 분노, 슬픔 따위가 아니겠는가. 그런 것들을 얼마나 최소한으로 줄이느냐, 그것이 법의 여인상이 들고 있는 저울의 큰 쓰임새가 아니겠는가. 물론 이런 생각이 어줍잖은 감상에 불과하더라도, 어쨌건 주영이 세상과 맞대결한 첫 소감이 그러했다.

또한 하늘이 알고 땅이 알아도 판사가 모르면 소용이 없다는 장난

스런 말처럼 이게 아닌데, 하면서 원칙만을 고수하게 되는 사건도
너무 많았다.

특히 이즈음 주영이 새로 맡은 사건 하나가 그랬다.

가족한테 불만을 품은 고등 학생 한 명이 술을 잔뜩 마신 뒤에 자
기 방에다 방화를 했다는 것이다. 다행히 집은 큰 피해 없이 진화가
되었지만 그 학생은 이불을 뒤집어쓴 채 시체로 발견되었다.

처음에는 단순히 홧김에 저지른 자학성 사건쯤으로 처리하려 했
다. 그러나 주영이 보기엔 뭔가 모르게 문제가 있어 보이는 사건이
었다.

우선 가계가 복잡했다. 그 학생의 어머니는 세 번째 부인이었고,
그 위로 둘째 부인이 낳은 딸과 첫 부인이 낳은 아들이 한 명 있었
다.

그런데 둘째 부인이 낳은 딸도 작년에 미국에서 실종이 되고 말았
다. 그리고 셋째 부인이 낳은 막내아들도 방화로 죽은 것이다. 결국
첫 부인이 낳은 큰아들만 남은 셈이었다.

경찰도 처음에는 뭔가 구린 냄새를 맡은 듯했지만, 아무 단서도
찾을 수가 없어 원점으로 돌아가 자살로 처리해 버린 모양이었다.

그러나 그 학생의 어머니가 타살이라는 주장을 펴기 시작했던 것
이다. 물증은 없고 심증만 있는 상태이기는 마찬가지였지만, 주영이
보기에도 이 사건은 그냥 자살로 처리하기에는 뭔가 미심쩍은 곳이
많았다.

이런 일들을 처리하느라 오늘도 점심을 건너뛰고 말았던 것이다.
주영은 한 시가 넘어서야 늦은 점심도 먹을 겸 자리에서 일어나 밖
으로 나왔다.

층계를 내려오는데 누가 찾아왔다는 수위의 전갈을 받았다.

누굴까, 생각하면서도 언뜻 방화 사건이 난 집의 장남을 떠올렸다. 그가 며칠 전부터 주영을 만나고 싶어했지만 거절하고 있던 중이었다. 우선 사건의 진실이 어떤 쪽인지 확실한 증거도 찾지 못한 상태였고, 만약 이런 상황에서 그를 만난다면 객관적인 판단이 흐려질지 모르기 때문이었다.

하지만 층계를 내려왔을 때 주영을 맞이한 것은 놀랍게도 소영이었다.

"누나……."

"주영아."

소영이 반갑게 웃으며 주영을 얼싸안았다.

"남자는 늙으면서도 키가 크나? 더 큰 것 같다?"

"우와, 내가 늙었다구? 그럼 누나는 파파 할머니게?"

"이렇게 예쁜 할머니 봤니? 정말 반갑다."

정말 오랜만이었다. 소영은 고등 학교 다닐 때 미국으로 유학을 갔다. 그리고 거기서 승태를 만나 결혼한 뒤로 어쩌다 한 번씩만 한국에 나오고는 했다.

워낙 나이 차이도 있지만, 너무 오래 떨어져 산 탓에 그다지 살갑게 느껴지는 편은 아니었지만, 어쨌든 반가웠다.

"언제 왔어?"

"나쁜 녀석, 하나뿐인 누나가 언제 귀국했는지 그것도 모르고 산단 말야?"

"정말 미안해. 정말 모르고 있었어."

집에서의 그 사건 이후 주영은 집과 아무런 연락도 취하지 않았다. 워낙 바쁘기도 했지만, 연락의 필요성도 느끼지 않았다. 솔직히 말해 아주 오랫동안 집과 자신을 완강하게 묶고 있던 끈 하나를 비로소 끊어 낸 듯한, 그런 기분이었다. 그리고 홀가분했다. 설령 당장 부모님이 나타나 어떤 행동을 하더라도 얼마든지 덤덤하게 견딜 자신도 생겼다.

그런데 누나가 나타난 것이다.

"언제 나왔어?"

"으응, 천천히 얘기할게. 점심 했니?"

"아니, 아직 못했어."

"잘됐다. 나가자."

"어머닌 건강하셔?"

"엄마 아프셨다가 일어나신 지 얼마 안 돼."

어머니가 아프셨다는 말에 주영은 잠시 말을 잃었다. 주영의 탈출이 남은 식구들에게 얼마나 큰 고통으로 남았을지 짐작하고도 남음이 있었다.

"매형하고는 완전히 헤어진 거야?"

주영은 얼른 다른 화제로 말을 돌렸다.

"응, 그렇게 됐어. 우린 오랜만에 만났어도 좋은 이야기보다 나쁜 안부부터 챙기게 되는구나."

소영이 쓸쓸하게 웃었다. 그 웃음이 주영의 마음을 아프게 했다.

소영과 승태는 정말 다정한 부부였다. 워낙 어린 나이에 만나 결혼한 탓인지 오누이처럼 다정하게 사는 두 사람을 보면서 주영은 결혼 생활의 모범 답안지를 보는 듯했다.

하지만 두 사람은 부모님의 반대를 무릅쓰고 결혼을 해서인지 늘 어딘지 모르게 불안한 면이 없잖아 있었다. 머잖아 두 사람이 헤어질지도 모른다는, 그런 생각이 항상 들고는 했던 것이다.

"그 사람하고 헤어지게 될 줄 꿈에도 생각 못했어. 단 한 번도."

소영은 거기까지 말을 하고 짧게 한숨을 쉬었다.

"그 사람이 날 배신할 줄 누가 알았겠니?"

"……."

"역시 엄마 아버지 말씀이 맞더라. 가난하고 불행하게 자란 사람은 결국 배신하는 짓을 한다더니, 맞더라."

그녀는 마치 남의 일을 얘기하듯 맞더라는 말을 되풀이했다.

"얼마나 약오르고 분했는지 아니? 언젠가는 죽여 버리고 싶어. 그 사람을."

너무도 심각한, 죽이고 싶었다는 소영 말에 주영은 잠시 긴장하고 만다.

"아니, 말이 그렇다는 뜻이지."

긴장한 주영을 보고 소영은 혼자 재밌어했다.

"나는 용기가 없어서 못 죽일 것 같고, 청부 살인이라도 해 버릴까?"

"누나!"

"후훗, 누가 검사님 아니랄까 봐. 근데 그럴 돈도 없어. 내 돈으로 그러기에는 너무 아깝고. 그럼 어디서 눈먼 돈이 들어와야 하는데, 하늘이 그 남자를 살려 주나 봐. 아직도 청부 살인업자를 살 만한 눈먼 돈이 안 들어오니까."

소영은 쓸쓸하게 말을 하고 먼 데로 시선을 돌렸다. 비어 있는 그녀의 표정이 주영의 마음을 아프게 했다. 어쩌면 소영은 아직도 승태를 사랑하고 있을지 모른다.

"정말 자존심 상해. 내가 다른 여자한테 남편을 빼앗겼다는 게 믿기질 않아. 정말 뭐든 자신 있게 살았는데. 아마 세상이 철없는 나한테 경종을 울리려고 그 사람을 바람피우게 했나 봐."

"……."

"아무리 생각해도 그만한 남자 세상에 다시 없거든. 근데 나 왜 이러니? 너 보니까 괜히 어리광을 피우고 싶어지네."

"괜찮아, 누나."

"근데 정말 힘들어. 숨도 못 쉬게. 이제라도 그 사람 곁으로 돌아갈 기회가 생긴다면 정말 최선을 다해서 사랑할 것 같아."

"아직도 매형을 사랑해?"

"사랑? 그럴지도 모르지. 그런데 그래서만은 아닌 것 같아. 뭐랄까, 뭐가 중요한지 그걸 모르겠는 거야. 내가 왜 세상을 살고, 왜 이렇게 존재하고 있는지를. 옛날에는 그런 생각 한 번도 한 적이 없어. 정말 혼란스러워. 뭐가 뭔지 정말 모르겠구."

주영은 너무도 착실해 보이던 승태의 얼굴을 떠올려 보았다.

부모님은 언제나 승태를 멸시하는 듯한 태도를 보였고, 그 또한 어쩌다 찾아와도 기름 위의 물처럼 겉돌고는 했다.

그러면서도 불평 한 번 하는 걸 보질 못했다. 늘 당연한 것처럼 다소곳했다.

"그런데 왜 그런 거야?"

뻔한 질문인데도 주영은 궁색하게 이렇게 물었다.

"나한테 지쳤대."

소영은 불안하게 손가락으로 허벅지를 눌렀다.

"나는 그 사람이 절대 내 곁을 떠나지 않을 줄 알았어. 세상이 두 쪽이 나고, 세상 사람 모두 변한다 해도 그 사람만은……."

소영은 말을 잇지 못하고 고개를 숙였다.

"내가 아무리 함부로 하고, 아무리 바가지를 긁고, 아무리 히스테리를 부려도 그 사람은 영원히 내 곁에 있을 줄 알았어. 영원히."

주영은 두 사람의 이혼이 어쩌면 겪어야 하는 필연적인 과정일지 모른다는 생각을 했다.

딱 한 번 그와 긴 이야기를 나눈 적이 있었다. 그는 몹시 메마른 음성으로 혼자말처럼 중얼거렸다.

"내가 왜 이렇게 비겁해야 하지?"

딱 한마디였지만 그 말은 오랫동안 주영의 뇌리에 남아 있었다.

"그 여자……, 내가 굉장히 무시하고 깔본 여자였어."

소영은 그 말을 하고는 후후, 소리 내어 웃었다. 몹시 피곤하고 지친 얼굴이었다.

"옛날 어른들 말씀 그른 것 없다더니, 명언이야."

"……."

"부모님이 결혼 안 된다고 했을 때, 나는 그 사람 없이는 삶의 의미가 없다고 맞섰어."

"……."

"어떤 희생도, 그 사람을 얻을 수 있다면 다 감수할 수 있었고."

"……."

"아버지도 그렇고 어머니도 네가 그 여자랑 좋아 지내는 거 나 때문이라고 믿으시는 것 같아. 내가 괜한 환상을 품게 해 주었다고."

그녀가 다시 웃었다.

"그러니?"

"아니야, 그 여잔 나한테 너무 과분한 여자야."

"과분해? 너한테? 너만한 애가 세상에 어딨다구."

소영이 눈을 동그랗게 떴다.

"나는 그 여자 때문에 세상을 제대로 알게 되었으니까. 나는 아직도 그 여자 눈을 통해서 세상을 보고, 그 여자 귀를 통해서 소리를 듣고, 그 여자 마음을 통해서 세상을 사랑하고 그래. 그 여자가 없으면 난 귀 멀고, 눈 멀고, 어느 것도 사랑할 줄 모를 것 같아."

"어렵다."

"혹시 나한테 부모님 훈령 전하러 왔으면 포기해. 이미 늦었어."

"그래 보였니?"

"두 분의 자식이기 전에 내 삶을 충실히 책임지는 것이 우선이라고 생각해. 누나, 매형 선택할 때 뭐라고 했지?"

"……."

"세상에 태어나 유일하게 자신의 능력으로 찾아낸 보물이라고 했어. 여지껏은 모두 부모님의 그늘에서 저절로 얻어진 것밖에 없었는데, 매형만은 누나 능력으로 찾아낸 보물이라고."

"그랬니?"

소영이 쓸쓸하게 웃었다. 그러다가 얼른 표정을 바꾸었다.

"별걸 다 기억하고 있네. 그나저나 아버지가 저번 일 때문에 몹시 타격을 받았어."

"그럼 김 회장 집하고 혼인 문제는 깨끗하게 끝났어?"

"아니. 실은 그 문제 때문에 몹시 시끄러워. 아버지는 절대 포기할 것 같지가 않거든. 아마 며칠 있으면 직접 오시거나 사람을 보내실 것 같던데."

"누나, 실은 나 결혼했어."

주영은 단도직입적으로 말했다. 소영이 걸음을 우뚝 멈추고 놀란 눈으로 주영을 보았다.

"언제?"

"집에 갔던 날, 그날."

"애 좀 봐."

"미안해, 소식 한 장 못 보내서."

"아버지한테 말했어?"

"아니."

"엄마도?"

"그런 말이 무슨 소용이 있겠어."

"하긴 그렇다."

야채를 가득 싣고 달려오는 자전거를 피하느라 두 사람은 잠깐 말을 끊었다. 그리고 두 사람은 말없이 식당을 향해 걸어갔다.

은행잎 위에 앉아 손 내밀던 바람이 소영의 머리카락을 쓰다듬고 사라졌다.

"김 회장 집에서도 널 포기한 것 같지가 않아."

소영이 머리카락을 쓸어올리며 주영을 보았다.

"그 아가씨도?"

"엄마 말씀엔, 당신이 알고 있는 집 자식 중에 너하고 나 같은 별종은 하나도 없댄다. 모두 부모가 짝지워 준 상대한테 군말 않고 결혼한대. 내가 알기로, 그 여자 아무 내색도 않고 어른들 처분만 기다리고 있나 봐."

주영은 호텔 커피 숍에서 발랄하게 떠들던 그 여자의 모습을 떠올렸다. 그리고 어른들 앞에서 인형처럼 다소곳하게 앉아 있던 모습도.

"그 여자한테는 네 이야기 했니?"

"응, 말했어."

"그랬구나. 그 여자 그런대로 괜찮은 여자 같다."

"왜?"

"왜긴. 너 결혼한 거 그쪽 집에서 알게 되면 아버지가 여간 곤란하질 않거든. 지금 줄이 끊기게 된대."

"……."

"너 곤란하지 않게 하려고 입다물고 있는 것 같지 않니?"

"……."

주영은 선이 곱던 여자의 눈매를 기억했다. 그리고 코 끝을 살짝 스치던 향수 냄새도.

"아버지가 너한테 몹시 화를 내고 계셔. 엄마도 그걸 염려하고 계시고. 아버지 무서운 분이잖아."

"……."

"아버진 널 온전하게 내버려두실 것 같지가 않아."

"……걱정하지 마. 내가 알아서 할게."

"그렇게 간단한 문제가 아닌 것 같아. 아버지가 어떤 분인지 너두 알잖아. 네가 자식이기는 해도, 그건 지금까지의 일일 뿐이고 지금부터는 철저하게 복수를 할지 모른다는 생각이 들어."

"……."

"이상하게 무서운 생각이 든다."

"걱정하지 말라니까. 누나는 앞으로 어떻게 할 셈이야?"

주영은 얼른 화제를 바꾸었다. 아무래도 아버지 이야기는 길게 하기 싫었다.

"……나? 다시 시작해야지. 그런데 방향을 모르겠어. 내가 바보 명청이가 된 기분이야. 공부를 시작하기도 늦었고."

"그래도 뭔가 시작해야지."

"유럽으로 갈까 봐."

"거긴 왜?"

"여기 있음 뭐 해. 호랑이 같은 아버지한테 눈칫밥 먹는 거 싫어서 일찌감치 미국으로 갔는데. 내 생각인데, 아버지가 나한테 조금만 자상하게 굴었어도 그렇게 쉽게 결혼하지 않았을 것 같아. 공부 끝나면 한국으로 나와야 한다는데, 생각만 해도 오금이 저렸거든. 그래서 뒤도 안돌아 보고 그 사람을 사랑해 버렸던 것 같아. 사실 그 사람보다 내가 더 좋아했거든. 얼른 결혼해서 아버지 울타리를 벗어나고 싶었으니까."

그녀는 마치 남의 이야기를 하듯 쉽게 말하고 있었다. 얼마든지 이해할 수 있었다. 누나가 왜 그렇게 서둘러 결혼했는지를.

"무슨 심부름으로 널 찾아온 건 아니야. 한국으로 돌아왔는데도 하나밖에 없는 동생 얼굴도 못 본다는 것이 서글펐어. 한국처럼 이혼녀를 마치 미망인 보듯 하는 사회는 다시 없을 거야. 이건 친구 만나러 가는 일도 눈치 보이는 거 있지. 이래저래 내가 참 많이 지쳤나 봐."

이렇게 말하는 누나의 얼굴은 이제 더 이상 젊지 않았다. 언제나 시들지 않을 꽃처럼 예뻤던 얼굴이었다. 그러나 꽃같은 젊음이 사라진 대신, 여지껏 보지 못했던 넉넉함이 얼굴 곳곳에 배어 있었다.

주영은 누나의 깊은 눈 속을 한동안 바라보았다. 자기 자신밖에 사랑할 줄 모르던 성격이었다.

"예전에는 왜 그렇게 세상이 만만했나 모르겠어."

식당에 앉아 음식이 나오기를 기다리면서 소영은 다시 자신의 이야기를 끄집어냈다.

"그땐 내가 바위만큼 크고 세상은 내 손톱만큼 작았어. 그런데 이젠 아냐. 나는 개미만하고 세상의 끝은 보이질 않아. 간혹 개미만큼 작아진 내 몸 위로 집채 만한 바위가 굴러오는 꿈을 꿔."

주영은 수저를 놀리면서, 소영 얼굴에 짙게 드리워진 그늘을 볼까 봐 고개도 제대로 들지 못했다.

"참, 정화 어머니는?"

소영이 너무 의기 소침해 있는 듯만 싶어 주영은 얼른 정화 어머니의 안부를 물었다.

"그 아주머니는 언제나 부처 같잖아."

"나 풀어 줬다고 아버지한테 불벼락 맞지 않았어?"

"그게 우습지? 만약 엄마가 널 풀어 줬다면 날벼락 났을 텐데 아주머니가 제가 그랬습니다, 그러니까 아무 말씀도 없이 그냥 방으로 들어가시더래."

다행이었다. 주영 때문에 남은 사람들이 곤경에 빠질까 봐 몹시 걱정했는데.

"아버진 아주머니 앞에서만은 정말 말 잘 듣는 어린아이 같아. 그렇지?"

소영이 이렇게 말해 놓고 까르르 웃었다. 그러나 주영은 웃을 기분이 아니었다. 아버지가 쉽게 김 회장과의 혼사 약속을 포기하리라고는 기대하지 않았다. 그래도 저쪽에서 포기를 하고, 그러면 큰 문제는 없을 거라고 여겼다.

둘은 식당을 나왔다.

주영은 누나의 손을 잡았다.

"한 번 불행했던 과거 때문에 다시 불행해지면 그것보다 더 어리석은 짓은 다시 없을 거야. 누나도 얼른 새출발 하도록 해."

"고맙다. 이래서 혈육이 좋은가 봐."

소영은 주영의 손을 다독거렸다.

"너 활기 찬 모습 보니까 정말 좋다."

소영이 먼저 등을 돌렸다.

"어디로 갈 거야?"

"글쎄, 어디로 갈까? 심심한데 승태 씨 죽이러 갈까?"

이렇게 말해 놓고 소영은 다시 까르르 웃었다. 그 웃음이 슬퍼보였다.

"그럼……, 누나 우리 집에 가면 안 될까?"

"너희 집에?"

민희를 생각하고 자신도 모르게 내뱉은 말이었다. 아무에게도 환영받지 못한 결혼 생활을 하고 있는 민희가 늘 딱했는데, 소영이 찾아가 준다면 너무 좋아할 것만 같았다.

"생각해 볼게."

소영은 쉽게 대답했다. 너무 뜻밖이어서 주영이 어리둥절해 했다. 주영은 얼른 집 주소와 전화 번호를 적어 주었다.

"지금은 민희도 집에 없어. 다섯 시면 퇴근하니까 어디 가서 영화 한 편 보고 들어가면 될 텐데. 아님 나랑 조금 있다 만나든가."

주영이 빠르게 말했다. 그러나 소영은 애매하게 웃었다.

"민희? 예쁜 이름이네."

"마음은 더 예뻐. 내가 전화해 줄까? 누나 우리 집에 간다고?"

소영이 어이없다는 듯이 호호 웃었다.

"너 그러니까 정말 푼수 같다. 너처럼 이성적인 애가 어쩌다 이렇게 됐니?"

둘은 마주보고 웃었다. 소영이 주영의 손을 꼭 쥐었다 놓고 돌아섰다.

"누나 잠깐만."

주영이 소영을 불러 세웠다. 그러고는 땅에 떨어져 있는 파란 은행잎 하나를 주워 내밀었다.

"누나 오랜만에 만났으니까 무슨 선물이든 하나 주고 싶은데, 아직은 내가 가난뱅이거든. 나중에 누나 예쁜 옷 해 줄게."

주영이 내민 은행잎을 받아 들며 소영이 웃었다.

"고마워."

소영은 은행잎을 머리에 장난스레 꽂으며 손을 흔들었다. 주영도 잠깐 손을 들어 주었다. 무성한 은행잎 그림자가 소영의 얼굴 위로 드리워졌다가 고즈넉이 사라졌다.

택시를 타고 이내 멀어져 가는 소영을 보면서 주영은 잠깐 엉뚱한 상념에 빠졌다. 어디선가 이런 이별을 경험해 본 적이 있었던 듯만 싶었던 것이다. 누군가 몹시 반가운 상대를 만나 담소를 나누고, 그리고 이별이 아쉬워 오래오래 떠나는 모습을 바라보고 있었다는. 그것도 이렇게 나무가 무성한 거리에서. 아니, 어쩌면 잔디가 하늘을 머금어 비취보다도 더 파랗던 어느 공원이었던 것도 같다.

그러나 그때도 지금처럼 머릿속으로는 다른 생각을 하고 있었던 것 같다. 지금처럼 부모님의 생각을.

얼마 전 주영은 자신과 부모님은 전생에 무슨 관계였을까를 뜬금없이 떠올린 적이 있다.

감금 사건이 있은 뒤, 오히려 마음은 홀가분했다. 실망감이나 자포자기는 아니었다. 그 동안 중요하다고 여긴 것들이 어쩌면 아무런 가치도 없을지 모른다는 생각을 어렴풋 했을 뿐이었다. 그리고 부모님한테 품고 있었던 일말의 미안감, 죄송스러움마저도 한갓 감상일 따름이라고.

그리고 진실이 무엇일까를 생각했다.

아주 어린 시절, 이런 일이 있었다. 조금 큰 못을 기차 레일에 올려놓고 한참을 기다리면 기차가 요란한 소리를 내며 달려왔다. 그리

고 기차가 지나간 뒤면 그 자리에는 납짝한 칼 하나가 주영을 기다
리고 있었다. 왜 그런 장난을 시작했는지 알 수 없었다.

그리고 그것을 날카롭게 갈아 한 쪽 끝에 막대기로 손잡이를 만들
어 갖고 놀았다. 주로 나무를 겨냥해 던지는 연습을 했다. 나뭇등걸
에 탁, 꽂히는 그 느낌이 좋았던 것이다. 나무에 꽂힌 송곳의 그 자
리.

진실이라는 단어와 그 송곳의 자리는 무슨 연관이 있을까.

분명하지는 않지만 진실이란 어쩌면 송곳이 꽂혔던, 그 찰나적인
공간에 지나지 않을지 모른다는 생각을 했다.

결국 송곳이 빠지면 그 자리는 더 이상 '진실'이 될 수 없을 터였
다. 그렇다면 세상에는 영원한 진리란 있을 수 없고, 따라서 진리 아
닌 것이 없다는 결론이 되는 셈이었다.

순간순간 눈에 보였다가 홀연히 사라지는 것들, 다가왔다가 총총
히 멀어지는 모든 사람들 모두가 소중했고, 그 자체가 진실이었다.
설령 내일 그 진실이 거짓으로 탈바꿈된다 하더라도, 그 순간만이라
도 진실일 수 있었다는 것이 너무 고맙고 소중했다.

간혹 창문을 통해 들어오는 따뜻한 햇살에 한동안 몸을 담그고 있
거나, 돌 틈에 핀 민들레 같은 들꽃 앞에 주저앉아 오랫동안 바라보
는 것도 요즘 생긴 버릇이었다.

"주영 씨가 철들어 간다는 증거야."

민희는 주영의 그런 태도를 보고 몹시 재밌어했다.

"그래서 그런가? 요즘 주영 씨 얼굴이 얼마나 부처 같은지 알어?
철들면 그래지나?"

민희의 말이 맞을 수도 있었다. 하지만 아닌 것 같았다. 어쩌면 그
모든 것은 인간으로 태어나 거쳐야 하는 하나의 과정이 아닐까, 혼

자 생각했다.

오래 전에 영화 한 편을 보았다. 두 명의 여주인공이 있는데, 한 명은 자신을 너무도 짝사랑하는 한 청년 때문에 환속을 하고, 한 명은 계속 불자의 길을 걸었다.

그리고 먼 훗날, 둘은 우연히 부두에서 만나게 되었다. 환속을 한 그 여자는 그 동안 여러 명의 남자 품을 전전했고, 상대가 누구이건 최선을 다해 그 남자를 사랑했다. 그리고 지금도 어느 섬으로 자신의 몫으로 있을 '사랑'을 찾아 떠나는 길이었던 것이다.

불자의 길을 한 번도 벗어나지 않은 여자, 그리고 가시밭길 같은 세상에서 등불처럼 살았던 여자.

과연 누가 더 성스러운가, 한동안 생각한 적이 있다.

주영 자신이 환속을 한 그 여자 같다는 생각을 했었다. 민희를 사랑하는 것, 부모님과 감정이 얽히는 것 모두 자신에게 주어진 삶의 길이고, 이 세상에 태어난 이상 걷지 않으면 안 될 그 무엇 같았다.

소영은 아버지가 주영에게 무슨 무서운 일을 하지 않을까 두려워하고 있었지만, 주영은 크게 걱정하지 않았다.

아버지와 자신은 그런 식으로 언젠가는 고리를 풀지 않으면 안 될 관계로 이 세상에 태어났을지 모른다는 생각을 했던 것이다. 뭔가를 풀자면 먼저 고리가 얽어져 있어야 순서 아닌가.

자라는 동안 부모님과 끊임없이 꼬였던 이런 저런 문제들이 드디어 큰 고리로 나타났고, 이제는 풀 일만 남았다는 기대. 그것이 주영의 마음을 한결 가볍게 해 주었던 것이다.

모두 민희로 인해 얻어진 생각들이었다.

보통 인간은 환경의 지배를 받는다. 하지만 민희는 아니었다. 어린 나이에 고아가 되어 눈칫밥을 먹으며 자랐고, 그리고 혼자 몸으

120

로 공부를 하며 험난한 세상을 헤쳐 왔지만 민희의 얼굴에는 늘 희망이 있었다. 아무리 힘든 일이라도 그녀 앞에서는 별것 아닌 일이 되었다.

무엇이 그녀로 하여금 그런 여유를 갖게 해 주었을까, 내내 신기하기만 했다. 그리고 이제서야 그 비밀을 깨달을 수 있었다.

어떤 역경, 어떤 고난도 그녀 앞에서는 밝은 미래를 위한 하나의 징검다리밖에 되질 못했던 것이다.

주영은 사무실로 들어가기 전에 공중전화 부스 앞에서 시계를 보았다. 지금 민희는 교무실에 있을 시간이었다. 늘 시간에 얽매여 있기 때문에 간혹 이런 여유 시간을 문득 발견하면 여간 반가운 것이 아니었다.

"어, 웬일이야?"

일이 잘되려고 했던지, 전화를 받은 사람도 민희였다. 민희는 소녀처럼 들뜬 음성으로 재잘거렸다.

"어젯밤 주영 씨가 나를 배신한 거 있지. 아침에는 꿈이 안 떠올랐는데 아까 수업하다 우연히 기억 났어."

"배신? 내가 민희를? 무슨 벼락맞을 소리야?"

주영은 능청을 떨었다.

"글쎄, 주영 씨랑 높다란 벼랑을 오르는데 너무 아슬아슬한 거야. 손톱에 피가 맺힐 정도로 죽기 살기로 올라가는데 주영 씨는 벌써 저만큼 멀어졌잖아. 나를 조금만 도와주면 나란히 올라갈 수 있을 것 같은데, 내가 아무리 목메어 불러도 주영 씨는 씽 하니 가 버리는 거야. 내 옆에 있는 사람은 벼랑에서 떨어져 곤두박질 쳤다가 다시 올라오고, 나는 오기로 기어올라 가서 정상에 닿았는데 이번에는 발을 어디에 올려놔야 할지를 모르겠잖아. 한 뼘밖에 안 되는 빈 공간이 있어서 그곳으로 간신히 올라가서 벅벅 기어갔어. 근데 아무도 없고 나만 거기 있는 거야. 모두 올라가고 나만 남은 거지. 주영 씨도 안 보이고. 얼마나 약오르고 분했는지 말도 못해. 그런데 이상해. 주영 씨가 그런 행동을 한 것이 전혀 낯설지가 않고 화만 나더라는 거야. 어쩌면 당연하다고 여겼는지도 모르겠어. 정말 그렇게 인정머리없이 굴 거야?"

"야, 민희야? 옆에 다른 선생님들 안 계시니?"

"왜?"

"개꿈 꾼 걸 갖고 남편을 들들 볶고 있으면 흉볼 것 아니냐."

"남이 흉보거나 말거나. 나는 아직도 분해 죽겠는데."

"그거야 네 꿈인데 내가 어떻게 책임지냐?"

"지금 안 풀면 퇴근해서 만나도 씩씩거릴 것 같아. 또 그럴 거야, 안 그럴 거야?"

민희는 다짜고짜 따지고 들었다.

주영은 마치 그녀가 앞에 있기라도 한 것처럼 손을 번쩍 들었다.

"선서! 나 박주영은 아내 이민희와 죽더라도 같이 있겠다! 선서! 나 주영은 아내 민희만을 평생 사랑하겠다! 충성!"

주영은 큰 소리로 외쳤다. 지나가던 아가씨 한 명이 이쪽을 쳐다보며 입을 가리고 웃었다. 주영은 여자를 향해 장난스럽게 손가락을 흔들어 주고 다시 목청을 가다듬었다.

"한 번 남편은 영원한 남편이다! 한 번 아내는 영원한 아내다!"

"알았어, 용서해 줄게. 그런데 죽는다는 말은 빼고."

민희는 언제나 죽음이라는 말을 싫어했다. 아마 너무 어려서 부모의 죽음을 본 때문일 것이다.

알았어, 주영은 얼른 대답을 해 주었다. 맑은 그녀의 웃음 소리가 송수화기를 통해 기분 좋게 들려 왔다.

"체한 것이 쏘옥 내려간 것 같네. 그런데 이 시간에 어떻게 전화를 했어?"

"으응, 그냥. 갑자기 내 색시 목소리가 듣고 싶잖아."

주영은 누나가 왔다는 말은 하지 않았다. 아직은 해서 안 될 것 같았다. 그녀에게 아직 식구들은 먼 거리에 있는 사람들에 지나지 않았다. 모두 주영 스스로 해결해서 그녀에게 선물처럼 안겨 주어야 할 부분만 남아 있었던 것이다.

"근데, 오늘도 늦어?"

민희가 투정처럼 물어 왔다.

"왜?"

"맨날 늦으니까 재미가 없다. 주영 씨 실업자였을 땐 늘 집에 가면 나를 기다리고 있었는데, 지금은 내가 기다려야 하잖아."

아닌게아니라 일이 바빠진 뒤로 민희와 외식 한 번 제대로 못하고 있었다.

"그럼 오늘은 같이 들어갈까?"

"정말?"

민희는 뛸 듯이 기뻐했다.

"남편 자격 없다고 내쫓으면 큰일이잖아. 충성을 잘해야 남편 자격 있다면서?"

"그건 그래. 요즘 주영 씨 자격 상실 중이었거든."

"내가?"

"그러엄. 나한테 사랑한다는 말도 안 하고."

"인마, 그런 말을 쑥스럽게 맨날 입에 달고 사냐? 눈빛만 봐도 알 수 있는 일을 뭐 하게 종알거리냐구."

　두 사람은 퇴근 후에 시내에서 만나기로 약속하고 전화를 끊었다.

　하늘은 너무도 맑았다. 또한 주변의 나무들은 깨끗한 푸른 옷으로 갈아입은 지 오래였다.

　그러나 그렇게 한갓진 생각에 빠져 있을 수만은 없었다. 너무도 많은 업무가 주영을 기다리고 있었다. 그리고 오늘은 서둘러 업무를 끝낼, 분명한 이유가 생긴 것이다. 민희와 만나기로 했으니까. 가슴이 설레었다. 마치 처음 그녀를 사랑하기 시작했던 그 무렵처럼.

　주영은 빠른 걸음으로 층계를 올라갔다.

8

아직 퇴근 시간이 되려면 한 시간이나 기다려야 했다.

해야 할 일이 많은데 주영과 만날 생각에 도무지 일이 손에 잡히지를 않았다.

"얼굴이 복숭앗빛이네. 좋은 일 있어?"

윤인수가 출석부를 들고 들어오면서 민희에게 말을 건넸다. 간밤에 마신 술 때문인지 인수의 눈은 술기운으로 벌겋다.

"무슨 술을 그렇게 마셔요? 장가도 못 가고 죽겠다."

민희가 핀잔을 주었다.

"죽어 달란 말이야, 죽지 말란 말이야?"

"선배님 죽으면 나 혼자 심심해지니까 안 돼. 주영 씨가 속썩여도 말할 데가 없으면 더 화가 날 거야. 그러니까 살아 있어야 해."

"그럼 뭐가 나오나?"

"우리 애들 태어나면 백일에 백일 반지 사 오고, 돌에는 돌 반지 사 오고 그래야잖아."

그 말에 인수는 쓸쓸하게 웃었다.

"아예 지금 다 사 주면 안 될까?"

"안 돼요. 우리 잘사는 모습 일일이 와서 봐 줘야 하니까. 근데 오늘 왜 이렇게 기분 좋으냐고 안 물어요?"

"……."

"데이트해요. 우리 신랑이랑."

민희는 환하게 웃었다.

"결혼하면 정말 행복해져요. 윤 선배도 장가가 보세요. 제 말이 맞을 테니까."

"그럴까?"

윤인수는 민희의 어깨를 가볍게 토닥거려 주고 먼저 문을 나섰다.

민희는 햇살이 노랗게 퍼져 있는 운동장을 굽어보았다.

교문 앞에 고고하게 피어 있는 덩굴장미의 자태는 여기서 보아도 고왔다. 그 앞을 지나가는 남자가 그 꽃을 올려다보고, 교복 차림의 학생이 쳐다보고, 어떤 아주머니가 쳐다보고, 그리고 교무실과 교실에 앉아 있는 수많은 학생과 선생님이 한 번씩 쳐다보고. 그 꽃은 그렇게 사람들의 시선을 받으며 아주 조금씩 자태를 드러내기 시작하는 듯만 싶었다. 여기서 가만히 귀를 묻으면 까르르 웃어대는 장미들의 홍옥빛 웃음이 선명하게 들리는 듯했다.

해마다 보아 오던 풍경이었다. 하지만 올해처럼 아름답고 의미 깊게 여겨진 적은 없었다.

늘 불안한 나날이었고, 아무것도 보장할 수 없는 미래뿐이었다. 주영이 곁에 있었지만, 민희는 그가 언젠가는 떠날 것이라는 예감 속에서 살았다. 왜 그런 생각만 하는지, 슬플 수밖에 없었지만 그 생각은 언제나 머릿속에 박혀 있었다. 항상 오늘이 그와의 마지막 만남이라고 여기며 지냈다. 아침이면 그의 팔베개를 한 채 눈을 뜨고,

그의 가슴에 고개를 묻고 잠이 들어도 그 불안감은 좀처럼 사라지지 않았다. 그래서 떠나기 전에 잘해 주고 싶었다. 떠난 뒤에 조금도 마음 아프지 않게 최선을 다하고 싶었다.

언제나 가까이 다가와 있는 듯한 이별. 환경 때문이었다. 자신과는 너무도 다른 주영의 축복받은 환경 때문에.

그의 어머니 말처럼 주영은 민희와는 너무도 다른 세계의 사람이었다. 집안, 재산, 학벌, 인물…….

세상 사람들은 그런 현실의 벽쯤 아무것도 아니라고 말을 해 준다. 사랑만 있다면 그런 벽은 정말 별것 아니라고. 그러나 아니었다. 직접 그 현실의 벽에 부딪힌 사람은, 그보다 더 완고하고 높은 벽은 세상에 다시 없다는 것을 뼈저리게 느낄 수밖에 없는 것이다.

그런 고민만 아니라면 그를 사랑할 수 있다는 것이 너무도 고마웠다. 언제나 즐거웠고 행복했다. 누군가를 위해 산다는 것이 얼마나 행복한 일인지, 어려서부터 외로움을 익힌 사람은 너무 잘 알고 있는 것이다.

그를 위해 국을 끓이고, 그를 위해 청소를 하고, 빨래를 하고, 일을 하러 나가고. 모든 것이 믿기지 않을 정도로 가슴 벅찬 행복이었다. 어느 것 하나도 그를 빼놓은 적이 없었다. 그를 위해 화장을 하고, 그를 위해 책을 사고, 그를 위해 음식을 만들고, 그를 위해 꽃을 꺾어다 화병에 꽂고.

주영은 그런 민희에게 늘 미안해 했다. 고생을 시켜서 미안하다고.

"전생에 너는 나한테 엄청 빚을 지고 있었나 봐. 그러니까 이렇게 정신없이 일을 하면서 내 뒷바라지를 하지."

그러면 민희는 자신있게 대답했다.

"그래 맞아. 난 아직 주영 씨한테 갚을 빚이 너무 많이 남았거든."

마치 그런 사실들을 확인한 사람처럼 언제나 그렇게 대답했다.

학교에 발령을 받기 전에는 거의 아르바이트로 생활비를 벌어 썼다. 그렇게 벌어들이는 돈으로 주영의 학비를 대고 생활비를 한다는 것은 쉬운 일이 아니었다. 그러나 그런 고통쯤은 얼마든지 이겨낼 수 있었다. 민희에게 고생이란 거의 몸에 걸치고 있는 입성과 다를 바가 없었으니까. 그 탓에 얼마든지 이겨낼 수 있었고, 더러는 그 고생을 이용해 힘과 용기를 내기도 했다.

하지만 그 용기가 사정없이 꺾인 적이 딱 한 번 있었다. 민희를 찾아온 주영의 어머니 때문이었다. 그의 어머니는 민희에게 두툼한 봉투를 하나 내밀었다. 민희는 그 속에 무엇이 들어 있는지, 직감적으로 알았다.

"여잔 남자 한 명과 결혼하는 것이 아니지. 그 집안 전체와 결혼한다고 해도 무리가 아니야. 특히 우리 주영이는 더 그렇지. 그 애가 누구지?"

주영 어머니는 주영이 누구냐고 물어 왔다. 그 물음은 결코 너 따위 사고무친과는 비교도 할 수 없는 집안의 외아들이라는 뜻을 포함하고 있었다.

"이건 아가씨 생각을 해서 하는 소리야. 우리 주영이하고 결혼한다면 행복할 것 같은가? 집안 경조사에 나타날 수가 있겠어, 일 년이면 열 번도 넘는 기제사, 그건 또 어떻게 하고. 서로 불행할 일을 뭐 하러 해?"

이치에 틀리는 말은 한 마디도 없었다. 그건 민희가 가장 두려워했던 현실이기도 했다.

이론대로 하자면 인간은 누구나 다 동등해야 옳다. 허나 그것은 교과서에 실린 내용일 따름이었다. 적어도 민희가 보기엔 그랬다. 종류가 있고 등급이 있었다. 민희 혼자서 아무리 아니라고 해도 그것은 의지가지없는 처지의 고아가 울분처럼 되뇌는 바람에 지나지 않았다. 적어도 어느 정도의 등급을 지니고 있는 사람이라면, 말만 하지 않을 따름이지 군림하려는 본성을 지니고 있었던 것이다.

그날 집으로 돌아온 민희는 주영에게 처음으로 헤어지자는 말을 했다.

"밥해 주고, 빨래해 주고, 돈 벌어서 학비 대 주기 너무 힘들어서 못해 먹겠어. 그러니까 헤어져."

그 말에 주영은 굳은 듯이 민희를 응시했다. 그러나 민희는 절대 그에게 허둥대는 눈빛을 들키지 말자고 이를 악물었다.

"내가 얼마나 만만하면 이렇게 하녀처럼 부려먹을 수가 있어? 만약 주영 씨가 다른 여자가 또 한 명 있다면 나 같은 고아 거들떠나 보겠어? 지금은 아쉬우니까 부려먹고 있는 거잖아. 내가 그걸 모를 줄 알고?"

주영은 아무 말도 하지 않았다. 그리고 말을 하다 목이 메어 울음을 터뜨리고 마는 민희의 고개를 두 손으로 감싸 안았다.

"누가 너한테 그런 말을 하라고 했니?"

주영은 말하지 않아도 모든 것을 다 알고 있는 것처럼 그렇게 물었다.

"너는 나 없어도 충분히 살 수 있어. 너는 강한 아이니까. 하지만 나는 너 없으면 꼼짝도 못하는 어린아이와 같아. 무슨 말인지 아니?"

"거짓말이야. 주영 씨는 아흔아홉을 가진 부자고 나는 하나밖에 가진 것이 없는 가난뱅이야. 주영 씨한테 그 하나까지 빼앗길 수는 없어."

"그 하나가 뭔데?"

대답할 수 없었다. 대답이 목에 걸려서 밖으로 튀어나오질 않았다. 목숨보다 더 사랑하는 사람이었다. 그런데 헤어져야 하는 것이다.

"그럼 이렇게 하자. 내 아흔아홉 개를 너한테 다 주면 네가 백 개가 되잖아. 그럼 손해 안 보는 거지?"

그는 모든 것을 알고 있었던 것이다. 어머니가 다녀갔다는 것도, 그리고 헤어져 달라고 부탁했던 사실까지도.

그가 잠든 사이 민희는 입은 옷 그대로 집을 나왔다. 그에게는 메모 한 장 남기지 않고서였다.

그의 어머니가 남긴 돈은 그의 통장에 고스란히 입금시켰다.

정말로 헤어져야 한다는 생각이었다. 그의 어머니 말이 너무도 옳았기 때문이었다. 민희 자신은 얼마든지 고생을 견딜 수 있었다. 불행하더라도 그가 있다면 아무렇지 않게 이길 수 있었다. 하지만 주영이 자신 때문에 불행해지는 모습은 절대 볼 수 없을 것만 같았다. 그를 목숨보다도 더 사랑하기 때문에.

누구에게도 사랑을 받아 보질 못하고 자란 사람은 콩 한 톨만한 사랑에도 크게 감격해 하고, 고마워한다. 또한 누군가가 자기 때문에 괴로워하고 고통스러워하는 걸 알면 그것 또한 다른 사람보다 더 많이 상처를 받는다. 그건 외롭게 자란 사람의 특성이었다. 너무 가진 것이 작은.

임신 사실을 안 것은 선배 집에서 지내기 시작한 며칠 후였다. 그 동안 주영에게는 아무런 연락도 취하지 않았고, 주영이 찾아올 만한 곳과는 연락조차 끊고 지내던 중이었다.

눈앞에 있는 물체 하나도 분간할 수 없을 지경으로 깊은 어둠 속이었다. 그 어둠 속을 피하려 들지 않았다. 오히려 영원히 탈출할 수 없게끔 육신을 심한 고통 속으로 몰아넣었다. 그러면서 여름을 더듬는 풀벌레 소리를 들었었다.

며칠을 불덩이 같은 고열 속에 파묻혀 지냈다. 그리고 아랫배의 심한 통증을 느끼며 혼절을 했고, 깨어났을 때는 병원이었다.

"유산이란다."

선배의 입을 통해 임신 사실을 처음 알았다. 그리고 유산이 되었다는 것도. 민희는 울지 않았지만 선배는 민희를 부둥켜안고 섧게 울어댔다.

"가엾어서 어떡하니, 민희야? 네가 너무 불쌍해서 어떡해."

주영을 다시 만난 것은 거의 한 달이 지난 뒤였다. 일을 다시 시작하기 위해 시내로 나갔다가 정말 우연처럼 출판사 입구에서 그를 만났던 것이다. 그는 민희가 언젠가는 그곳에 나타날 줄 알고 아주 오랫동안 거기 서 있었던 듯 지친 몰골이었다.

그는 민희를 보자 왈칵 눈물을 보였지만, 민희는 울지 않았다. 울 수가 없었다. 물이 가득 찬 병은 쉽사리 쏟아지지 않는다. 그렇게 몸 전체가 눈물 주머니가 되어 있어 눈물 한 방울 나오질 않았다.

그는 덜덜 떨고 있는 민희 곁으로 다가왔다. 그리고 가만히 그녀를 품에 안았다.

"민희야……"

여름이었다. 그러나 그는 민희보다 더 심하게 떨고 있었다.

"……"

"너를 오늘도 못 찾으면 죽어 버리겠다고 하느님한테 맹세했더랬어."

그에게서는 익숙한 땀 냄새가 맡아졌다. 아주 긴 거리를 달려 여기까지 온 사람처럼.

"너를 나한테서 빼앗은 사람이 누구건 그 사람들에게 복수를 할 생각이었어. 죽어서라도."

그는 신음처럼 중얼거렸다.

"……."

"네가 없으니까 정말 죽을 것 같았단 말야."

"……."

그는 너무도 지치고 초라한 모습이었다. 그것이 민희의 마음을 더욱 아프게 했다. 핼쑥한 그의 얼굴을 두 손으로 감싸 주고 싶었지만, 민희는 미동도 하지 않았다. 대신 이를 악물고 눈물을 참았다. 이제 그만 울고 싶어서였다.

그의 어머니 말처럼 두 사람 다 불행할 수는 없었다. 불행은, 민희 혼자만으로도 충분했다.

그러나 이제는 그와 헤어질 수 없었다. 아직은 민희 자신의 손길이 필요한 사람이었다. 나중에 그가 홀로서기를 할 수 있을 때, 그때 떠나도 늦지는 않으리라. 그런 생각이 떨리는 손을 뻗어 조심스럽게 그를 안게 해 주었다.

그 뒤, 될 수 있으면 밝고 명랑하게 살려 애를 썼다. 간혹 주영과 티격태격 싸우기도 했지만, 그런 순간에도 슬프다거나 화가 난다거나 하는 감정은 별반 없었다. 언제나 그 순간이 마지막이었으므로 최선을 다한다는 생각이 있을 뿐이었다.

민희는 가방을 챙겨들고 교무실을 나섰다. 아직은 퇴근하기엔 일렀지만, 주영보다 먼저 약속 장소에 도착하려 하는 데는 그만한 이유가 있었다. 조금이라도 값싸고 분위기가 좋은 곳을 알아 두고 싶었던 것이다.

그리고 주영에게 줄 넥타이핀을 하나 살 생각이기도 했다. 점퍼만을 걸치고 살다가 갑자기 입기 시작한 양복이었기 때문에 그런 것들은 미처 챙기지 못하고 있던 터였다.

요즘 들어 학교가 끝나면 시장을 어슬렁거리며 주영에게 필요한 물건을 살펴보는 것이 새로운 기쁨이었다.

그런데 액세서리 가게에서 참 이상한 일이 있었다. 주영에게 어울릴 넥타이핀 하나를 사서 옷에 꽂아 보는데, 갑자기 핀이 뚝 부러지는 것이었다. 너무도 쉽게 부러져 어쩔 줄 모르고 서 있는데 주인이 다가와 오히려 미안하다며 사과를 했다.

"아마 불량품인 줄 모르고 내보낸 모양입니다. 하긴 검사를 했어도 사람 손으로 하는 일이라 실수야 간혹 있을 수 있겠지만요."

남자는 다른 물건을 꺼내 주며 다시 한 번 사과를 했다. 민희는 남자의 말대로 블루 컬러가 약간 얹혀진 핀을 사고 돈을 치렀다.

그런 잡다한 것에는 아예 관심도 없는 주영이지만, 선물을 받고 기뻐할 그의 모습이 벌써부터 마음을 들뜨게 했다. 민희는 천천히 여기저기를 구경하며 오랜만의 자유를 만끽했다. 유아용품 상점 앞에서는 한동안 꼼짝하지 않았다. 그러면서 그때 유산을 하지 않았다면 내 아이에게 어떤 옷을 입힐까, 생각해 보았다.

들어가 저녁을 먹을 음식점까지 챙겨 놓고 약속 장소에 갔을 때는 거의 일곱 시였다.

민희는 건물 뒤쪽으로 옮겨 갔다. 주영이 도착하면 뒤로 가서 깜짝 놀래켜 주고 싶어서였다. 꺅, 고함을 지르고 뛰쳐나가면, 으악! 장난스레 비명을 질러댈 그의 모습이 너무도 민희를 즐겁게 해 주었다.

이 세상에 사랑하는 사람이 한 명만 있어도 충분히 행복할 수 있
다. 반대로 사랑할 사람이 한 명도 없다면 그 사람은 분명히 불행한
사람이었다.

수없이 오고 가는 사람들을 바라보면서 민희는 주영이 곁에 없었
다면 어떻게 되었을까, 생각해 보았다.

아무도 사랑하지 않는 세상. 그것은 무덤이었다.

갑작스럽게 돌아가신 부모님 때문에 민희는 가정이나 가족의 의
미를 전혀 깨닫지 못한 채 유년을 보내야만 했다.

고아원에서 열두 살까지 지내다 그 뒤부터는 보육원에서 지냈고,
스스로 돈을 벌어 학비를 마련하기 시작한 것은 중·고등 학교 때부
터였다. 다행히 보육원 원장의 도움으로 미술 학원에서 먹고 지낼
수 있었고, 덕분에 별 어려움 없이 대학교에 합격도 할 수 있었다.

그저 공부만을 위해 혼신의 힘을 다 바쳤을 뿐이었다. 사람들은
민희에게 공부를 하기 위해 태어났다는 우스갯소리를 했지만, 아니
었다.

그런 무덤같은 세상을 탈출할 수 있는 것은 공부밖에 없을 뿐이었
다. 그러다 주영을 만난 것이다.

주영을 만난 뒤에 바라본 세상은 너무도 판이하게 달랐다. 우중충
한 모습은 더 이상 없었다. 간혹 슬프기도 했지만 아름다워 보이는
세상이 훨씬 더 커다랬다. 처음으로 누군가를 위해 자신이 존재한다
는 행복감을 맛보았었다.

수박색의 예쁜 옷을 입은 꼬마 아이가 민희 앞에서 깡총거리며 놀
고 있었다. 그 뒤에는 엄마인 듯한 여자가 가끔씩 아이를 쳐다보며
사람들을 기웃거렸다.

아마도 민희처럼 이 근처 직장에 다니는 남편과 만나기로 되어 있

는 모양이었다.

아이가 민희 앞으로 다가와 가방에 매달린 작은 종을 조심스럽게 만지작거렸다.

"갖고 싶니?"

민희가 아이의 머리를 쓰다듬어 주며 물었다. 그러나 아이는 말끄러미 민희를 쳐다볼 뿐이었다.

"정말 예쁘구나."

민희는 종을 떼어 내 아이의 옷 끝에 매달아 주었다. 얼굴이 환해진 아이는 옷에 달린 종을 작고 앙증맞은 손가락으로 톡톡 쳐 보았다.

사람들의 숫자가 점점 더 많아지고, 해가 넘어갔는지 군데군데 전등불이 켜지기 시작했다. 민희는 쇼 윈도의 유리에 자신의 모습을 비춰 보고 옷매무새를 고쳤다.

그리고 시간을 보았다. 일곱 시가 마악 넘어가고 있었다.

오늘 주영을 만나면 꼭 할 말이 있었다. 며칠 동안 마음에 꼭꼭 채워 두었던 말이었다. 아이를 낳고 싶다는 말을 하고 싶었다. 주영을 꼭 닮은 아이. 세상이 아무리 변해도 아이만은 영원히 자기 곁에 있을 것이라는 생각이 들면 벌써부터 가슴이 뿌듯해지고는 했다.

해서는 안 될 생각이지만, 만일 주영이 피치 못할 사정 때문에 민희 곁을 떠난다 해도 아이만은 주영 대신 그 자리를 끝까지 지켜 줄 것이다. 이런 생각이 들면 얼굴도 못 본 자신의 아이가 너무도 그리웠다.

낮에는 에어컨 바람이 그리울 정도로 더웠지만, 밤만 되면 기온이 많이 떨어졌다. 올 봄 유난히 비가 많더니, 여름이 되었어도 여름 같질 않았다.

벌써 삼십 분이 지나가고 있었지만 주영은 아직도 나타나지 않고 있었다. 아마 차가 밀려 늦어지는 모양이었다.

좀전에 보았던 꼬마와 여자의 모습은 보이지 않았다. 서너 명의 사람들이 돌의자에 앉아 있다가 일어나고, 다시 다른 사람들이 그 자리에 와 앉았다. 그러나 민희는 그대로 선 채 주영을 기다렸다.

금방이라도 주영이 달려오며 민희를 향해 손을 흔들 것만 같아 고개를 기웃거리며 이쪽 저쪽을 살폈다.

주영은 끝내 나타나지 않았다. 세 시간을 꼼짝 않고 그 자리를 지키고 있다가 조심스럽게 주영의 자리로 전화를 걸었지만, 받는 사람이 없었다.

어쩌면 그가 피치 못할 사정으로 집으로 먼저 돌아가 있을지도 몰랐다.

민희는 허겁지겁 택시를 잡아 타고 집으로 향했다. 하지만 집에 도착했을 때, 민희를 기다리고 있는 것은 낯선 꽃 바구니였다. 화려한 장미꽃 바구니.

바구니에는 아무런 글씨도 쓰여 있지 않았다. 민희는 쪼그려 앉은 채로 길게 늘어뜨린 분홍색 리본을 한동안 바라보았다.

아무 생각도 들지 않았다. 그저 멍청할 따름이었다. 텅 빈 머릿속으로 깊은 우물이 자꾸만 그려졌다. 그 우물에 빠지면 영원히 헤어나지 못할 것만 같았다.

그러나 무섭다거나 불안한 것은 아니었다. 어디선가 여자의 날카로운 고함소리가 들려 왔다. 깜짝 놀라 고개를 쳐들었지만 그것으로 그만이었다.

간혹 자동차의 경적 소리가 들려 오기도 했지만, 낯익은 발짝 소리는 끼여 있지 않았다.

다시 사방은 깊은 정적 속으로 빠져 들었다.

그 정적 속에서 몸이 번데기로 변하는 것만 같았다. 차츰 굳어져 가는 몸 위로 줄기찬 실이 서서히 옥죄어 들어오는 듯했다.

이런 느낌은 처음이 아니었다. 결혼식날 주영이 부모님의 연락을 받고 뛰어나간 뒤, 며칠 동안 연락 한 번 보내 오지 않았을 때에도 이런 기분으로 하루하루를 견뎠다.

주영이 며칠 만에 지친 몰골로 돌아왔을 때 민희는 아무것도 묻지 않았다. 그저 돌아온 것만이 고마웠고, 그래서 말없이 밥을 챙기고, 그를 위해 술 한 잔을 준비했다. 그는 민희가 차린 밥을 허겁지겁 먹다 수저를 놓고 가만히 고개를 숙였다. 민희는 그가 울고 있다는 것을 알았다. 하지만 아는 척하지 않았다. 그가 울음을 그칠 때까지 부엌 구석에 쪼그려 앉아 있었을 뿐이었다.

발자국 소리가 들려 왔다. 민희는 자동 인형처럼 후닥닥 일어나 밖으로 뛰어나가 보았다. 아무도 없었다. 낡고 쓸데없이 넓은 마당 한가운데로 대추나무 그림자가 덩그러니 놓여 있었다. 개 짖는 소리가 들려 왔다.

눈을 감은 채로 아무것도 보지 않으려고 애를 썼다. 눈을 뜨고 있으면 주영의 발짝 소리를 더 못 찾을 것만 같았다.

왜 이렇게 조용할까, 민희는 너무도 두려워 서둘러 집 안 곳곳의 불을 켰다.

얼마든지 무슨 사정이 있어서 약속을 못 지켰으려니 여길 수도 있었다. 아버지 때문에 본가에 갔던 주영이 며칠씩 연락을 하지 않았던 것처럼.

민희는 될 수 있으면 좋은 생각을 하자고 자신에게 타일렀다. 그러나 실타래처럼 얼킨 머릿속으로는 아무 것도 떠오르지 않았다.

잠깐 잠이 든 모양이었다. 눈을 떴을 때, 꽃 바구니는 여전히 그 자리에 앉아 민희를 바라보고 있었다. 방 안은 낯선 향기로 몹시 어수선했다. 아무렇게나 벗어 놓은 옷가지 때문에 더욱 어수선해 보였을 테지만, 민희는 그 어수선함을 보지 않으려 눈을 굳게 감아 버렸다.

그러다 뭔가를 잊고 있었던 사람처럼 시계를 보았다. 왜 주영이 아직도 오지 않았다는 것을 깨닫지 못하고 있었는지, 너무도 어이가 없었다.

벌써 새벽 세 시가 넘어가고 있었다.

"아무 일 없을 거야. 걱정하지 마."

민희는 자신을 다독거렸다. 그러면서도 똑깍거리는 시계 바늘을 두려운 시선으로 바라보았다.

어디엔가 전화라도 걸어 주영의 행방을 찾아봐야 할 텐데, 생각나는 곳이 한 군데도 없었다. 더러 친구들과 만나고 전화 통화를 하기도 하는 것 같았지만, 민희가 전화를 걸어 주영의 소식을 물어 볼 만큼 잘 아는 친구는 없었다.

깊은 정적 속에서 똑깍대며 초침이 움직이고 있었다. 초침이 옆으로 돌고 있을 뿐인데, 마치 깊이를 알 수 없는 깊은 곳으로 일 초씩 일 초씩 빠져 들고 있는 것만 같았다.

그렇게 시간을 보냈다. 벌써 날이 훤히 밝아 오고 있었다. 주영에게 무슨 일이 있는 것인지도 모르는데 자신은 이렇게 무력하게 앉아 있다는 것이 너무도 두렵고 화가 났다.

손가락 하나 움직일 기운도 남아 있지 않았다. 다만 할 수 있는 것이란 전화기를 바라보는 것밖에 없었다.

한가닥 희망을 품고 주영의 자리로 전화를 해 보았다. 뚜르르르,

뚜르르르, 아무런 따뜻함도 느껴지지 않는 벨 소리가 계속되었다.

힘없이 송수화기를 내려놓았다. 출근 시간이 다가오고 있었다. 민희는 학교보다 인수 집으로 전화를 했다.

"오늘 나갈 수가 없겠어요."

얼결에 전화를 받았는지 처음에는 민희의 목소리를 잘 알아듣지 못하던 인수는 어어, 하는 소리부터 냈다.

"몸이 많이 안 좋아요. 대신 처리 좀 해 주세요."

민희는 될 수 있으면 그에게 감정을 들키지 않으려고 애썼다.

"어디가 아파? 약은 먹었어?"

특유의 약간 더듬는 듯한 말투로 그는 걱정스레 물어 왔다.

"……."

민희는 그의 말투 때문에 갑자기 목이 메어 대답을 하지 못했다.

"얼마나 아픈데 그래? 무슨 일 있는 건 아니구?"

민희는 말없이 송수화기를 내려놓았다.

꼼짝하지 않은 채 하루를 그렇게 보냈다. 주영은 출근도 하지 않았다.

"어제 여섯 시에 나가셨어요. 볼일이 있으셔서 조금 늦으시나 봐요. 들어오시면 연락드리라고 할까요?"

전화를 받으면서 아가씨는 대수롭지 않은 말투로 말했다.

"무슨 일이 있을 거예요. 제발 좀 알아봐 주세요."

민희는 얼굴도 모르는 여자를 향해 화를 내고 말았다. 너무도 무섭고 두려운데, 아무렇지 않게 움직이고 있는 주변의 모든 것들이 견딜 수가 없었던 것이다.

그러나 수없이 전화를 걸어 보았지만, 대답은 언제나 똑같았다. 그리고 퇴근 시간이 되어 버렸다.

너무도 무서웠다. 입을 벌리면 비명이 먼저 터질 것만 같았다. 비명이 터질까 봐 입을 가리고 숨도 크게 쉬지 못한 채 날을 새웠다.

다시 아침이 밝았다. 그리고 일곱 시가 넘어서 전화 벨이 한 번 울렸다. 너무도 반갑고 놀라워 얼른 송수화기를 들었다. 그러나 주영의 음성은 아니었다.

"오늘은 좀 어때?"

인수였다.

"정말 많이 아픈 거 아냐?"

"……."

"뭔 일인지 말 좀 해 봐, 응?"

민희는 입술을 깨물며 터지려는 비명을 간신히 참다가 그대로 송수화기를 내려놓았다.

무릎에 고개를 묻고 있었을 뿐인데 오열이 터져 나왔다. 온몸에 물풍선처럼 가득 채워져 있던 울음이었다. 그에게 아무 일도 없을 거라고 마음을 다잡으려 애를 써도 소용이 없었다. 아무 일이 없다고 여기려는 그 마음까지 불길하고 무서웠다. 온몸이 다시금 고치처럼 뭔가에 결박당하는 듯만 싶었다. 그리고 그런 결박은 자신의 몸이 아니라 주영이 당하고 있다는, 생각에 미치자 민희는 숨을 멈추고 동작을 멈추었다. 어떻게 그런 무서운 생각까지 할 수 있는가. 정말 그는 아무 일 없이 조금 후면 모습을 나타낼 것이다.

친구들을 만나 밤새 술을 마시느라 전화도 못했을 것이고, 그리고 지금은 어디에선가 정신없이 자고 있을지 모른다. 아니면 갑작스런 수사 때문에 움직이지 못하고 있거나.

그러면서 그의 부모님을 떠올려 보기도 했다. 하지만 그것으로 전부였다. 부모와 자식인데 나쁜 일이란 상상도 할 수 없었다.

“주영 씨, 제발 그만 돌아와. 어디 있어, 주영 씨.”

민희는 간절하게 주영을 불렀다. 그렇게라도 하지 않으면 그가 영영 자신 곁으로 돌아오지 못할 것만 같았다.

“내가 잘못한 것 있으면 다시는 안 그럴게. 이제부턴 주영 씨가 하라는 대로 하면 되잖아. 제발 주영 씨…….”

주체할 수 없을 지경으로 눈물이 흘렀다.

울면 주영에게 더 나쁜 일이 생길지도 몰라. 그러니까 울지 마.

민희는 이를 악물었다. 그러나 잇새를 빠져 나가는 울음은, 울음이 아니었다. 뼈가 부딪치며 내는 몸부림이었다.

9

예감이란 얼마나 무서운가. 날카롭게 울어대는 전화 벨을 들으면서, 민희는 오히려 마음이 편안해짐을 느꼈다.

주영이 행방 불명된 지 꼭 사흘 만이었다.

"박주영 씨 부인이십니까?"

그렇게 걸려 온 전화는, 예감처럼 몹시 무겁고 어둡게 다가왔다.

"나와 보셔야 하겠습니다."

"……"

민희는 말없이 낯선 남자의 목소리를 귀담아들었다. 아니 흘러가는 말소리를 다잡으려고 기를 썼다. 자신이 이 순간에 할 수 있는 일이란 그것밖에 없었다.

전화를 끊었다.

세수를 하고 머리를 빗었다. 천천히. 검은색 스커트를 입고 그 위에 베이지색 바바리를 걸쳤다. 아주 긴 길을 걸어야 하리라. 그러자면 될 수 있는 대로 간편한 옷을 입어야 하리라.

거리에는 많은 사람들이 오가고 있었다. 그리고 건물은 언제나 그

모습 그대로 있었고, 밀려왔다가 밀려가기를 거듭하는 수많은 자동
차들의 모습도 변함없었다.

　육교 밑에서 붙박힌 듯 한동안 꼼짝하지 않았다. 그리고 모범 택
시가 다가와 설 무렵, 바람처럼 보도를 내려섰다.

　누군가 그녀를 침대 곁으로 데려갔다. 그리고 뭐라고 말했지만 민
희는 한 마디도 알아듣지 못했다. 알아듣지 못하는 것은 당연하다고
민희는 생각했다. 꿈일 터이므로.

　누군가 민희의 팔을 부축했고, 그리고 하얀 시트를 조금만 내렸
다. 그러나 민희는 시트가 젖혀지기 전에 가슴 끝에 매달려 있던, 어
떤 거대한 것이 하얀 깃털처럼 가볍게 흩어지는 것을 보고야 말았
다.

　하얀 침대, 늘어진 손, 연한 핑크빛이 도는 와이셔츠, 그리고 민희
의 손가락에 끼워져 있는 것과 똑같은 금반지.

　그리고 무엇이 있었던가. 그런 것들을 본 것이 전부였다. 그리고
깊이를 알 수 없는 깜깜한 어둠 속으로 소리 없이 빠져 드는 자신의
영혼을 보았다.

　깊은 터널 같은 어둠 속이었다. 그리고 그 까만 어둠은 비단 천처
럼 한없이 부드러웠다. 그 부드러운 비단은 구름이나 안개처럼 포근
하기까지 했다.

　그 위에 서 있었다. 혼자서. 그곳이 어딘지 민희는 너무도 잘 알았
다. 기쁨과 슬픔이 있던 곳. 아니, 그런 것들보다 그리움이 더 많았
던 곳.

　어릴 적에 가장 많이 보았던 그 거리였다. 고아원이 산 중턱에 있
어 아래를 내려다보면 누가 떠나고 누가 돌아오는지 다 알 수 있었

다. 같이 있던 아이가 원장 몰래 고아원을 탈출하는 모습도 그 언덕을 바라보면서 보았고, 그 애가 돌아오는 것도 그 언덕을 바라보면서 보았다. 민희는 지금 그 언덕 끝에 서 있었다.

융단 같은 그 구름이 서서히 움직이기 시작했다. 앞으로. 소나무 앞을 지나고, 미나리꽝을 지나고, 논둑을 지나고, 작은 냇가를 지나면 바로 고아원이었다.

잠깐 뒤돌아보았을 때, 지나온 길은 환한 대낮이었다. 그러나 아직 지나가지 못한 길은 깜깜한 어둠 속이었다. 검은 융단과도 같은.

소나무 위에서 들려 오는 듯한 새 소리를 듣기도 했다.

어둠 속에서 깨어나고 있는 것은 민희 자신이 아니라 세상이었다.

그리고 검은 융단이 우물 앞에서 우뚝 멈추는 순간, 민희는 눈을 떴다.

눈을 뜬 채로 가만히 있었다. 하얀 천장이 먼저 보이고, 웅성거리는 사람들의 소음이 들리고, 그리고 간헐적으로 울어대는 아이의 울음 소리를 들었다.

그 울음 소리는 갓난것의 소리에서 시작되어 점차 큰 아이의 소리로 변해 가고, 점점 어른의 소리로 변해 가고 있었다. 목쉰 여자의 울음 소리가 귀를 울렸다. 귀를 찢는 소리 속에는 아이의 울음 소리도 섞여 있었다.

누굴까, 누군가가 다가와 손목을 잡고 맥박을 재었다. 민희는 눈을 뜨지 않았다.

"깨셨어요?"

누군가가 물어 왔다. 하얀 가운의 아가씨였다. 민희는 가만히 그 여자의 얼굴만 바라보았다.

"기운 차리셔야지요. 일어나실 수 있겠어요? 하루 동안 정신을 잃으셨어요. 부축해 드릴까요?"

자신도 알 수 없는 저 깊은 곳에서 뭐라 대답을 보내고 있었지만, 소리는 몸 안에서 메아리처럼 울리다가 사라져 버릴 따름이었다.

아가씨가 사라질 때까지 민희는 움직이지 않았다. 그리고 그녀가 사라질 무렵, 몸을 일으키고 침상에서 내려섰다.

신발이 보이지 않았다. 보이지 않는 신발 때문에 온몸이 바들바들 떨렸다.

금방이라도 온몸에서 비명이 한꺼번에 터져 나올 것만 같아 두려웠다. 아무라도 다가와 신발만 찾아 준다면, 울지도 않고, 무서워하지도 않을 것 같았다.

누군가를 불러 도움을 받고 싶었지만, 떠오르는 이름이 하나도 없었다. 아니, 누구든 불러서는 안 될 것 같았다. 혼자서 가야 할 것 같았다.

복도는 너무도 길었다. 영원히 탈출할 수 없을 정도로 길고 아득한 길. 이 길만 빠져 나가면 새처럼 자유로울지도 몰라. 민희는 허겁지겁 사람들을 헤치고 앞으로 내달리기 시작했다.

휠체어를 탄 노인이 위태롭게 구석으로 밀려나면서 뭔가 쨍그렁 요란하게 깨지는 소리가 들려 왔다.

왜 이렇게 멀까.

누군가 팔을 붙잡았다. 놔! 자신도 모르는 비명이 몸을 울렸지만 그 사람이 나가떨어지는 것만 보았을 뿐, 목소리를 듣지 못했다.

복도 끝에 빛이 있었다. 하지만 빛이 무엇이었을까. 왜 저토록 넓게 퍼져 정신을 혼란스럽게 하는 것일까. 민희는 온몸으로 쏟아져 내리는 빛을 이기지 못하고 그 자리에 털썩 주저앉고 말았다.

가야 해, 가야 해.

민희는 자신에게 타일렀다. 그리고 무릎걸음으로 기어 그 자리를 벗어났다.

햇살이 하얗게 부서져 내리는 마당을 가로질러 천천히 걷기 시작했다. 담 모퉁이가 나오고, 장미꽃이 흐드러지게 피어 있는 담장을 지났다.

사람들이 웅성거리며 서 있었다. 넋이 빠져 걷는 민희를 본 몇 사람이 걱정스런 표정으로 이쪽을 바라보았다. 하지만 누구도 다가와 그녀의 팔을 잡아 주지는 않았다.

층계를 오르고, 다시 층계를 내려가고. 빛은 더 이상 따라오지 않았다.

아이고, 아이고, 어느 아낙의 울음 소리가 지하실의 퀴퀴한 냄새와 함께 와락 달려들었다. 그것들이 민희의 발목을 거칠게 잡았다.

"앗, 조심해요!"

누군가가 소리쳤다. 몸은 이미 층계를 데굴데굴 굴러 내려가고 있었지만 두렵다거나 무섭지는 않았다. 좀전의 그 긴 복도를 탈출하면 살 수 있다고 여겼던 것처럼, 이 층계만 벗어나면 또 살 수 있다는 위안이 있었을 뿐이다.

손바닥에서 피가 흘렀다. 그러나 아프지는 않았다. 일어설 때 중심을 잡지 못하고 난간에 머리를 부딪혔을 뿐이었다.

누가 나를 잡아당길까. 민희는 다시 일어나 저쪽을 향해 걷기 시작했다. 누군가가 자신을 간절히 부르고 있었다.

민희야, 도와줘! 민희야, 나 좀 도와줘…….

주영의 음성이었다. 분명히 그의 목소리였다.

그곳으로 가야 한다. 그곳에 가서 주영을 도와줘야 하리라. 그도 나처럼 빛이 무섭다면 더 깊숙한 곳으로 데리고 가 주어야 하리라.

어디론가 탈출하고 싶어한다면 손을 잡아 도망칠 수 있도록 도와주어야 하리라.

복도를 돌았다. 그리고 넓은 방을 보았다. 사람들이 울고 있었다. 아니 통곡하고 있었다. 수없이 많은 꽃과 향 냄새. 그리고 너울거리는 촛불. 누가 나를 불렀을까.

민희는 흐느적대며 사방을 둘러본다. 촛불 아래로 낯익은 얼굴 하나가 놓여 있다. 몸통은 보이지 않고 얼굴만 거기 있다.

젊은 여자 한 명이 신발도 벗지 않고 위로 오르는 민희의 팔을 잡았다.

놔! 다시 고함을 질렀지만 소리는 몸 안에서 메아리 칠 뿐이었다.

사진은 검은 띠를 두르고 있다. 누굴까, 저 얼굴은. 왜 나를 부르고 있을까.

사람들이 헝클어진 몰골로 들어서는 민희 때문에 울음을 멈추었다. 그 속에서 다소 나이가 든 여자가 다른 사람들을 헤치고 민희 곁으로 다가왔다. 까만 옷 때문에 그 사람의 얼굴은 너무도 새하얗다. 어디서 본 적이 있는 얼굴이었다.

그 옆에 있는 중년 남자도 본 적이 있었다. 아주 기분이 안 좋은 날이었으리라. 그러나 기억 나는 것은 아무것도 없었다. 그 남자는 민희를 무섭게 쏘아보고 있을 뿐이었다. 그 눈빛이 너무도 무서웠다.

좀전에 민희의 팔을 잡았던 젊은 여자가 나이 든 여자를 막았지만 이미 소용없었다.

"네 년이 여길 왜 와! 이 년아, 내 아들 살려내라, 내 아들 살려내!"

아낙은 민희의 머리채를 휘어잡고 흔들기 시작했다. 누군데 내 머리를 잡아당길까. 민희는 아낙의 손길을 떼어 내려 애를 썼다. 하지만 애를 쓰면 쓸수록 아낙의 손 힘은 민희의 몸으로 쏟아졌다.

"엄마, 왜 이래요!"

젊은 여자가 가까스로 아낙을 떼어 냈다. 민희는 그 틈을 이용해 허겁지겁 사진이 있고, 촛불이 타고, 향 연기가 귀신처럼 위로 올라가고 있는 그 앞으로 다가갔다. 다가가며 사진 속의 남자에게 물었다. 당신은 누군데, 나를 이렇게 간절하게 부르지요? 누구세요? 누군데 나를 여기까지 불렀죠?

사람들이 웅성거리는 소리가 들리고 민희의 옷을 누군가가 거칠게 잡아당겼다.

"이 년아, 네 년 때문에 내 자식이 죽었어! 어떤 자식인데, 저 놈이 어떤 자식인데……."

여자는 울부짖으며 민희의 옷을 쥐어뜯었다. 민희는 아낙의 손에서 빠져 나오려 기를 썼다. 아낙 때문에 사진 속의 남자 얼굴을 볼 수가 없었다. 저 사람을 구해 줘야 하는데, 저 사람을 저기서 도망치게 해 줘야 하는데…….

민희는 아낙을 밀어냈다. 아무 힘도 주지 않았는데 아낙은 저리로 나가떨어졌다. 민희도 같이 넘어졌지만 사람들이 그곳으로 몰리는 틈을 타서 빠르게 사진을 집어 들었다. 그리고 그 사진을 품에 안고 몸을 돌렸다.

누군가 민희의 팔을 잡고 사진을 빼앗으려 했다. 안 돼! 절대 안돼! 민희는 발버둥을 쳤다. 사진을 안은 채로 넘어져 기어 나가는 민희를 누군가가 번쩍 안아 일으켰다.

"민희……."

그 남자는 울고 있었다. 누구냐고 묻고 싶었지만 그럴 겨를이 없었다.

"제발 정신 차려. 이러면 안 돼. 제발……."

누굴까, 누군데 나를 부르고 있을까?

사람들이 달려들어 민희에게서 사진을 빼앗으려 했다. 민희는 기를 쓰고 사진을 품에 안았다. 품에 안고 몸부림을 치듯 버둥거리며 사진을 힘주어 껴안았다. 아니, 그 속에 갇힌 남자를 몸 속에 감추려 기를 썼다.

그렇지만 여럿의 힘을 당해 내질 못했다.

"으아악!"

사진을 빼앗기면서 민희는 비명을 질러댔다. 그 비명은 민희가 지르는 소리가 아니었다. 사진 속의 그 남자가 그렇게 고함을 지르고 있었다.

사람들이 몰려들고, 고함소리가 들려오고, 하얀 가운을 입은 남자와 여자가 달려와 조금 전에 민희의 머리채를 낚아채던 여자에게로 다가갔다. 그리고 이내 한 남자의 등에 업혀 나가는 아낙의 모습을 보았다. 그 뒤로 예쁘고 곱게 보였던 그 젊은 여자가 엄마를 부르며 따라갔다. 아낙은 죽었을까.

다시 사진 속의 남자에게로 허겁지겁 달려가지만 이미 사진은 어디론가 사라지고 보이지 않았다.

그 자리에 털썩 주저앉아 버렸다.

"제발 정신 좀 차려, 제발……."

키가 크고 안경을 쓴 남자가 다가와 민희를 안았다. 그는 왜 자꾸 나를 부르지? 민희는 빤히 그 남자의 얼굴을 쳐다보았다.

"내가 누군지 모르겠어? 나 윤인수야, 윤인수!"

민희는 대답하지 않았다. 대답할 수가 없었다. 뭐라 말을 하고 싶은데 말이 입 밖으로 나가질 못하고 몸 안에서 자꾸만 메아리가 되었다.

허우적거리며 그 남자를 밀쳐냈지만, 그 남자의 손은 민희를 놓아주질 않았다.

"제발, 제발……."

남자는 민희를 부둥켜안고 오열을 터뜨렸다. 누군지 전혀 기억에 없는 남자의 팔이 자신을 옥죄고 있다는 거북함보다 사라진 사진 때문에 민희는 조바심을 냈다. 그 속에 갇힌 얼굴을 구해 줘야 하는데.

민희는 힘껏 남자의 팔뚝을 물어뜯었다. 그러나 남자는 아랑곳하지 않고 민희를 놓아주질 않았다. 팔뚝에서 피가 흘러도 아랑곳하질 않았다.

뚱뚱한 아낙이 다가와 민희를 구해 주었다. 아낙이 말했다.

"이러지 말우. 정신차리고, 제발 이러지 말우. 이런다고 죽은 사람이 돌아온다면, 뭔 짓은 못할까."

아낙의 말투는 느리고 투박했다. 그 말투가 민희의 마음을 훨씬 편안하게 해 주었다. 민희는 아낙의 얼굴을 바라보았다.

"제발 정신차려요. 이런다고 죽은 사람이 돌아오진 않아."

아낙은 민희를 안아 주었다. 그 품이 너무도 아늑하고 따뜻하기만 했다. 그 따뜻함 때문에 가슴 밑바닥에 고여 있던 뜨거운 물기들이 한꺼번에 눈가로 몰려들었다.

"주영이가 저기서 보고 있어. 제발 이러지 말고 정신차려요."

아낙은 민희를 안고 아이를 달래듯이 흔들어 주었다. 넋을 잃고, 뿌옇게 흐린 눈빛으로 향불이 타고 있는 곳을 바라보았다. 어느새 나타났는지 사진 속의 남자가 다시 민희를 바라보았다. 그 간절한 시선이 몸의 기운을 모조리 빼앗아 가 버렸다.

주영 씨……, 주영 씨…….

의식의 저 한가운데서 간절하게 울려 퍼지는 이름.

아낙의 품이 너무도 넓고 따뜻했다. 그 따뜻함은 그 동안 너무도 힘겹게 찾아 헤맨 그 무엇이었다. 민희는 아낙의 품안으로 파고들었다. 뜨거운 눈물이 용솟음치며 쏟아졌다. 온몸을 무섭게 들까붙게 하는 울음이었다.

"그래, 울어라, 울어. 실컷 울고 나면 정신이 날 거다."

아낙은 민희의 등을 다독이며 혼자말처럼 중얼거렸다.

10

…아, 저기 있구나.

주영은 가까스로 찾아낸 민희를 발견하고 안도의 한숨을 내쉬었
다. 그녀는 정화 어머니 품에 안겨 잠든 듯 눈을 감고 있었다.

주영은 가쁜 숨을 몰아 쉬며 그녀에게로 다가갔다.

…민희야! 너 찾아다니느라 얼마나 헤맸는지 알어?

주영은 털썩 주저앉으며 그녀의 손을 붙잡았다.

…대체 어딜 갔길래 그렇게 찾아도 안 보이냐?

주영은 그녀를 만났다는 것이 너무도 반가워 호들갑스럽게 떠들
었다. 하지만 이내 입을 다물고 말았다. 그녀는 미동도 하지 않고 있
었다. 아니, 울고 있었다. 입술을 깨물며 안간힘으로 울음을 참아 내
느라 입술에 피가 고이고 있었다.

……

주영은 비로소 잠깐 잊고 있었던 자신의 죽음을 깨달았다. 주영은
손을 뻗어 그녀의 얼굴을 쓰다듬어 보았다. 그녀의 따뜻함은 여전히
손 안으로 느껴지는데, 그녀는 주영의 손길을 알지 못했다.

…민희야.

주영은 그녀의 가슴에 무너지며 오열을 터뜨렸다.

…민희야.

그녀의 얼굴을, 입술을, 이마를 손으로 문지르며 애타게 그녀 이름을 불렀지만 그녀는 여전히 울고 있을 뿐이었다.

…민희야, 제발 눈을 뜨고 나를 봐. 나 여기있잖아. 너까지 나를 못 알아보면 난 어떡해, 민희야…….

주영은 울고 있는 그녀를 부둥켜안으며 몸부림을 쳤다. 낯익은 얼굴 하나하나를 맞닥뜨릴 때마다 너무도 두려웠다. 그들은 모두 주영이 거기 있다는 것을 알지 못했다. 울고 몸부림치는 어머니 앞에 다가가 아무리 애타게 자신을 나타내려 해도 소용이 없었다.

민희를 만나면 그녀는 자신을 알아줄 줄 알았다. 그녀만은 어딜 갔더랬냐며 눈을 동그랗게 뜨고 주영을 나무랄 줄 알았다.

주영은 아무리 불러도 눈 한 번 뜨지 않는 민희 앞에서 꼼짝 않고 앉아 있었다.

이제는 모두 끝났어…….

다른 사람은 몰라도 민희까지 자신을 못 알아본다는 것이 너무도 견디기 힘들었다. 어떻게 해야 할까. 어떻게 하면 그녀에게 나를 알릴 수 있을까.

주영은 눈을 감았다. 그리고 천천히 그녀의 입술에 입술을 포개었다.

…민희야, 나 여기 있어. 여기 있어, 민희야. 제발…….

주영은 그녀의 가슴에 대고 간절하게 속삭였다. 그리고 그녀의 가날픈 몸을 두 팔로 꼬옥 안아 주었다. 간절하게.

그녀의 입술이 살며시 벌어졌다.

…그래, 민희야, 나 여기 있어.

주영은 흐르는 눈물을 주체하지 못하고 목이 메어 가만히 속삭였다. 그녀가 울음을 그치고 사방을 두리번거렸다. 크고 붉게 충혈된 눈 속에는 두려움이 가득했다. 그녀는 사방을 두리번거리며 누군가를 찾고 있었다.

주영 씨, 어딨어? 어딨어, 주영 씨?

주영은 그녀의 가슴에서 울려 퍼지는 소리를 들었다. 그러나 그녀의 눈은 여전히 두려움으로 떨고 있었다.

…민희야.

주영은 그녀를 껴안으며 주체할 수 없이 쏟아지는 눈물을 그녀 가슴에 뿌렸다. 그녀의 가슴이 조금씩 두근거리고 있었다.

그녀는 정화 어머니를 밀치고 갑자기 앞으로 기어가기 시작했다. 그리고 주영의 사진이 들어 있는 영정을 두 손으로 움켜쥐었다.

방 안에 있던 사람 몇 명이 민희 손에 들린 사진을 빼앗으려 몰려들었다. 그 기세에 민희는 뒤로 넘어지고 말았다.

놔!

그녀는 죽어라 사진을 움켜쥐며 고함을 지르고 있었다. 그러나 그 소리는 입술 밖으로 빠져 나오지 못하고 가슴에서 메아리로 울릴 따름이었다. 주영 혼자서만 들을 수 있는 소리였다.

누군가가 그녀를 도와줘야 하는데, 주영은 그들에게로 달려들어 제발 이러지 말라고 애원을 했지만 소용이 없었다.

"저 여잘 당장 밖으로 끄집어내! 다신 발걸음도 얼씬못하게 하고!"

아버지였다. 벼락같은 아버지 고함소리에 민희는 잠깐 움찔하고 물러섰지만, 가슴에 품고 있는 사진만은 내려놓지 않았다.

“네 년이 뭔데, 여기까지 나타나서 이 행패야, 행패가! 당장 꺼지지 못해!”

아버지의 고함소리는 넓은 실내를 쩌렁쩌렁 울리고 있었다. 민희는 고개를 들고 간절하게 아버지를 쳐다보며 눈물을 뚝뚝 흘렸다. 그녀의 뜨거운 눈물이 사진 속의 주영 가슴으로 떨어졌다. 어떻게든 그녀를 보호해 주고 싶었지만, 아무것도 할 수가 없었다. 그것이 주영을 더욱 못 견디게 했다.

두려움으로 떠는 그녀의 몰골은 너무도 형편없이 흐트러져 있었다. 함부로 헝클어진 머리카락, 충혈된 눈, 피가 엉긴 입술, 찢어진 치마…….

어디서 넘어졌는지 손바닥과 무릎에 상처가 크게 나 있었다.

“저 미친년을 당장 끌어내라니까!”

아버지의 큰 소리가 끝나기도 전에 거친 남자 몇 명이 민희에게로 달려들었다.

…안 돼!

주영이 그 사람들을 가로막으며 소리를 질렀지만, 그 사람들은 이미 민희가 움켜쥐고 있는 사진을 거칠게 빼앗은 뒤였다.

…제발 이러지 말아요. 이 여잔 내 아내요, 내 아내!

주영은 그 거친 남자들 손에 질질 끌려가는 민희를 보며 울부짖었다.

몸부림을 치는 그녀를 누군가가 달려가 부둥켜안았다.

“제발 이러지 마세요. 이 사람은 박주영 씨 아내였어요. 어떻게 이럴 수가 있어요!”

윤인수, 민희의 선배 되는 그 사람이었다.

그가 너무도 반가웠다. 이런 험악한 분위기 속에서 민희를 보호해 줄 누군가가 있다는 것이 그저 고마울 따름이었다.

"이 여잔 고인의 아내입니다. 해도 너무하시는군요."

윤인수가 울먹이는 목소리로 말했다. 소영이 다가가 민희를 일으켰다.

"지금은 데리고 나가시는 것이 좋겠어요. 미안합니다."

소영이 차분하게 말했다.

"이 미친년 얼씬도 못하게 해!"

아버지는 다시 좀전의 거친 남자들에게 호령을 했다. 그러나 그 남자들은 인수에게 의지해 걸어 나가는 민희에게 달려들지는 않았다. 정화 어머니가 걷혀 올라간 민희의 치마를 손바닥으로 쓸어 주었다. 그리고 말없이 그녀의 등을 토닥거렸다.

…부탁드립니다.

이 상황에서 인수, 그가 민희 곁에 있다는 것이 얼마나 고마운지, 주영은 그를 향해 고개를 숙였다.

주영은 민희를 따라가지 않았다. 따라갈 수가 없었다. 여기서 해야 될 일이 있었다.

방 안에는 많은 사람들이 모여 있었다. 낯익은 사람도 있었고, 처음 보는 얼굴도 많았다. 주로 아버지, 어머니와 연결된 사람들이리라.

그 중에서도 주영의 시선을 끄는 남자 한 명이 있었다. 잘못 본 것이 아니라면 그날, 퇴근해 민희를 만나러 나가는 주영 앞에 나타났던 그 남자들 속에 끼여 있던 한 명이 분명했다. 그런데 저 사람이 왜 여기까지 왔단 말인가.

주영은 그 남자에게서 눈을 떼지 않았다. 그러나 자신의 능력으로는 이제 아무것도 할 수가 없었다.

나는 죽은 것이다.

인정할 수 없었던 그 사실이 두려움처럼 다가와 다시 온몸을 옥죄었다.

낯선 남자들, 그리고 울부짖으며 살려 달라고 애원하던 여자, 그리고 또 무엇이 있었던가. 그 남자들은 차례로 그 여자의 배 위에 올라가 곤두선 근육질을 입이며 자궁 속에 함부로 밀어 넣었다. 울부짖으며 살려 달라고 애원하던 여자, 그리고 무거운 공기와 끼익대는 날카로운 소리.

주영은 될 수 있으면 남자들 밑에서 겁탈을 당하는 여자 모습을 보지 않으려고 눈을 감았다. 저들의 목적이 무엇인지 아직 파악하지는 못했지만, 이미 짚히는 데가 있었다. 사태를 풀려면 절대 흥분해서는 안 될 것이다.

눈매가 몹시 교활해 보이는 남자가 주영 주변을 맴돌며 말했다.

"박 검사 아내 되는 여자가 미술 선생으로 있다지? 아마 지금쯤 우리 애들 손에 끌려 이리로 오고 있을걸. 우리 애들 몇을 퇴근할 시간에 맞춰 보냈으니까. 꽤 귀엽게 생긴 얼굴이던데, 난 귀여운 여자가 좋거든."

그는 주영에게서 눈을 떼지 않은 채 앞에 선 남자를 향해 손짓을 보냈고, 그 남자는 다시 초주검이 된 여자를 덮치며 무섭게 유방을 움켜쥐었다. 정신을 잃었던 여자가 다시 비명을 질러댔다.

민희처럼 가냘픈 몸매의 여자였다. 그리고 민희 또래 정도였다. 주영은 의자에 포박된 채 피투성이가 되어 늘어져 있는 여자를 고통스럽게 바라보았지만, 이 상황에서 도움을 받을 수 있는 것이란 아무것도 없었다.

"왜 나한테 이러는 거요?"

주영은 두목인 듯한 남자를 향해 소리를 질렀다. 남자는 다시 주영의 주변을 맴돌기 시작했다.

"왜 그러냐고? 하긴 모르고 당할 수야 없겠지. 그것도 대한 민국의 검사 나리께서 까닭도 모르고 당했다고 하면 체면이 얼마나 우습겠어."

그는 그렇게 말하고는 주영의 턱을 바짝 치켜 들었다.

"우리가 누군지는 알겠지?"

그가 누구인지는 이미 알고 있었다.

"김희태 씨가 시킨 거요?"

주영은 자살한 것으로 사건이 매듭지어졌던 고등 학생의 형 되는 사람의 이름을 입에 올렸다. 직감이었다. 민희를 만나러 가는 길목에서 다짜고짜 주영을 에워싸며 자동차 안으로 밀어 넣을 때, 순간적으로 그 사람의 얼굴을 먼저 떠올렸던 것이다.

"마음대로 생각하시지. 그럴 수도 있고, 아닐 수도 있으니까. 사람은 누구에게나 좋은 인상만 남길 수야 없잖소? 때로는 재수 없게 나쁜 사람으로 낙인찍힐 수도 있는 법이지."

차가운 지하실, 그리고 초주검이 된 여자와 건장한 사내들. 주영은 될 수 있으면 그들을 자극하지 말자고 자신에게 타일렀다. 사태가 너무도 심각했다. 이런 상황에서 저들을 건드리면 누구든 무사하지 못하리라.

"우리가 왜 죄 없는 여자까지 데려다 박주영 씨 앞에서 못 보일 꼴을 보여 주고 있는지 아시겠지? 우린 한다면 반드시 하지. 이민희, 그 여자도 저 여자처럼 우리 애들 손에 처참하게 당할 수 있다는 걸 보여 주려는 거요."

"원하는 게 뭐요?"

주영은 차분하게 물었다. 그렇지만 가슴이 터질 것 같은 불안감을 숨길 수는 없었다. 당장이라도 민희가 저 거친 사내들 손에 이끌려 이곳으로 올 것만 같았다.

"말했을 텐데. 그 사건에서 손을 떼시지. 어차피 일을 이 지경까지 벌려 놨으면 대충 끝낼 일이 아니라는 걸 잘 아시겠지? 아니할말로 죽느냐, 사느냐, 기로에 섰다고나 할까. 나는 가방 끈이 짧아서 유식한 소린 잘 못하지만 단도직입적으로 말하자면, 우리가 이 일에 손을 대기까지 꽤 완벽하게 일을 꾸몄다는 거지."

그 남자는 빙글빙글 웃어댔다. 그 웃음이 너무도 섬뜩했다. 주영은 부르르 몸을 떨었다.

저 남자의 말이 맞을지도 몰랐다. 일을 이 지경까지 벌려 놨다면 사태는 그렇게 간단하게 끝나지 않을 것이다. 민희에 대한 조사까지 해 두었다질 않은가.

"우리 차분하게 이야기해 봅시다. 내가 뭘 어쩌길 바라는 거요?"

주영이 다급하게 물었다.

낯선 여자는 아직도 정신을 못 차리고 있었다. 간혹 남자들이 쇠 파이프로 여자를 쿡쿡 찔러댔지만 여자는 미동도 하질 않았다. 흐트러진 머리카락, 찢어진 속옷, 그리고 드러난 젖가슴과 허벅지.

"우선 박주영 씨 아내를 저 지경으로 만들기 싫거든 그 사건에서 손을 떼는 거요. 김희태 그 친구 좋은 사람이오. 알고 보면 불쌍한 사람이기도 하고. 아버지는 하나인데 어머니라고 불러야 했던 사람이 세 명이나 됐을 때 얼마나 고통스러웠겠냐는 거야."

"……"

"거기다 재수가 없으려니까 살인 혐의까지 받게 되었으니. 누가 보더라도 그 사건은 그 이복 동생이 자살한 것인데, 왜 굳이……"

"김희태 씨가 죽이지 않았다면 법정에서 정정당당하게 밝히면 될 것 아니겠소? 법은……."

주영은 안간힘을 다해서 말했다. 하지만 더 이상 말을 잇지 못하고 의자와 함께 바닥으로 나뒹굴고 말았다. 거친 발길이 턱을 올려 찼던 것이다.

"나하고 말 장난 하려고 하지 마!"

남자는 날카롭게 주영을 쏘아보고 있었다. 끼익거리는 날카로운 소음은 계속 들려 오고 있었다. 아마도 위층은 무슨 공장인 모양이었다.

"나하고 김희태 그 친구하고는 정말이지 둘도 없이 친한 친구지. 의리라면 바로 나 황의리인데, 친구가 곤경에 빠져 있는 걸 알면서 가만 있을 수는 없지 않을까?"

금속성의 끼익거리는 소리는 점점 크고 가까워지고 있었다. 그 소리는 당장이라도 낯선 여자와 자신을 한입에 삼켜 버리고 말 것처럼 위협적이기까지 했다. 어떻게 해야 여기서 빠져 나갈 수가 있을까. 주영은 저들을 최대한 건드리지 말아야 저 여자, 자신, 그리고 민희까지 무사할 수 있다는 것을 또 한 번 스스로에게 상기시켰다.

"내가 그 사건에서 손을 뗀다고 해서 모든 사태가 끝날 거라고 믿는 거요?"

"믿지."

남자의 대답은 단호했다. 그러나 주영 얼굴에 박힌 눈빛은 조금도 흔들림이 없었다.

"알겠지만, 그 사건은 그 학생의 어머니 되는 사람이 재수사를 요구했기 때문에 시작된 거요."

"알고 있지."

"정말 죄가 없다면 그 여자하고 직접 해결을 하는 것이 옳지 않겠
소? 이건 옳은 방법이 전혀 아니잖소?"

"이 자식이!"

남자 뒤에 서 있던 건장한 덩치의 청년이 대뜸 앞으로 나서며 금
방이라도 주먹을 날릴 것처럼 으르렁거렸다. 그러나 남자의 손이 가
볍게 쳐들어지고, 청년은 잘 길들여진 짐승처럼 순순히 뒤로 물러섰
다.

"우리 애들이 조금 성질이 급한데 용서하시오."

남자는 뚜벅거리는 소리를 내며 주영 주변을 다시 걷기 시작했다.
발짝 소리가 쿵쿵대며 귀청을 울렸다. 그 발짝 소리는 이곳이 생각
보다 더 깊은 지하실이라는 것을 느끼게 해 주었다.

"내가 그 일에서 손만 떼면 모든 것이 완벽하게 끝난다고 믿는 거
요?"

"천만에, 또 있지. 지금 그 자리를 떠나는 거요. 아니, 서울에서 깨
끗이 사라지는 거요. 그렇게만 해 준다면 절대 다칠 염려는 없지. 물
론 당신 아내도 그렇고."

남자는 주영에게서 눈을 떼지 않고 단숨에 말했다. 기절했던 여자
가 깨어나는 듯 괴로운 표정을 지었다. 그 상황에서도 주영은 그 여
자가 차라리 깨어나지 말기를 바랐다. 범죄자들이 가장 경계하는 것
은 목격자다. 저들은 여자가 정신을 차려서 자신들이 한 말을 들었
을 때면 또 어떤 흉계를 꾸밀지 알 수 없었던 것이다.

다행히 여자는 정신을 차리지 않았다.

"박 검사 같은 애송이 검사들에게 법은 곧 종교일 텐데, 그 자리에
그냥 앉아 있게 된다면 양심의 가책 때문에라도 견디기 힘들 것 아
니겠소? 또……"

남자는 잠깐 말을 멈추고 담배를 꺼냈다. 그 옆에 선 청년이 재빨리 불을 당겨 주고, 남자는 길게 연기를 내뿜고는 다시 주영을 쳐다보았다. 그 잠깐의 시간들이 너무도 길게 느껴졌다.

"박 검사가 그 자리에 있으면 어떤 식으로든 그 사건은 이쪽에 불리하게 진행이 될 테지. 반대로 박 검사가 그만둔다면 자연히 그 사건은 자살로 처리될 것이고."

"내가 그만둔다고 해도 다른 사람이 그 사건을 맡게 될 거요."

"천만에, 그 정도는 우리도 손을 쓸 수 있으니까 그것까지 걱정할 건 없지. 자, 어떻소. 당신 손에 저 여자, 그리고 당신 아내가 달려 있는데."

그는 마지막 카드를 내보이고 있었다. 한동안의 침묵이 흘렀다. 혼자 다치는 것은 견딜 수 있었다. 그러나 민희까지 위험하다. 그래서는 안 될 일이었다.

침묵을 깨듯이 날카롭게 전화 벨이 울렸다. 한 청년이 송수화기를 들고 뭐라 몇 마디 주고받더니 남자를 쳐다보았다.

"저 새끼 마누라는 놓쳤답니다. 벌써 퇴근하고 없답니다. 어떡할까요?"

다행이었다. 그러나 남자의 인상이 험상궂게 일그러지고 있었다.

"바보 같은 자식들. 어떡하긴 어떡해. 내일 아침에 학교로 가서 끌고 와야지."

민희가 등교하기 전에 저들 손에서 벗어나야 했다.

"자, 충분히 내 얘기는 했으니까 이젠 박 검사 선택만 남은 거요. 내가 절대 호락호락 넘어갈 놈이 아니라는 것쯤 이제 알았을 거요."

남자는 다시 주영의 대답을 요구했다. 주영은 마른침을 꿀꺽 삼켰다. 그리고 남자의 얼굴을 똑바로 쳐다보았다.

"부탁이오. 아내는 손대지 마시오. 대신 내가 생각을 정리할 시간을 주시오. 많이는 필요 없소. 내일 아침까지 대답을 하겠소."

남자는 표정 없이 주영을 쳐다보았다. 그러나 눈빛만은 날카롭게 빛났다.

"박 검사 마음을 이미 내가 읽었다는 것이 비극이오. 그러니까 시간을 벌자는 건데, 그래서 탈출할 기회를 만들자는 건데, 보다시피 여긴 깊은 지하실이오. 그렇게 간단하게 탈출할 수 있는 곳은 아니지."

"나는 법을 공부한 사람이오. 주먹과 법의 세계에서 공통점 한 가지가 약속을 중요하게 여기는 것 아니오?"

"흐음, 그렇다면 좋소. 내일 아침까지 시간을 주지."

남자는 이렇게 말해 놓고 청년들에게 눈짓을 보냈다. 청년 둘이 다가와 주영이 묶여 있는 의자를 커다란 기둥에 바짝 묶었다.

"내일 아침까지요. 물론 도망칠 궁리는 마시오. 좋은 결론을 내리길 바라겠소. 그럼."

순식간에 남자와 청년들의 모습이 사라지고, 주영은 깊은 고요 속에 빠졌다.

더이상 쇳소리도 들려 오지 않았다.

아버지에 의해 골방에 갇혀 있을 때도 이렇게 두렵지는 않았다. 그러나 두려워하고만 있을 수는 없었다. 어떤 식으로든 이 자리를 빠져 나가야 할 것이다. 설령 모든 것에서 손을 뗀다고 해도 저들은 주영을 가만 내버려둘 리가 없었다. 직감이었다. 그들은 완전한 범죄를 꿈꾸고 있는 것이다. 어쩌면 고등 학생의 자살은 김희태라는 사람의 부탁을 받은 저들의 범죄였을지도 몰랐다. 완전 범죄를 꿈꾸었을 것이고, 공교롭게도 주영에 의해 그 사건이 다시 조사되기 시작하자 위기감을 느끼고 손을 쓰기 시작했을 것이다.

민희를 구하고 자신도 무사할 수 있는 것이란 탈출밖에 없었다. 주영은 갇혀 있는 공간 중에 허술한 곳이 어딜까 재빠르게 살펴보았다.

여지껏 기절해 있던 여자가 고통스러운 표정을 지으며 길게 신음을 지었다. 주영은 발을 뻗어 여자를 툭툭 차 보았다. 여자의 눈이 가늘게 벌어지고 있었다.

"정신이 드십니까?"

주영이 모기만하게 물었다. 여자는 느닷없이 울기 시작했다. 너무도 두려웠을 때 내지르는 비명이었다.

"울지 말아요. 나 좀 도와주시오."

주영이 다급하게 말했지만, 여자는 우느라고 주영의 말을 귀담아 듣질 않았다. 풀어진 옷자락 사이로 피멍이 든 젖가슴이 출렁거렸다.

"제발, 날 도와주시오. 그래야 아가씨도 이곳을 빠져 나갈 수 있소."

여자는 한참 만에 울음을 그쳤다. 그리고 여전히 두려운 표정으로 주영을 쳐다보았다.

"자, 걱정 말고 날 도와줘요. 어떻게든 내 손을 좀 풀어 주시오. 시간이 없소."

여자는 고개를 가로저었다.

"저 놈들은 무서운 놈들이에요. 도망치게 놔두지 않아요. 내가 자기들을 배신했다고……."

여자는 다시 울음을 터뜨렸다. 너무도 겁에 질려 있어 정신을 못 차리고 있었다.

“내가 책임지겠소. 어떻게든 여기만 빠져 나가면 내가 책임지겠소.”

주영의 간곡한 말에 여자가 고개를 들었다.

“여기서 저 놈들한테 그런 수모를 당하는 것보다 무슨 수를 써 봐야 하질 않겠소? 얼른 이 끈을 먼저 풀어 줘요.”

하지만 여자는 미동도 하질 않았다. 주영은 여자를 안심시키기 위해 자신을 밝혔다. 그리고 여기서 빠져 나가기만 하면 어떤 식으로든 무사하도록 도와줄 수 있다고 거듭 밝혔다.

“녀석들이 아무리 대단하더라도 이 나라는 법치 국가요. 아가씨가 저 놈들 손에 잡힐 염려는 안 해도 될 것이오. 그러기 전에 내가 먼저 손을 쓸 것이오.”

“저 놈들은 무서운 놈들이에요. 사람도 죽여요. 난 죽기 싫단 말예요!”

여자는 입을 틀어막고 오열을 터뜨렸다. 그러나 주영은 포기하지 않았다.

“내 말을 들어요. 여기 있다고 해서 무사할 수는 없소. 저 놈들이 아가씨를 가만 내버려둘 리가 없잖소. 그러니까 얼른 내 말대로 해요.”

“정말 날 도와주실 거죠?”

“날 믿어요.”

주영은 간곡하게 말했다.

여자는 그때서야 느리게 몸을 움직였다. 그리고 두려운 눈빛으로 사방을 살펴보며 주영 곁으로 다가왔다.

“그 끈을 먼저 풀어요.”

여자는 떨리는 손으로 의자를 묶고 있는 끈을 풀기 시작했다. 하지만 쉽게 풀리질 않는 모양이었다. 여자는 다시 울기 시작했다. 놈들이 여자의 울음 소리를 듣고 달려올까 봐 조바심이 일었다.

"제발 울지 말고 서둘러요."

주영은 낮지만 단호하게 소리쳤다. 식은땀이 흘렀다. 한참 동안 애를 쓰고서야 여자는 밧줄을 풀었다.

"고맙소. 이제부터 내가 하라는 대로 해요."

주영은 좀전에 봐 두었던 창문을 손가락질했다. 그곳밖에 탈출할 곳이 없었다. 의자를 끌어다 놓고 그 위에 올라서서 밖을 살펴보았다. 우선 펄럭거리는 천막이 보였다. 생각보다 깊은 지하실은 아닌 모양이었다. 우선 창틀을 밟고 올라가 천막으로 덮인 그곳을 살펴봐야 할 것 같았다.

여자가 의자를 잡아 주었다.

"빨리 하세요. 걸리면 난 죽는단 말예요."

여자가 재촉을 했다.

어둠 속으로 어슴프레 작은 담벼락이 보이고 커다란 박스들이 가득 쌓여 있는 것이 보였다.

담벼락으로 건너가야 할 것 같았다. 그다지 어려운 일은 아니었다. 그러나 여자가 문제였다.

주영은 먼저 몸을 곧추세워 창틀로 올라섰다. 그리고 여자에게 작게 말했다.

"의자에 올라서서 내 손을 잡아요."

여자는 허겁지겁 의자로 올라섰다. 주영은 여자를 힘껏 끌어당겼다. 금방이라도 밑으로 곤두박질 치고 말 것처럼 위태로웠다.

"못하겠어요."

여자는 다시 울상을 지었다.

"그럼 여기 그냥 있겠소?"

주영은 험하게 얼굴을 찡그리며 물었다. 여자의 얼굴이 잠깐 굳어지고, 이내 주영의 손에 매달려 위로 오르기 시작했다.

"이제부터 정신 바짝 차려요. 저 담으로 건너뛰어야 해요. 이렇게 해요."

주영은 몸을 가볍게 놀려 맞은편 담장으로 건너뛰면서 빠르게 박스를 붙잡았다.

"나는 못해요."

여자는 낭떠러지 같은 밑을 쳐다보며 겁먹은 표정으로 고개를 가로저었다.

"겁먹으면 정말 죽을 수도 있어요. 겁먹지 말고 나처럼 해요. 몸을 날려서 이 박스를 잡으면 무사할 수 있어요."

여자가 엉거주춤 발을 모았다. 그러나 여전히 용기를 내지 못하고 있었다. 마음이 조급했다.

"그럼 나 먼저 가겠소."

주영은 다시 협박을 했다. 그때서야 여자는 용기를 내어 몸을 날렸다. 하지만 담벼락에 두 다리가 닿기 전에 비명부터 내질렀다.

"제발 소리치지 말아요!"

주영은 작게 고함을 질렀다. 그리고 먼저 한 발 한 발 움직여 옆으로 걷기 시작했다. 박스가 산더미처럼 쌓여 있어서 그 위로 오르기는 무리가 많았다. 벽을 따라 가면 끝이 나올 것이다. 그리고 그 끝은 길과 연결되어 있을지도 몰랐다.

아차, 실수하면 깊은 낭떠러지로 떨어지고 말 것이다. 숨을 쉬고 내뱉는 것도 조심스러웠다.

민희야, 민희야……

주영은 주술처럼 민희의 이름을 되뇌었다. 그리고 될 수 있으면 그녀의 환한 얼굴을 떠올리려고 애를 썼다.

"못하겠어요."

뒤에서 위태롭게 한 발 한 발 걸음을 떼어 놓던 여자가 눈을 감은 채로 꼼짝하지 않았다.

"기운을 내요. 여기만 빠져 나가면 우리는 살 수 있어요."

주영이 냉정하게 말했다. 그러고는 여자를 쳐다보지도 않고 계속 앞으로 나아갔다. 주영의 태도에 주눅이 들었는지 여자도 더듬거리며 다시 걷기 시작했다.

어둠은 더욱 짙게 사방을 에워싸고 있었다. 차라리 다행스러웠다.

저리로 빛이 보였다. 주영은 여자에게 더 이상 오지 못하게 하고, 조용히 그쪽으로 다가갔다. 산더미 같은 박스를 조심스럽게 기어올랐다.

빈터였다. 가로등이 몇 개 서 있을 뿐, 사람은 보이지 않았다.

"천천히 이리로 와요. 소리 내지 말고."

주영은 여자를 향해 나직이 속삭였다. 여자는 주영이 시키는 대로 했다.

"이제부터 따로 행동해요. 아가씨는 저쪽으로 가서 오른쪽으로 뛰어가요. 소리 내지 말고. 나는 왼쪽으로 뛰어갈 테니까. 만약 우리 둘 중에 하나가 잡히면 잡히지 않은 사람이 빨리 경찰에 알리도록 해요."

"같이 행동하면 안 돼요? 무섭단 말예요."

"안 돼요. 둘이 움직이면 위험해요. 한 사람이라도 무사하게 빠져 나가려면 그 방법밖에 없어요."

주영은 이렇게 말해 놓고 여자 손에 명함 한 장을 쥐여 주었다.

"경찰을 만나거든 이 명함을 줘요. 도와줄 겁니다."

두려움에 떨면서도 여자는 고개를 세게 끄덕거렸다.

여자를 먼저 내려가게 했다. 그리고 여자가 무사히 담장 밖으로 빠져 나가는 것을 지켜본 뒤에 주영은 천천히 몸을 움직였다.

개 짖는 소리가 들려 왔다. 재빠르게 몸을 숙이고 한참을 기다렸다. 아무런 기척도 들려 오지 않았다.

박스는 지하실에서부터 쌓아 올려져 땅으로 이어지고 있었다. 그러니까 땅을 깊게 파서 물건을 쌓고 비가 들이치지 않도록 함석으로 앞 부분을 가리고 있었다.

여자는 무사히 빠져 나간 모양이었다. 여자가 갔던 방향으로 갈까 잠시 망설이다가 계획대로 왼쪽으로 방향을 잡았다.

"쿵!"

뒤에서 뭔가 무너지는 소리가 들려 왔다. 흠칫 놀라 뒤를 보았다. 상자 하나가 주영의 발길에 채여 굴러 떨어진 것이다.

잠깐 행동을 멈추고 주변의 기척을 살폈다. 안심해도 될 것 같은 기분이 들 무렵에야 주영은 다시 발짝을 옮겼다.

그러나 그 행동은 길지 못했다. 어느 틈에 나타났는지, 청년 두 명이 주영의 앞을 터억 가로막았다.

"쥐새끼 같은 놈!"

지하실에서 주영에게 주먹을 날리려 했던 그 녀석이었다. 숨이 막혔다. 하늘이 노랗게 변했다.

"여잔 어딨어?"

다른 청년이 빠르게 물었다. 그러나 주영이 뭐라 말을 하기도 전에 그 청년은 여자가 달아난 방향으로 몸을 돌렸다. 주영은 재빨리 녀석의 허리를 껴안았다. 여자라도 무사히 이곳을 빠져 나가야 할 것이다. 그래야 한 가닥 희망이라도 걸 수 있었다.

"이 자식이!"

청년은 주영을 떼어놓으며 주먹을 날렸다. 그러나 주영은 죽기 살기로 두 명의 청년들을 상대로 주먹을 날렸다. 그러나 여지없이 나가떨어지는 것은 언제나 주영이었다.

"이 거머리 같은 자식이!"

청년은 주영의 팔을 뒤쪽에서 붙잡았다. 그러나 주영의 발버둥에 밀려 저리로 넘어지고 말았다. 손에 뭔가 커다란 것이 잡혔다. 돌이었다. 주영은 손에 돌을 움켜쥐고 두 청년을 가로막았다.

한 청년이 주영을 밀치고 여자가 달아난 쪽으로 가려 했지만, 주영이 더 빨랐다.

"야, 빨리 형님 불러와!"

한 청년이 소리쳤다. 그러나 아무도 그 자리를 떠날 수는 없었다. 주영이 꼬나 쥔 돌에 여지없이 얻어맞은 남자는 코피를 흘리며 넘어졌다. 다른 청년의 발길이 주영의 면상을 향해 날아왔지만, 주영은 빠르게 몸을 움직여 발길질을 피했다. 자신의 몸 어디에 그런 위력이 숨어 있었는지, 주영은 헉헉거리며 두 청년과 싸웠다.

입 안에서 비릿한 냄새가 맡아졌다. 개 짖는 소리가 다시 요란했다. 모든 것이 틀린 것 같았다. 여자에게 한 가닥 희망을 품을 수밖에 없었다. 하지만 주영은 포기하지 않고 두 청년과 맞서 싸웠다.

"이 자식, 알잡아 봤더니 아니잖아."

손바닥으로 코피를 쓱 닦던 청년이 주영을 무섭게 노려보았다. 그리고 그와 동시였다. 그 청년의 손에 들려 있던 날카로운 물체가 자신을 향해 날아온 것은.

개 짖는 소리가 희미하게 들려 오고 있었다. 그리고 주영은 옆으로 천천히 쓰러지면서 가슴으로 커다란 구멍이 뚫리고, 그 사이로 거센 바람이 회오리처럼 몰려오는 것을 희미하게 느낄 수 있었다.

그리고 무엇이 있었던가. 안개꽃처럼 피어 오르는 민희의 얼굴을 잠깐 보았으리라.

나의 사랑아…….

나의 사랑아…….

그녀의 방긋 웃는 얼굴이 가까이 다가오고 있었다. 손을 뻗으면 당장이라도 잡힐 듯 가까운 곳에 그녀가 있었다.

주영은 안간힘으로 그녀를 향해 손을 뻗었다. 그녀를 잡으면 아무런 고통도 두려움도 더는 없을 것만 같았다.

숨이 가빴다. 몸 안의 모든 것들이 쏟아지고, 눈앞은 차츰 깊은 어둠 속으로 침몰되어 가고 있었다. 그녀의 얼굴만이 또렷이 거기 있을 뿐이었다. 주영은 그녀를 향해 웃어 주고 싶었지만, 차츰 눈꺼풀이 무겁게 내려앉고 있었다.

나의 사랑아…….

나의 사랑아…….

11

야생화가 가득 피어 있는 길이었다.

그리고 산길이었다. 초록빛의 산, 숲 사이로 흐르는 물줄기.

놀랍게도 그곳은 고향의 모습이었다. 어디선가 찔레꽃이 흐드러지게 피어 있을 것만 같았다.

낯익은 풍경, 그리고 정겨운 모습. 거기 정화가 있었다. 아주 오랫동안 그렇게 나란히 있었던 것처럼 편안한 표정으로 그녀는 주영을 응시했다.

…여기서 주영 씨를 오랫동안 기다렸어요.

그녀의 음성은 차분했다. 그리고 모습 또한 예전의 그 모습 그대로였다.

그녀 눈에 자신은 어떤 모습으로 보여질까, 그게 궁금했다.

…하나도 변하지 않았어요. 예전의 그 모습 그대로예요.

그녀는 주영의 마음을 벌써 알고 있다는 듯이 이렇게 말했다.

모든 것이 선명하게 떠오르고 있었다. 그녀와 나누었던 이야기, 그리고 그녀의 슬픔, 죽음.

하지만 지금의 그녀 표정은 너무도 평온했다.

…나를 기다렸다고 했니?

주영은 좀전에 그녀가 했던 말을 다시 한 번 상기시켰다.

…네.

…왜?

…우린 다시 만나야 하는 운명을 지녔거든요.

하지만 주영은 선뜻 그 말을 이해할 수 없었다. 한때 그녀를 사랑했던 것은 사실이었다. 그러나 그녀는 아주 오래 전에 저 세상으로 떠난 것이다. 그리고 뭐라 설명할 수는 없지만, 아직 그녀와 자신은 만날 시기가 아니었다. 좀더 시간이 흐른 뒤에, 그래서 더 많이 잊은 뒤에 만나야 했다. 적어도 다시 만날 관계라면. 그런데 그녀는 이렇게 주영 앞에 나타난 것이다.

…주영 씨는 너무도 처참한 죽음을 당했어요. 그래서 그 충격과 당혹감, 복수심이 가득하지요. 스스로 죽었다는 것을 인정하지 않고 있어요. 주영 씨 영혼은 아직 세상과의 끈을 완전히 끊질 못했어요.

그녀는 주영이 무슨 생각을 하고 있는지 그것까지 모조리 알고 있는 모양이었다.

그녀의 말을 듣는 순간, 갑자기 눈앞의 모든 것이 검은 색깔로 퇴색되는 것만 같았다. 그리고 민희의 모습이 또렷하게 보였다. 하지만 그것은 잠깐에 불과했다. 다시 고개를 들었을 때, 자신은 정화 옆에 서 있었고, 다시 사방은 환한 빛 속에 잠겨 있었다.

…나는 죽지 않았어. 아니, 죽었다는 생각을 할 수가 없어.

주영이 단호하게 말했다.

…난 주영 씨 곁을 떠나던 그 순간부터 지금까지 단 한 번도 만날 수 있다는 기대를 버린 적이 없었어요. 늘 기다리고 있었지요. 바로

여기서요. 그리고 이렇게 만났구요. 주영 씨가 인간이라면 우린 만날 수가 없어요.

…내가 정말 죽었단 말인가?

…….

그녀는 대답 없이 고개를 숙였다. 고개 숙인 그녀의 몸 위로 꽃 하나가 나풀거리며 떨어졌다. 찔레꽃이었다. 주영은 그 꽃잎 몇 개를 주워 그녀의 머리카락 위에 올려 주었다.

그녀가 다시 환하게 웃었다. 그 웃음이 예뻤다. 아주 오래 전 주영 자신이 몹시 사랑했던 여자. 그리고 늘 가슴 한자락에 자리 차지를 하고 있던 여자. 그리고 여기는 어린 시절 둘이서만 오곤 했던 그 산자락이었다. 어디선가 정겨운 뻐꾸기 소리가 들려 왔다.

…계속 세상에 머물러 있을 건가요?

그녀가 물었다. 죽음에 대한 충격과 당혹감을 그대로 안은 채로 세상을 떠날 수는 없었다.

…복수심 때문인가요?

그녀가 다시 물었다. 하지만 이내 고개를 돌리고 말았다. 그녀 머리 위에 올려져 있던 찔레꽃이 소리 없이 흘러내렸다. 그렇게 흘러내린 꽃잎이 그녀의 눈물 같다는 생각을 왜 했을까. 그녀는 주영이 민희 때문에 떠나지 못한다는 것을 너무도 잘 알고 있는 것이다.

…아직은 떠날 수가 없어. 날 도와줘, 정화야.

주영은 어린 시절 다정하게 불렀던 이름을 입에 올렸다. 한동안 그녀는 미동도 하지 않았다. 그리고 다시 고개를 들었을 때, 주영은 그녀 눈가에 어린 물기를 보고 말았다.

…도와줄게요.

그녀의 표정은 몹시 슬퍼 보였다. 그러나 주영은 왜 그렇게 슬픈 표정을 짓느냐고 물을 수는 없었다. 긴 세월을 기다리고 있었다는 여자에게 그런 말을 할 수는 없었다.

…할 일이 있어.

…알고 있어요.

…나는 그 놈들이 왜 나를 죽였는지, 그게 궁금해.

…주영 씨는 그들과 싸웠어요.

…아니, 그 싸움이 벌어지기 이전의 문제를 캐내야 해.

…뭐가 있으리라고 생각하죠?

…직감이야. 뭔가 있다는 그런 직감.

…….

…그리고 그 여잘, 그대로 놔두고 떠날 수는 없어. 가엾은 여자야.

…그 여자는 아직 살날이 많아요.

…그럴 테지. 그렇기 때문에 떠날 수가 없어. 그 여자를 도와줘야 해. 나 없어도 잘살 수 있게.

그녀는 다시 입을 다물었다. 바람이 시원했다. 주영은 바람이 불어오는 하늘을 보았다. 햇살에 눈이 부셨다. 눈이 부셔 가늘게 눈을 뜨고 하늘에 그어지는 두 줄기의 연기를 보았다. 제트기가 높다랗게 날아가는 것이 보였다. 모두 기억에 있는 것들이었다. 쌔액, 소리를 낸다고 해서 제트기라고 불리기보다는 쌕쌕이라고 더 많이 불렸다는 것도.

…모두 우리가 머물렀던 그 시절의 그림들이에요.

정화도 주영처럼 눈을 가느스름하게 뜨고 하늘을 올려다보고 있었다.

…죽은 사람들의 세계는 살았던 시간 동안 가장 행복했던 추억을 근거로 하기 때문에 우린 여기에 있는 거예요.

그녀가 설명했다. 주영은 그때서야 자신이 여기에 있는 까닭을 이해할 수 있었다. 정말로 정화와 어울려 산과 들을 뛰어다녔던 그 시간이 일생 중 가장 편안했고 행복했던 것이다. 민희와 만나 행복해했던 것과는 종류가 달랐다. 정화와 놀았던 그 시간에는 아직 어렸다. 세상에 대한 걱정도 없었고 미래에 대한 두려움도 없었다. 그러나 민희와 사는 동안은 언제나 까닭 없는 안타까움에 휩싸여 지냈었다. 민희가 옆에 있어도 늘 아쉬웠고, 뭔가 소중한 것이 조금씩 소멸되어 가는 듯만 싶었던 것이다.

주영은 그녀 곁으로 다가가 가만히 손을 잡아 보았다. 그리고 손등을 살펴보았다. 버들피리를 만들다가 날카로운 면도칼에 베였던 그 흔적이 아직도 선명하게 남아 있었다.

…그때 주영 씨가 독을 빼낸다고 내 손을 입으로 빨아 주었어요.

…그랬어. 나는 정화가 피를 흘리는 것이 너무 무서웠거든.

…나는 하나도 안 무서웠어요. 주영 씨가 내 손등을 빨아 주니까 오히려 기분이 좋았거든요.

그녀가 웃었다. 주영도 따라 웃었다. 죽음이 두렵다고 말하는 것은 나약한 인간들의 엄살일 뿐이다. 죽음은 전혀 두려운 것이 아니었다. 오히려 잊고 살았던 아름다운 기억, 행복했던 시절을 다시금 맛보게 하는 정겨움이 있었다.

…나는 주영 씨가 나와 함께 떠나길 바래요.

…아니, 그럴 수는 없어. 날 기다렸다면 좀더 기다려 줘.

주영은 그녀가 자신을 이해해 주기를 간절하게 바랐다. 그녀가 말없이 고개를 끄덕였다.

…알겠어요. 여기서 주영 씨를 기다릴게요.

주영은 잠깐 그녀를 응시하다가 등을 돌렸다. 이렇게 한가하게 머물러 있을 시간이 없었다. 해결해야 될 일이 너무도 많았다.

아직 아무것도 인정할 수 없었다. 민희와 다시 한 지붕 아래서 살수 없다는 것도, 그리고 자신이 이제는 산 사람이 아니라는 것도.

주영은 어느새 전혀 낯선 공간에 와 있었다.

산이었다. 그리고 거기 민희가 있었다. 민희는 풀이 무성한 무덤 하나를 등지고 앉아 있었다.

…민희야!

주영은 너무도 반가워 그녀 곁으로 뛰어가 덥석 껴안았다. 이렇게 쉽게 그녀를 만날 수 있다니, 주영은 그녀를 붙잡고 어쩔 줄을 몰라 했다. 그러나 그녀는 주영을 알아보질 못했다. 손가락으로 땅바닥에 뭔가 그리고 있을 뿐이었다. 손가락 끝에는 피멍이 들어 있었다.

찢어진 치맛자락, 풀어진 눈동자, 흙이 묻은 머리카락, 깔끔하고 언제나 정갈하던 그녀의 표정은 어디에도 없었다.

…민희야.

주영은 민희의 피멍 든 손가락에 입을 맞추었다.

사랑하는 사람이 바로 곁에 있는데, 아무것도 할 수 없다는 것이 너무도 안타까웠다. 주영은 그녀의 얼굴을 쓰다듬어 보고, 가슴을 껴안아 보고, 그리고 그녀의 입술에 가볍게 입을 맞추었다. 그러나 메말라 버린 그녀의 입술은 영원히 열릴 것 같지가 않았다.

어디선가 울음 소리가 들려 왔다. 민희가 몸을 일으켰다. 주영도 따라 일어섰다. 그녀의 몸은 검불 같았다. 걸을 때마다 팔이 흐느적 댔다. 그 모습이 왈칵 눈물을 쏟게 했다.

주영은 그녀의 어깨를 붙잡아주었다. 하지만 그녀는 주영의 존재 를 전혀 눈치채지 못했다. 얼마 전까지만 해도 장난을 치고 포옹을 하며 놀았던 어깨 위에, 아무리 무게를 실어 보아도 그녀는 여전히 먼 곳을 쳐다보고 있을 따름이었다.

"주영아, 주영아……."

어디선가 낯익은 음성이 자신의 이름을 불러대며 울부짖고 있었다.

언덕 밑으로 많은 사람들이 모여 있었다. 그리고 깨끗하게 단장된 관 하나가 있었다.

"주영아, 주영아……."

어머니였다. 어머니가 관을 부둥켜안고 울부짖고 있었다. 그 옆에 섰던 소영이 어머니를 붙들었지만, 그대로 넘어지고 말았다. 넘어졌다가 다시 일어나는 소영의 얼굴에도 눈물이 범벅 되어 있었다.

낯익은 얼굴 모두 거기 있었다. 모두 울고 있었다. 친구, 친척, 직장의 동료들. 그들은 거기 서서 주영의 시신이 담긴 관을 내려다보고 있는 것이었다.

주영은 입술을 깨물었다. 절대로 울지 말자고 다짐했는데…….

민희는 다시 그 자리에 쪼그려 앉았다. 그리고 무릎에 고개를 묻었다. 주영은 그녀가 울까 봐 조바심을 치며 어깨를 부둥켜안아 주었다.

…민희야, 울지 마. 제발…….

그녀만이라도 울지 말고 의연하게 견뎌 주기를 주영은 간절하게 부탁했다. 그녀까지 운다면 너무도 슬퍼서 견딜 수가 없을 것만 같았다.

다행히 그녀는 울지 않았다. 고개를 무릎에 파묻은 채로 미동도 하지 않을 뿐이었다. 순간적으로 그녀가 너무도 슬퍼 숨조차 못 쉬고 있는 것만 같아 주영은 다급하게 민희의 어깨를 흔들었다.

…민희야! 민희야!

자신의 목소리를 들었을까, 그녀가 희미하게 눈을 뜨고 사방을 두리번거렸다. 그리고 두려운 표정으로 누군가를 간절하게 찾았다. 그녀의 눈빛은 두려움으로 가득 차 있었다. 한 마리 사슴처럼.

…민희야…….

주영은 기어이 그녀를 안은 채로 오열을 터뜨리고 말았다.

누구도 민희에게 눈을 주지 않았다.

관이 땅 밑으로 들어가고 있었다. 어머니와 소영의 울음 소리보다 더 큰 울음 소리가 들려 왔다. 정화 어머니였다.

"아이고, 주영아, 이것아! 어떻게 이렇게 갈 수가 있어!"

정화 어머니의 울음 소리 때문에 주영은 다시금 고개를 떨구고 말았다.

정화 어머니의 드높은 울음 소리 때문이었을까, 민희의 얼굴로 눈물이 주르륵 흘렀다. 하지만 그녀는 입을 열어 주영을 부르진 않았다. 마치 말을 잃어버린 사람처럼 그냥 앉아 눈물만 뿌릴 따름이었다. 가까이 다가가지도 못하고 멀찍이 앉아 관이 땅으로 내려가는 것을 바라보고 있는 민희의 얼굴에는 아무런 표정도 어려 있지 않았다. 그저 바라만 보고 있을 뿐이었다.

주영은 어머니 곁으로 다가갔다. 아버지 모습은 보이지 않았다.

"주영아, 주영아!"

…네, 어머니…….

주영이 어머니 곁에 다가서며 대답했다. 그러나 어머니는 주영의 넋이 당신 곁에 있는데도 여전히 주영의 이름을 부르며 울부짖었다.

…어머니, 울지 마세요. 저는 편안해요. 정말 아주 편안해요. 어머니가 우시니까 제가 더 견딜 수가 없어요.

"이 놈아, 주영아, 이 놈아……."

　너무도 간절한 어머니의 부름 소리 때문에 주영은 다시 목이 메고
말았다. 다른 사람 앞에서 절대 흐트러진 모습을 보인 적이 없던 어
머니였다. 하지만 관을 두 팔로 부둥켜안으며 울부짖는 어머니의 모
습은 너무도 처절해 보였다.

　…어머니, 저 여기 있어요. 저 여기 있어요, 어머니. 제발 울지 마
세요. 제발 그만 좀 우세요.

　주영은 어머니의 허리를 붙잡았다. 어린 시절, 어머니 치마폭을
붙잡고 떼를 썼던 것처럼.

　"엄마, 제발 그만 하세요. 이러시면 어떻게 해요."

　소영이 어머니의 허리를 안아 일으켰다. 정화 어머니가 그 옆에서
거들었지만, 어머니의 두 팔은 더더욱 관을 세게 부둥켜안을 뿐이었
다.

　저러다 어머니가 무슨 일이라도 당할 것만 같아 주영은 조바심을
쳤다. 주영은 두 눈을 감고 어머니 등에 가슴을 포갰다. 그리고 나직
이 속삭이기 시작했다.

　…어머니, 제가 잘못했어요. 어머니를 미워하는 게 아닌데, 왜 그
랬는지 모르겠어요. 어머니, 어머니한테 조금만 더 잘했어도 제가
덜 마음이 아플 텐데……. 죽는 건 절대 무서운 게 아녜요. 오히려
살아 있을 때보다 훨씬 편안하고 아늑하답니다. 어머니 울음 소리
때문에 가슴이 너무 아파서 괴로울 뿐이죠. 어머니, 제발 그만 우시
고 정신 좀 차리세요. 제 마지막 부탁입니다.

　주영은 어머니의 가슴에 대고 간절하게 말했다. 차츰 어머니의 울
음 소리가 잦아지고 있었다.

　…그래요, 어머니. 그렇게 하는 거예요. 슬프시더라도 그렇게 울
음을 참으시면 조금 덜 슬퍼질 거예요. 전 언제나 어머니 곁에 있을

거예요. 어머니가 먼 훗날 제게로 오시는 날까지.

바람이 다시 차가워지고 있었다. 멀리서 들려 오던 새 소리도 이제 들리지 않았다.

주영은 아버지가 계시는 밑으로 내려갔다. 아버지는 무거운 침묵만이 가득한 차 안에서 눈을 감은 채 미동도 하지 않고 있었다.

…아버지…….

주영은 그 옆에 앉으며 가만히 아버지를 불렀다. 그러나 바위처럼 굳어 있는 아버지의 얼굴은 여전히 그대로였다. 언제나 두려움의 대상이었고, 그 곁에 있으면 숨조차 제대로 쉴 수 없었던 아버지의 그 얼굴이 오늘은 너무도 힘없게 보여졌다. 주름살이며 흰 머리카락. 증오와 미움 때문에 한 번도 눈여겨보지 못했던 것들이었다.

…아버지…….

주영은 다시 아버지를 불렀다. 가슴에 얹혀 있는 수많은 말을 한꺼번에 토해 낼 수 없다는 것이 너무도 답답했다. 이렇게 아무것도 아닌데, 살아 있던 동안 아버지 곁으로 단 한 발짝도 다가갈 수 없었던 미움과 증오.

주영은 아버지의 손을 잡아 보았다. 뭐든 한번 움켜쥐면 절대로 놓치지 않을 것처럼 우악스러운 주먹이었지만, 지금 주영의 손 안에 있는 주먹은 아무 힘도 실려 있지 않았다.

…아버지 곁에 가까이 가고 싶어서 얼마나 노력했는지 몰라요. 아버지가 조금만 자리를 내준다면 얼마나 좋을까, 참 많이 생각했어요. ……왜 그렇게 무섭기만 하셨나요? 제가 얼마나 아버지를 그리워하는지, 그렇게 모르셨나요?

아버지의 눈이 가늘게 열리고 있었다. 그러나 힘이 풀린 동공은 아무것도 바라보고 있지 않았다. 아버지의 눈 속으로 물기가 가득 고여 있었다. 주영은 아버지 무릎에 고개를 묻고 말았다.

살아 있는 동안에는 아버지 근처 어디에도 자신의 자리는 없어 보였다. 아버지 가슴 그 어딘가에 자신의 자리가 그렇게 크게 자리잡고 있었다는 것을 전혀 알지 못했는데…….

아버지 눈에 맺힌 눈물을 닦아드리고 싶어 아무리 손을 뻗어도 아버지 눈물은 너무도 먼 곳에 있었다. 가까이 있을 때에는 전혀 느끼지 못했던 소중함이 바로 아버지 눈 속에 있었던 것이다.

아버지에 대한 원망은 이제 아무것도 남아 있지 않았다. 자신에게 해 보였던 가혹한 행동도 이제는 모두 이해할 것 같았다. 사랑이란 곧잘 그런 식으로 지나친 방법으로 나타날 수도 있다는 것을.

아버지 눈이 밖으로 향해지고 있었다. 그리고 그와 동시에 풀려 있던 눈동자에 바짝 긴장감이 감도는 것을 주영은 보고 말았다. 주영은 아버지의 눈길이 멈춰 있는 곳으로 고개를 돌렸다. 검은 양복 차림의 남자 한 명이 아버지 차를 바라보고 있었던 것이다. 아니, 차 안에 앉아 있는 아버지를 살피고 있었다고 해야 옳겠다.

어디선가 많이 본 듯한 얼굴이었다. 어디서 보았던가. 주영은 검은 빛이 도는 남자의 얼굴을 유심히 살폈다. 남자는 아버지를 향해 약간 허리를 굽혀 보였다. 하지만 아버지의 표정은 더 냉랭하게 굳어져 있었다.

그 남자는 잠깐 그 자리에 서서 주변을 두리번거리다가 밑으로 내려갔다. 오동나무 한 그루가 서 있는 모퉁이에 서 있던 차가 미끄러지듯 다가와 그 남자를 싣고 떠났다. 비포장 도로의 뽀얀 먼지가 다 사라지도록 아버지의 얼굴은 풀리질 않았다.

주영은 아버지의 입에서 흘러 나오는 희미한 신음 소리를 들었다. 주영아, 분명 자신을 부르는 소리였다.

12

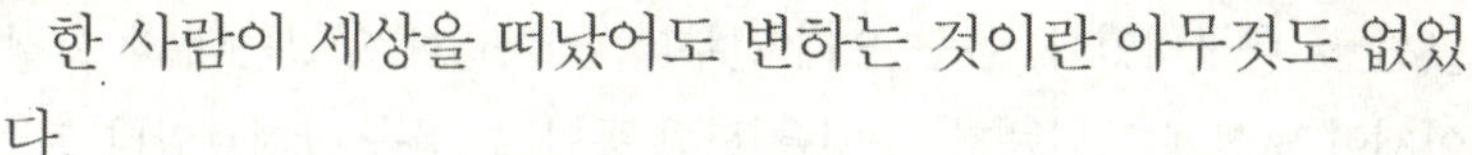

　한 사람이 세상을 떠났어도 변하는 것이란 아무것도 없었다.

　아무것도 변할 것이 없다는 것이 주영을 너무도 슬프게 만들었다. 들판에 피어나는 꽃이며 하루 종일 짹짹거리고도 피곤함을 모르는 새 소리며, 바람 소리, 그리고 드높은 아이들의 함성 소리. 슬플 만큼 제 모습, 제 모양을 지킨 채 그 자리를 차지하고 있었다. 주영만 거기 없었다. 그리고 주영이 없는 세상에서 아무것도 변한 것이 없다는 것조차 느끼지 못한 채 민희는 슬픔으로 허덕이고 있었다.

　주영의 죽음을 세상이 잊고 있는 사이, 여름이 끝나고 가을이 다가오고 있었다. 기세등등하던 여름도 어느 결에 발짝 소리를 죽이더니, 가는 소리를 들키지 않으려 밤새 부지런히 더위를 떨구며 사라지고 있었다.

　그녀는 몰라보게 수척해져 있었다. 그녀는 잃어버린 말을 영원히 찾을 수가 없을 것만 같았다. 간혹 빈 눈을 들어 허공을 바라보는 것 외에는, 그녀의 얼굴에서 어떤 표정을 찾는 것조차 불가능했다.

문 소리가 들렸다. 하지만 민희는 미동도 하지 않고 그 자리에 웅크린 채 앉아 있었다.

주영은 창가에 서서 그녀를 오랫동안 바라보았다. 이제 차츰 그녀 곁에서 떠나갈 준비를 해야만 하는데, 안타까움은 조금도 덜어지질 않았다.

노란 햇살이 방 안으로 들어 와 그녀의 왜소한 어깨를 더욱더 작게 만들었다. 주영이 쓰던 물건이며 옷가지가 그대로 방 안에 남아 있었다. 그리고 바짝 마른 장미꽃 바구니도.

바짝 말라 버린 장미꽃처럼 그녀의 얼굴 어디에도 생기라곤 찾아볼 수가 없었다. 주영은 그 꽃을 바라보며 문득 혼자 의아해 했다. 낯선 꽃 바구니였다. 아주 오래 전부터 그 자리에 있었는데 왜 그걸 이제야 낯설게 느끼는지, 주영은 한참 동안 그 꽃을 살펴보았다.

주영은 그녀 곁으로 다가가 고개를 기대고 앉았다. 그녀 가슴에 무슨 말이든 불어넣어 주고 싶었다.

…사랑해, 민희야…….

민희의 눈이 반짝 뜨여지고 있었다. 하지만 그 눈빛은 길지 못했다. 주영은 그녀의 입술에 가볍게 입을 맞추었다. 그녀의 입술은 차가웠다. 주영은 차가운 그녀의 입술을 녹여 주려 오랫동안 키스를 했다.

…민희야, 제발 정신을 차려. 네가 이러면 안 돼. 너는 살 날이 많아. 먼 훗날 우리는 다시 만날 수 있을 거야.

하지만 그녀는 주영의 말을 한 마디도 알아듣지 못했다. 그것이 주영을 못 견디게 했다. 이렇게 가까이 있는데도 말 한 마디 전할 수 없다는 것이 너무도 안타까웠다.

창문이 굳게 닫혀 있었다. 그렇게 굳게 닫힌 창문 틈으로 한 줄기

빛이 가느다랗게 방 안으로 스며들었다. 그리고 민희는 그 빛 끝 부분에 작은 짐승처럼 웅크리고 앉아 있었다.

…민희야…….

주영은 햇살을 막으며 나직이 그녀의 이름을 불렀다. 빛을 통해 내 영혼이 그녀의 몸 속으로 스며들 수 있다면 얼마나 좋을까, 목이 메어 고개를 들어 천장을 바라보았다. 도저히 그녀의 모습을 쳐다볼 수가 없었던 것이다.

잔잔한 수선화 무늬가 수놓아진 천장이 한눈에 들어왔다. 그녀와 잠자리에 들기 전에 팔베개를 한 채 늘 바라보던 천장이었다. 작년 민희의 생일날 천장까지 치솟았던 샴페인 흔적이 아직도 선명하게 남아 있었다.

주영의 양복, 넥타이도 정갈하게 한 쪽 벽을 차지하고 있었다. 오후가 되면 그녀는 거의 습관처럼 바짝 말라 버린 장미꽃 바구니에 물을 뿌렸다. 마치 죽어 버린 그 꽃들이 다시 살아나기를 기다리는 사람처럼. 그리고 와이셔츠와 양말을 들고 수돗가로 나갔다. 그러고는 이마에 땀이 송글송글 맺힐 정도로 열심히 그것들을 빨아 널었다. 너무도 최선을 다해 빨래를 하고 다림질을 하는 그녀의 얼굴 표정 때문에 가슴이 아파 가까이 다가갈 수도 없었다. 하지만 빨래와 다림질이 끝나면 그녀는 다시금 수렁 같은 침묵 속으로 빠져 들고는 했다. 너무도 깊은 침묵이어서 어떤 것도 그녀를 깨어나게 할 수 없었다.

모든 것이 그녀 곁에 그대로 있는데, 주영의 육신과 그녀의 밝은 웃음만 거기에 없었다.

주영은 다시 그녀의 얼굴에 입술을 갖다 대었다.

그녀가 고개를 들었다. 주영은 그녀의 입술에 긴 키스를 하였다.

언제나 달콤하기만 하던 그녀의 입술이 지금은 얼음처럼 차가웠다. 약간 벌린 입술 사이로 살짝 혀를 내밀어 보아도 그녀는 아무 감각도 느끼지 못했다. 사랑하는 사람이 바로 곁에 있는데도 사랑의 표현을 전할 수 없다는 것이 너무도 아득하기만 했다.

주영은 그래도 포기하지 않았다. 그녀를 두 팔로 안아 가슴에 깊숙이 묻어 보았다. 그렇게라도 그녀의 가슴에 훈훈한 기운을 불어넣어 주고 싶었던 것이다.

…민희야, 생각나니? 네가 나한테 예쁜 아기를 낳아 주겠다고 했던 말. 그래, 정말 그랬다면 너를 위해서 정말 좋았겠다는 생각이 든다. 아기가 있었다면 네가 이렇게 힘들지는 않을 텐데.

민희의 고개가 살풋 옆으로 숙여지고 있었다. 그리고 그녀의 눈빛에 갑자기 생기가 돌았다. 주영은 바짝 긴장했다. 그녀가 자신의 이야기를 듣고 있는지 모른다는 생각을 했던 것이다. 주영은 그녀를 더욱더 깊숙이 껴안으며 그녀 가슴을 향해 계속 말을 이었다.

…네가 조금만 슬퍼하면 좋겠어. 너는 언제나 씩씩했잖아. 아무리 불행해도 너는 무너지지 않았잖아. 네가 조금만 슬퍼하고 기운을 차린다면 내가 편하게 떠날 수 있을 것 같애. 넌 나를 위해서라면 뭐든 할 수 있다고 했지? 그렇다면 내 부탁 하나만 들어줘. 조금만 슬퍼하자. 조금만 슬퍼하고 네가 살아가야 할 날을 위해서 기운을 차렸으면 좋겠어. 우린 길게 헤어져 있지 않을 거야. 우린 분명히 만날 수 있어. 네가 이렇게 슬퍼하면 너 미워서라도 나 딴사람한테 장가가고 만다. 정화라고 말한 적 있지? 나 그 애 만났어. 그 앤 오랫동안 나를 기다리고 있었다고 했어. 지금도 그 애는 나를 기다리고 있어. 질투 나지? 네가 자꾸 이러면 나도 너 지겨워할 거야. 그리고 그 애한테 가 버릴 거야. 알았지?

주영은 그녀를 아기처럼 안고서 얼렀다. 그녀의 입술로 희미한 미소가 번지고 있었다. 하지만 입술을 열어 뭐라 말은 하지 않았다.

…너하고 무슨 말이든 나눌 수 있으면 좋겠어. 왜 너는 한 마디도 하지 않지? 말을 잃어버린 거야? 넌 나만 보면 재잘재잘 잘도 떠들었잖아. 참새처럼 잘도 떠들었잖아.

주영은 간절하게 그녀의 가슴을 향해 입김을 불어넣었다. 그녀의 작은 젖무덤이 빠르게 쿵쿵거렸다. 그리고 어느 순간 그녀의 입에서 신음과도 같은 소리가 흘러 나왔다.

"주영 씨……."

그녀의 음성은 두려움으로 떨리고 있었다.

"주영 씨……."

주영은 너무도 낯익은 그녀의 음성을 들으며 기뻐서 어쩔 줄을 몰랐다. 그녀는 주영이 곁에 있다는 것을 알았던 것이다. 그래서 간절하게 이름을 부르는 것이다.

…민희야, 나 여기 있어. 바로 네 곁에 있어. 자 봐, 여기 있잖아. 나를 만져 봐. 나를 만져 보란 말야!

주영은 그녀의 손을 붙잡아 자신의 얼굴에 갖다 대려 애를 썼다. 하지만 그녀의 표정은 다시 힘없이 굳어지고 말았다.

다시 침묵이 흘렀다. 그 침묵 사이로 가느다란 빛줄기가 다시금 파고들었다. 거리를 알 수 없는 곳으로부터 핸드 마이크 소리가 들려 오기도 했지만, 그 소리는 그녀와 아무런 관계가 없었다. 어느 것도 그녀와 관련 있는 것은 없었다. 주영이 없는 공간에서 그녀는 철저하게 미아가 되어 있었던 것이다.

해야 될 일이 아직 많은데 그녀 곁에서 한 발짝도 움직일 수가 없었다. 바람만 불어도 날아가 버릴 것만 같은 그녀의 모습을 두고 어디도 갈 수가 없었다. 밤이면 불도 켜지 않은 채 쪼그려 앉아 있는 그녀 모습은 금방이라도 바스라질 것처럼 위태로웠다.

그녀 곁에는 아무도 없었다. 찾아오는 친구도 없고, 전화를 걸어 오는 사람도 없었다. 간혹 윤인수, 그 사람이 바람처럼 찾아와 말없이 그녀 곁에 머물다 돌아가고는 했을 뿐이다.

벨 소리가 들렸다. 하지만 민희는 꼼짝도 하지 않았다. 과일 봉지를 든 윤인수가 들어서고 있었다. 주영은 그녀 곁에서 떨어져 창가로 걸어갔다.

"뭘 좀 먹었어?"

윤인수는 민희를 바라보며 물었다. 하지만 민희는 그를 쳐다보지 않았다.

인수는 부엌으로 들어갔다가 포도가 담긴 접시를 들고 민희 곁으로 다가왔다.

"벌써 포도가 나왔어. 하긴 겨울철에도 수박이 나오지만 말야. 벌써 가을 냄새가 물씬 맡아지는 것 같다니까."

그는 알이 굵은 포도 한 알을 따서 그녀에게 내밀었다. 하지만 그녀는 그것을 손에 든 채 가만히 있기만 했다.

"조금만 있으면 학교 뒷산에 단풍이 가득 피겠어. 민희는 단풍 든 산이 제일 예쁘다고 하지 않았나?"

그는 민희의 기분을 어떻게든 풀어 주려 애를 썼다. 그런 모습을 보면서 주영은 어쩌면 그가 민희를 좋아하는 것이 아닐까, 생각했다. 하지만 이내 생각을 바꾸었다.

그와 그녀는 산 사람이었고 자신은 이제 죽은 것이다. 두 사람은 얼마든지 가까워질 수 있었다. 그러나 자신은 점점 과거 속으로 사라질 수밖에 없는 것이다.

"그렇게 들고 있지만 말고 먹어 봐."

그는 민희 손에 들린 포도를 그녀 입에 넣어 주었다. 하지만 그녀는 도리질만 하고 그대로 고개를 돌려 버렸다.

"그 사람은 죽었어. 민희가 아무리 그 사람을 그리워 해도 그 사람은 이제 우리와 다른 세계에 살고 있어. 민희가 자꾸 이러는 모습을 그 사람에게 보인다면 얼마나 가슴이 아프겠어. 정말 그 사람을 사랑했다면 이런 모습 그만 보여야잖아."

주영은 두 사람을 외면했다. 얼마 전까지만 해도 민희 곁에는 늘 자신이 있었다. 세상에서 가장 가까이 있었다. 하지만 이제는 가장 먼 거리에 있는 것이다. 인수의 말이, 민희 곁에 바짝 앉아 있는 인수가 주영의 마음을 무겁게 내리눌렀다.

타인이었던 그가 저렇게 가까이 있는데, 세상에서 가장 사랑했던 자신은 너무도 먼 거리에 있다는 사실이 슬프기만 했다.

그가 다시 포도를 내밀자 그녀는 말없이 그것을 받아먹었다. 하지만 그대로 입에 문 채 가만히 있었다.

주영은 두 사람을 놔둔 채 밖으로 나섰다. 누군가가 그녀를 지켜주는 동안 할 일이 있었다. 자신이 왜 죽을 수밖에 없었는가, 그것을 해결하지 않고서는 떠날 수가 없었다.

주영은 정화가 주변 어딘가에서 자신을 따라오고 있다는 것을 느꼈지만 아랑곳하지 않았다. 죽음의 원인을 다 해결하기 전에는 아직 어디로도 떠날 수가 없었다.

…정화야, 날 도와줄 수 있겠니? 너무 가슴이 답답하다. 난 내 죽음을 도저히 용서할 수가 없어. 내가 왜 죽어야 했지? 무엇 때문에 죽어야 한 거야? 내 삶이 그렇게 짧을 수밖에 없었다면 죽어라 코피 흘려가면서 공부할 필요가 뭐 있었지? 나는 너무 억울해. 억울해서

견딜 수가 없어.

짧은 미니스커트 차림의 여자가 바로 옆에 앉아서 커피를 마시고 있었다. 커피 향기가 은은했다. 옆 의자에 앉은 남자의 시선이 자꾸만 여자의 다리로 와 닿았다. 하지만 여자는 다리를 꼬고 앉으며 애써 그 남자의 시선을 무시했다. 그러다가 커피를 엎지르고 말았다.

"난 몰라."

여자는 젖은 옷을 내려다보며 울상을 지었다. 여자는 가방을 뒤져 손수건을 찾다 말고 더 난감한 표정을 지었다. 손수건이 없는 모양이었다.

"이것 쓰세요."

바라보고 있던 남자가 어느새 다가와 여자에게 휴지를 건넸다. 여자는 잠깐 망설이는 표정을 짓더니 휴지를 받아 젖은 부분을 닦았다.

"고맙습니다."

"천만에요. 전철을 타실 건가요?"

전철을 타지 않으려면 여기 앉아 있을 필요가 없을 텐데도 남자는 그렇게 물었다.

"네."

여자는 약간 당혹스러운 표정을 지으면서 쓰고 남은 휴지를 돌려주었다.

"가지세요. 손수건이 없을 때에는 휴지라도 있어야죠."

전동차가 달려와 멈춰 섰다. 여자가 먼저 일어섰다. 그리고 남자가 그 뒤를 따랐다. 남자와 같이 전동차에 오르는 여자 얼굴에는 난감한 빛이 더 이상 남아 있지 않았다.

주영은 두 사람의 모습을 멀거니 바라보았다. 조금은 촌스럽지만 두 사람의 행동이 너무도 좋아 보였다. 그 사람들뿐만 아니라 살아 있는 인간들이 해 보이는 행동 모두가 그렇게 아름다워 보일 수가 없었다. 그들이 하는 행동 하나하나가 모두 축복처럼 보여졌던 것이다. 그런 작은 행동 하나도 축복이라는 것을 산 사람들은 모른다. 숨 쉬고, 웃고, 떠들고, 사랑을 하고, 화를 내고……. 어느 것 하나 축복 아닌 것이 없는데도 말이다.

…나는 저런 아름다운 모습들을 놔두고 갈 수가 없어. 아니, 떠나기가 싫어. 정화 너는 내 기분을 알겠지?

주영은 정화에게 말을 건넸다. 그녀가 죽었을 때 어떤 기분이었을까, 충분히 헤아릴 수 있었다. 정화 나이는 그때 지금의 주영보다 훨씬 더 어리지 않았던가. 어린 영혼이 혼자서 헤맸을 걸 생각하면 정화가 너무 딱했다.

…그럼요, 힘들었지요. 다른 건 몰라도 주영 씨 곁에서 떠나야 한다는 것이 너무 억울하고 힘들었어요. 엄마, 아빠도 생각났지만 두 분은 오히려 덜 아쉬웠어요. 두 분이 제일 슬퍼했는데도 말예요. 후훗, 두 분이 그 사실을 알았다면 나한테 엄청 섭섭했겠죠?

언제 다가왔는지 정화가 농담을 던졌다. 여지껏 뒤를 따라다녔을지도 모르는데, 주영은 한동안 정화를 잊고 있었던 것이다. 주영은 잠깐 웃어 보였다.

달리는 전동차에도 쉽게 탈 수 있었고, 내릴 수도 있었다. 거리, 속도, 시간, 그 모든 것들은 이제 주영과는 아무런 상관이 없었다. 마음만 먹으면 원하는 곳 어디든 갈 수 있었다.

…주영 씨가 하고 싶은 대로 다 해요. 내가 도와줄 게 있다면 얼마든지 도와줄 수 있어요. 난 주영 씨 그림자로 얼마든지 견딜 수 있으니까요. 하지만 부탁 한 가지가 있어요. 너무 많이 지체하진 말아요.

우리한테 주어진 시간은 그다지 길지 않거든요.

정화의 목소리가 바로 귓전에서 들려 왔다. 하지만 주영은 눈을 들어 그녀의 환영을 바라보지 않았다. 죽은 사람끼리는 바라보지 않아도 얼마든지 느낄 수 있었다. 모습보다 더 정확하게 느낄 수 있는 기운, 그것은 슬프게도 죽음으로만 얻을 수 있는 것이었다.

…어디 갈 건가요?

정화가 물었다.

그러나 주영은 아무 대답도 하지 않았다. 전동차는 어느새 한강을 건너고 있었다.

갈 곳이, 꼭 가야만 하는 곳이 있었다. 그곳을 가지 않으면 안 될 일이었다.

그 여자, 주영과 마지막으로 있었던 그 여자를 찾아야 했다. 그 여자를 찾는 일이란 절대 어려운 일이 아니었다. 하지만 그동안 찾지 않았던 것은, 어쩌면 자신이 알고 있는 것보다 더 엄청난 음모가 있을지 모른다는 두려움 때문이었다. 그것은 예감이었다.

여자는 시내에서 약간 떨어진 외곽에 살고 있었다. 주변으로는 널찍한 공원이 있고, 그리고 공원을 내려다 보는 산 중턱 판잣집에 살고 있었다. 아니, 숨어 있다고 해야 옳았다.

여자는 방 안에 앉아 발 장난을 하며 과자를 먹고 있었다. 그날 뭇 남자들에게 당한 수모가 적진 않았을 텐데도, 그런 후유증은 어디에도 남아 있지 않았다. 이어폰을 귀에 꽂고 발을 까딱거리며 과자를 먹고 있었다. 약간 초췌해 보이기는 해도, 여자의 얼굴은 밝은 편이었다.

집 안에는 여자밖에 없었다. 만화책이 너저분하게 널려 있고, 화장품이 놓인 책상 위에는 먼지가 수북했다. 옷가지는 아무렇게나 던져져 있어 방 안은 너무도 정신이 없었다.

여자는 간혹 고개를 들어 바깥의 기척을 살피고는 하였다. 약간 긴장한 표정을 짓기도 했지만, 누군가 찾아올지 모른다는 생각에서 그런 표정을 짓는 것이 아니라 단순한 버릇에 불과해 보였다.

너무도 천연덕스러운 표정. 어떻게 그런 수모를 당했으면서도 저토록 아무렇지 않을 수 있는가.

…딱하군.

주영은 혼자말처럼 중얼거렸다. 정화의 기운은 느껴지지 않았다.

전화 벨이 울었다. 여자는 기다린 것처럼 후닥닥 송수화기를 집어 들었다. 주영은 여자가 버릇처럼 바깥에 귀를 묻었던 까닭을 비로소 이해할 수 있었다.

"나야. 왜 이제서야 전화했어? 얼마나 기다렸는데. 어디야, 거기?"

여자는 이것저것 한꺼번에 물으면서도 연신 과자를 입에 물었다. 두려움에 떨며 죽을지도 모른다는 위기 의식으로 입술이 새파랗게 질려 있던 그날의 여자 모습은 어디에도 없었다. 철없음과 방만한 행동이 곳곳에서 묻어날 뿐이었다.

"몇 시? 너무 늦잖아. 나 그때까지 뭐 하고 기다려. 텔레비전도 안 나오고."

여자는 사뭇 투정조였다. 그러면서도 연신 과자를 집어 들었다. 과자를 집어 드는 여자의 손끝에는 빨간 매니큐어가 덧칠해져 있었다. 손톱만이 아니라 입술도 그만큼 붉었다.

"알았어. 그럼 조금 있다 봐."

여자는 생글거리며 송수화기에 대고 쪽 소리가 나게 입을 맞추었다. 그러고는 재빨리 덧붙였다.

"나 사랑해?"

주영은 벽에 기대 선 채 과자를 소리 나게 씹어대며 사랑을 고백하는 여자를 멀거니 바라보았다.

후닥닥 세수를 하고, 실오라기 하나 걸치지 않고 거울 속을 들여다보며 몸매를 점검하는 여자의 표정은 자못 심각하기까지 했다. 허벅지께로 뚜렷한 상채기가 있었다.

"나쁜 놈들."

여자는 울상이 되어 이제는 딱지까지 다 떨어진 상채기를 쓰다듬었다.

여자의 그런 중얼거림이 주영을 안심시켰다. 여자 뇌리에 그날의 악몽이 조금만 남아 있어도 일은 수월하게 풀릴 수 있었다. 애써 잊고 싶어하는 여자에게 다시 그 기억을 되살리게 하는 것은 미안하기 짝이 없는 노릇이었다. 그러나 이 세상에서 자신의 죽음을 유일하게 증명할 수 있는 사람이 아닌가.

적어도 한 인간의 죽음을 아무 흔적 없이 세상에서 지워 낸다는 것은 있을 수 없는 일이었다.

여자는 외출 준비를 다 끝내고 마지막으로 거울 속을 들여다보며 입술을 오물거렸다. 그러고는 다시 새빨간 립스틱을 입술 위에 덧발랐다. 짙은 눈 화장에 볼 터치도 거의 붉은빛이었다. 한시도 가만히 있질 못하고 사방을 두리번대고 우왕좌왕하는 여자를 보면서, 여자의 심리가 얼마나 불안정한가를 주영은 깨달았다.

여자가 주영의 죽음을 알고 있는지 아니면 모르고 있는지 그것은 알 수 없었다. 설령 알고 있다고 해도 신고를 하거나 어떤 조치를 취할 것 같진 않았다. 여자는 그 날의 악몽이 그대로 사라져 주길 바랄 것이다.

주영은 방 안을 두리번거렸다. 그리고 어렵지 않게 명함 한 장을 찾아냈다. 주영 자신의 명함이었다. 그날 탈출하면서 여자 손에 들려 주었던 그 명함이었다.

주영은 문을 나서려는 여자 앞으로 명함을 일부러 떨어뜨렸다.

"어, 이게 뭐야?"

여자는 발 밑으로 떨어지는 명함을 집어 들었다. 그리고 유심히 그것을 살폈다. 그리고 그와 동시에 얼굴이 파랗게 질려 마치 징그러운 물체라도 손에 쥔 것처럼 기겁을 하며 명함을 집어 던졌다.

"어떡해……."

여자는 금방 울 것 같았다. 그러면서도 명함을 짝짝 찢어 쓰레기통에 집어 던지고 후닥닥 집을 뛰쳐나갔다.

찢어진 명함을 낱낱이 짝을 맞추고, 그것을 흔적없이 원 상태로 붙여 놓는 일은 어렵지 않았다. 산 사람은 도저히 불가능할 수밖에 없는 일도 죽은 사람은 너끈히 해낼 수 있는 것이다.

주영은 여자의 뒤를 쫓았다. 하루라도 빨리 여자가 일을 처리해 주지 않으면 안 되었다. 시간이 없었던 것이다.

…저 여잘 어떻게 설득할 수 있지?

주영은 주변 어딘가에서 다시금 정화의 기운을 느끼고 물었다. 하지만 정화는 아무 대꾸도 하지 않았다.

주영을 여지껏 기다리고 있었다던 정화의 말이 떠올랐다. 다시 만났지만 한 여자에게 정신이 팔려 있는 주영을 보면서 정화 마음이 얼마나 무거울까, 짐작은 하면서도 어쩔 도리가 없었다.

…미안해, 정화야.

주영은 혼자말로 중얼거렸다. 난데없이 깃털 하나가 날아와 주영 앞을 홀홀 날았다. 그 깃털은 너무도 소리 없이, 편안하게 날고 있었

다. 그 깃털에 정화의 기운이 어려 있었다. 깃털은 주영 곁에서 한동
안 날았다.

여자는 전동차에서 내려 다시 버스를 탔다. 버스 안에서도 여자는
여러 번 거울을 꺼내 들고 거울 속의 자기 얼굴을 살폈다. 여자 얼굴
에 어리던 불안감은 이제 사라지고 없었다.

버스가 기우뚱 한쪽으로 쏠렸다. 그러자 여자 몸이 금방 주영의
품으로 안겨 들었다.

…어어…….

낯선 여자가 품에 안겼다는 것이 영 어색해 주영은 화들짝 뒤로
물러섰다. 그러고는 혼자 풀썩 웃었다. 그런 몸 부딪침이 여자를 한
결 가까이 느끼게 해 주었다.

산 사람이건 죽은 사람이건 작은 벽 하나만 무너뜨리면 얼마든지
가까워질 수 있는 것이다. 그것은 마음일 터였다. 하지만 세상의 어
떤 벽보다 높고 두꺼운 것이 바로 마음의 벽이었다.

주영은 여자 곁에 가만히 서 있었다.

주영은 여자에게 바라는 것이 있었다. 따뜻한 마음을. 슬플 때 슬
퍼할 줄 알고, 괴로울 때 괴로워할 줄 알기를. 그렇게 자신을 채찍질
할 줄 아는 사람은 바로 자신을 가장 사랑할 줄 아는 사람이고, 그런
사람은 세상을 사랑하는 방법을 알고 있었다. 주영은 그걸 여자에게
바라고 있었던 것이다. 그래야만 한 사람의 억울한 죽음을 세상에
밝힐 용기를 낼 수 있을 터였다.

하지만 아직도 여자의 표정에서 어떤 변화가 읽혀지지는 않았다.
여자는 여전히 불안한 표정으로 사방을 살피고, 그리고 버스가 흔들
릴 때마다 주영의 어깨에 젖가슴이며 어깨를 부벼댈 뿐이었다.

저 혼자 무안해진 주영은 여자에게서 조금 비켜서서 바깥을 응시

했다. 버스는 터널을 막 지나 시내로 들어서고 있었다.

여자는 백화점 앞에서 내렸다. 그 백화점이라면, 너무도 기억이 또렷한 곳이었다. 민희와 결혼식에 입을 한복을 맞추러 왔던 날, 잠깐 멈추었던 곳이었다. 그때 쇼 윈도의 마네킹은 점잖은 교수님, 검도 하는 아내, 권투하는 남편 등 다양한 모습을 연출하고 있었다. 그 앞에서 민희가 뭐라고 했던가. 아마도 아이디어가 꽤 신선하다는 말을 했을 것이다.

하지만 지금 그 마네킹들은 얇은 여름 옷을 훌훌 벗어 던지고 철이른 가을 옷을 입고 있었다. 화사한 단풍색의 투피스를 걸쳐 입고 해맑게 웃고 있는 마네킹을 민희가 다시 한 번 볼 수만 있다면, 그녀는 주영이 곁에 있다는 것을 비로소 느낄 수 있을지도 몰랐다. 주영은 어두운 방에서 한 마리 짐승처럼 웅크리고 앉아 있던 민희의 모습을 떠올리며 다시 슬픔에 휩싸였다.

눈물이란 산 사람들에게만 의미가 있었다. 이미 죽은 사람은 그 눈물마저도 삶만큼이나 의미가 없는 것에 지나지 않았다. 하지만 남아 있는 민희 때문에 너무도 마음이 아팠다. 사랑하는 그 여자 때문에.

마이크 소리가 요란했다. 여자가 그쪽으로 고개를 돌렸다. 주영도 시선을 돌렸다. 심장병 어린이를 돕자는 플래카드가 보이고, 한 청년이 높은 의자에 앉아 통키타를 치며 노래를 부르고 있었다.

그대 곁에 머물 수 있다면
한 점 바람이라도 좋소
그대 곁에 머물 수 있다면
한 뼘 그림자라도 좋소

주영은 청년을 따라 노래를 흥얼거려 보았다. 민희가 좋아했던 노래였다. 결혼식날, 그녀는 주영이 색소폰으로 불어 준 저 노래를 들으며 행복의 눈물을 흘렸다.

그녀는 유난히 음치였지만 그 노래만큼은 주영의 도움을 받아 웬만큼 할 줄 알았다. 노래는 다시 다른 곡으로 바뀌었다.

오~ 네가 가 버리면 나는 어쩌나
그리움만 쌓이네.

노래를 흥얼거리다 보니 우울했던 마음이 다소 가라앉았다. 하지만 여자의 눈길은 청년의 얼굴에서 한시도 떠나지 않았다. 여지껏과는 달리 어딘지 모르게 어두운 표정이었다.

여자는 한 꼬마가 옆으로 다가와 손에 들고 있는 과자를 유심히 쳐다볼 무렵에서야 정신을 차렸다.

여자 손에서 과자를 건네 받은 아이는 금방 되뚱거리는 걸음으로 맞은편 돌의자에 앉은 제 엄마에게로 돌아갔다. 아이 엄마가 여자에게 고맙다는 인사를 보내도 여자는 건성으로 대꾸를 해 보였을 뿐이었다.

남자는 아직도 나타나지 않았다. 백화점 앞 은행나무 뒤쪽에 설치되어 있는 시계는 벌써 네 시를 가리키고 있었다.

많은 사람들이 여자 앞으로 지나가고 다시 다가와 머물다가 사라지기를 거듭했다. 그 사이에 통기타를 치는 청년 앞의 모금함 속으로 여럿의 손이 드나들었고, 그럴 때마다 청년은 고개 숙여 감사의 표현을 하였다. 여자에게서 과자를 얻어 갔던 꼬마는 엄마가 쥐어 준 지폐를 들고 뒤뚱뒤뚱 다가가 모금함 속에 주먹을 집어 넣었고,

지팡이를 짚은 할아버지가 주머니를 뒤져 동전 몇 개를 꺼내 들고 그리로 다가갔다.

여자의 눈은 분수대에서 힘껏 내뿜고 있는 물줄기와 백화점 앞에 꾸며져 있는 작은 화단의 자주색 꽃에 머물기도 하였다.

여자가 그러는 동안 주영은 꼼짝 않고 그 앞에 서서 지켜보고만 있었다. 여자가 세상이 얼마나 아름다운 것인지, 그 아름다운 세상에 머물고 있는 자신도 얼마나 소중한 존재인지를 깨달아 주기를 바랐다. 그리고 그날 자신이 마지막으로 보았던 생명에 대해 어떤 책임을 져야 하는지, 그걸 알아주길 바랐다.

…잘될 수 있을까?

주영은 허공을 향해 중얼거렸다. 주변 어딘가에 있을 정화를 향해 던진 질문이었다.

…도와줄게요.

도와주겠다는 정화 말에 주영은 눈을 커다랗게 떠 보였다. 그 애 입에서 도와준다는 말을 들을 수 있다는 것이 신기했던 것이다.

…왜 그렇게 놀라죠?

…정화가 많이 변했거든. 옛날에는 그저 숙맥 같았잖아.

주영은 어린 시절에 곧잘 정화를 놀렸던 것처럼 익살맞게 말했다. 그러고는 얼른 덧붙였다.

…그런데 어떻게 도와줄 수 있어?

…저 여자 가슴에서 가장 아름다운 부분을 찾아내면 돼요. 주영 씨도 벌써 그걸 깨닫지 않았나요?

…그렇군.

주영은 정화와 생각이 같았다는 것이 신기해 피식 웃었다.

…사람의 마음은 마치 유리와도 같아요. 깨끗하게 닦으면 세상 전

부를 맑게 볼 수 있지만, 그대로 내버려두면 세상의 온갖 때들이 다 들러붙죠.

정화는 목소리에 힘을 주었다. 그렇게 열심히, 신중하게 말을 할 줄 아는 그 애가 대견스러웠다. 옛날, 마치 오빠처럼 다른 애들에게 따돌림을 받는 정화를 보호해 주곤 했던 일이 저절로 떠올랐다.

…조금만 기다리면 저 여잔 마음이 흔들릴 거예요.

…어떻게 알지?

…방법이 있어요.

정화는 쉽게 대답했다.

여자의 고개가 무릎으로 숙여지고 있었다. 그리고 이내 여자의 어깨가 가볍게 흔들렸다. 여자는 울고 있었다.

"어, 왜 울어?"

어느새 다가왔는지 양복 차림의 남자 한 명이 여자 옆에 앉으며 의아해 했다. 여자는 가만히 그대로 있었다. 그리고 고개를 들었을 때, 그녀 얼굴은 눈물로 범벅이 되어 있었다. 무엇이 그녀로 하여금 눈물을 흘리게 했을까. 주영은 손수건을 꺼내 눈물을 닦아주는 남자를 바라보았다.

"고백할 게 있어."

여자는 울먹이고 있었지만 그 음성은 몹시 차분해져 있었다. 집에서 전화를 받으면서 과자를 씹어대며 보여 주던, 불안정한 표정은 이제 없었다. 하지만 주영은 여자를 향해 다급하게 메시지를 보냈다.

…안 돼, 절대 저 남자에게 당신이 당했던 불행한 일에 대해 이야기해서는 안 돼요. 그러면 당신은 더욱더 불행해져. 내 말 들어요, 절대 그러지 말아요.

여자는 잠깐 미간을 찡그렸다. 아마도 주영의 메시지를 느낀 모양이었다.

"이상해, 이상한 소리가 내 귀에 들렸어."

여자는 약간 겁먹은 얼굴로 사방을 두리번거렸다.

"무슨?"

"모르겠어. 아무튼 이상한 소리였어. 내 감정을 막 헝클어 버리는 소린데, 뭔지 모르겠어."

여자가 심각하게 말을 했지만 남자는 아무렇지 않게 웃어넘겼다.

"할 얘기 있다면서?"

남자가 여자를 재촉했다.

"……."

다행히 여자는 자신이 겪었던 일까지 말할 용기는 없어 보였다. 주영은 여자에게 그 일만은 말하지 말라는 메시지를 계속 보냈다.

"무슨 일인데?"

남자가 호기심으로 물었다. 그러나 여자는 손에 들고 있던 손수건만 만지작거렸다.

"말해 봐. 무슨 일인데? 나한테도 말 못할 일이 있단 말야?"

남자의 표정은 진지했다. 다행스러웠다. 정말로 저 여자가 사랑하고 의지하는 남자가 저 정도라면 별 걱정은 없겠다는 생각이 들었다. 그런 두 사람의 모습이 기특하고 아름답기까지 했다. 거기까지 생각하다 말고 주영은 다시 쓴웃음을 지었다. 죽은 사람은 나이와 상관없이 이 세상을 다 산 것만큼이나 의연해지고, 노파심도 많아지는 모양이었다.

…그만 가요.

정화가 주영에게 말했다. 그렇게 말하는 그녀 목소리는 너무도 기운이 없었다.

…이제 나머지는 저 두 사람이 해결할 거예요. 어차피 산 사람들이 해결할 수밖에 없는 일이잖아요.

주영 생각에도 그 자리에 더 있을 필요가 없어 보였다. 여자가 앞으로 어떻게 행동할지는 염려하지 않아도 될 듯싶었다.

…고마워.

주영은 정화를 향해 진심으로 말했다.

…천만에요. 주영 씨 정성 덕분이에요.

이렇게 말하는 정화의 음성은 조금 기운이 없어 보였다.

…기운이 없어?

…왜요?

…그래 보여서.

…걱정해 줘서 고마워요. 이제 어디로 갈 거죠?

…계속 날 도와줄 거야?

…원하세요?

…응.

…원하는 대로 해 드릴게요.

정화는 금방 명랑한 음성이 되어 있었다.

…날 필요로 한다니까 신이 나요. 저 아직도 철부지 같죠?

…천만에, 조금도 변함없어. 많이 위안을 받아. 어쨌든 고마워.

주영은 그녀에게 미안하다는 말대신 그렇게 말했다.

긴 세월을 기다려 준 정화에게 너무 많이 미안한 짓을 하고 있는 것만 같았지만 도리가 없었다.

…미안하다는 말, 하지 말아요. 그 말은 왠지 거리감이 느껴지거든요.

어느새 주영의 마음을 알아챘는지, 정화는 주영에게 일침을 놓았다. 멀쩡하게 놓여 있던 깡통 하나가 떼구르르 저리로 굴러갔다. 주영은 굴러간 깡통을 향해 다시 발길을 날렸다.

깡통이 멈추었다가 다시 요란한 소리를 내며 굴러가기 시작했다.

…어려서 주영 씨는 뭘 보면 무조건 발길로 찬 것 알아요? 돌멩이도 차고, 나무도 차고, 풀도 차고, 염소도 차고. 한번은 소를 걷어찼다가 하마터면 뿔에 받힐 뻔했잖아요. 그게 왜 좋아 보였나 몰라요. 주영 씨가 시골을 떠나고 나면 나 혼자 뭐 하고 놀았는지 알아요? 나도 주영 씨처럼 아무거나 발로 뻥뻥 걷어차고 노는 거예요. 그러다 어른들한테 야단 엄청 맞았어요. 계집애가 얌전하지 못하게 발길질이나 하고 다닌다구요. 그래도 재밌었어요. 나도 주영 씨와 똑같은 행동 하나를 해 볼 수 있다는 것이 신기하고 좋았거든요.

…….

주영은 아무 대꾸도 하질 못했다. 죽은 넋이 되었는데도 끊임없이 주영만을 생각해 준 그녀가 고마운 것은 사실이지만, 솔직히 주영 마음속의 그녀는 먼 세월에 한 점 마침표처럼 존재할 따름이었다. 이제 와서 그녀와 다시금 연결되었다는 것마저도 이상하게 낯설기만 하였다. 솔직히 말하자면, 그녀와 연결되었다는 것은 현실과 그만큼 멀어진 결과였다. 그녀와 가까워진 만큼 멀어질 수밖에 없는 현실과 민희. 정화를 멀리해서 다시금 현실로 돌아가 민희를 만날 수 있다면, 기꺼이 그 길을 택할 자신의 의지 때문에 주영은 다시 할 말을 잊고 말았다.

…벌써 가을 바람이 부는 것 같네요, 그렇죠?

정화가 짐짓 명랑하게 떠들었다. 그 명랑함이 우울한 감정을 지우려는 것임을 알기 때문에 주영은 딴청을 피울 수밖에 없었다.

…햐, 살아 있을 때 실컷 바람이라도 피웠으면 지금 많은 여자들이 나 무지 보고 싶어할 텐데 말야. 야, 아깝다, 아까워.

…피, 일편단심밖에 모르는 사람은 그럴 능력도 없네, 뭐. 바람도 능력 있는 사람이나 피울 수 있는 거야. 주영 씬 안 돼.

버스가 오고 있었다. 하지만 주영은 버스에 오르지 않았다. 천천히 걸어서 서울역 쪽으로 향했다. 마음만 먹으면 거리, 시간을 얼마든지 단축할 수 있겠지만 살아 있는 동안의 습관 그대로 느릿느릿 시장 길을 걸었다.

수없이 많은 사람들이 시장 바닥을 누비고 있었다. 물건을 잔뜩 실은 리어카가 정화 쪽을 향해 거칠게 달려오고 있었다.

…어어…….

주영은 얼른 리어카를 양손으로 가로막았다. 하지만 리어카는 주영의 몸을 통과해 그대로 앞으로 나갔다. 아니, 주영의 몸이 그대로 한 줄기 공기처럼 리어카 중앙으로 통과했다는 표현이 옳겠다.

…고마워요.

정화가 가볍게 웃으며 말했다.

…뭘.

공연한 짓을 했다는 사실보다 자신은 이제 영혼만 여기 있다는 낭패감이 더 강했다.

…난 죽었어…….

주영은 멀어지는 리어카를 망연히 바라보면서 중얼거렸다.

…어려서 남자 애들이 나 괴롭히면 주영 씨가 어쨌는지 않아요? 돌멩이 집어 들고 쫓아가고는 했어요. 후훗, 기억 안 나요?

정화는 애써 밝게 떠들고 있었다.

죽은 사람은 말이 없다는 말이 실감되었다. 그 말은 살아 있는 사람과는 아무런 유대 관계도 맺을 수 없기 때문인 것이다. 그야말로 산 사람은 산 사람, 죽은 사람은 죽은 귀신일 뿐이었다.

…우리 저기까지 뛰어갈까요?

정화가 물었다.

…좋아!

주영은 얼른 대꾸를 보냈다. 아무리 우울해도 그 기분을 오래 유지하는 것은 현명한 일이 결코 아닌 것이다. 그것은 젊은이가 할 짓이 아니었다.

…준비했죠?

…오케이!

…시작!

둘은 시장 바닥 한가운데를 질주하기 시작했다. 건어물을 싣고 오는 리어카 중앙을 통과하고, 꽃을 안고 오는 아줌마를 아슬아슬하게 피하고, 하반신이 없는 남자의 잡동사니 같은 물건들을 얼른 건너뛰고, 종아리가 예쁜 아가씨가 손에 들고 있는 아이스크림을 얼른 한 입 베어먹고. 그러면서도 그들의 머리카락 한 올 건드리지 않을 수 있었다.

…우와 재밌다!

주영의 탄성에 정화도 덩달아 맞장구를 쳤다.

…이건 산 사람들은 못하는 장난이라구요.

죽음이라는 단어가 가져다 주는 암울한 느낌은 산 사람들의 몫일 뿐이다. 육체를 벗어나 영혼만 지니게 되면 오히려 무거운 짐을 이제서야 어깨에서 벗어 놓은 듯한, 그런 홀가분한 기분을 만끽할 수 있다. 어떤 것에도 방해를 받지 않을 수 있고, 세상을 나비처럼 홀홀 날아다닐 수도 있고. 그건 슬픔이라는 무거움과는 하등 관계가 없는 가벼움이었다. 모든 무게에서 벗어난, 그런 가벼움 말이다. 결국 살아 있는 사람들이 편하게만 보내 줄 수 있다면, 죽은 영혼은 얼마든지 홀가분하게 이 세상을 떠날 수 있는 것이다.

조금은 미안했지만 떡볶이 집에서 양껏 음식을 먹었다.

…후아, 정말 맵다. 난 시골에서만 살아서 이런 별미를 별로 못 먹어 봤잖아요.

정화는 빨갛게 버무려진 떡볶이를 한입 가득 물고 오물거리며 간신히 말을 이었다.

…피자는 더 맛있어. 내가 나중에 서울에서 제일 피자 맛이 좋은 집에 데려다 줄게. 정말 끝내 준다.

주영은 자랑스럽게 엄지손가락을 치켜 보였다.

…내 맛도 아니고 네 맛도 아니고, 그게 무슨 맛이람. 느끼하고 맛도 이상하고. 차라리 우리 엄마 빈대떡이 더 맛있더라.

정화는 얼결에 엄마라는 말을 입에 올리고는 젓가락질을 멈추었다. 주영은 왜 그러냐고 묻지 않았다. 아무리 명랑한 척 떠들어도 세상에 남겨져 있는 한 점 혈육에 대해서는 가슴이 아플 수밖에 없으리라. 아니, 표현이 틀렸다. 그 긴 세월이 흘렀어도 여전히 딸자식을 가슴에 묻고 사는 어머니가 가엾고 불쌍한 것이다.

날이 어두워져 가고 있었다. 시장을 빠져 나와 고개를 들었을 때, 주홍빛 노을이 잔잔하게 깔린 하늘이 한눈에 들어섰다.

…정말 아름답죠?

정화가 물었다.

…그래. 살아 있는 동안에는 전혀 느끼지 못했던 아름다움이야. 사람들이 마치 요람에 포근히 감싸 안겨 있는 것 같잖아. 넓은 어머니 같은 품안에.

어머니란 단어는 역시 슬플 수밖에 없나 보다. 어머니를 입에 올리는 순간 다시금 가슴이 먹먹했다.

…어머니를 사랑했어요?

정화가 물었다.

…….

주영은 아무 대꾸도 못했다. 사랑하지 않았더라도 그리울 수밖에 없는 것, 그게 어머니였다.

기차에 오르고, 기차가 집을 향해 달리는 동안 주영은 차창을 통해 비켜 가는 낯익은 풍경을 오랫동안 바라보았다. 얼마 후면 영영 볼 수 없는 것들이었다. 그리고 돌아올 수 없는 곳이었다.

…어떻게 정화는 다시 여길 올 수 있었지?

주영이 정화에게 물었다. 갓난아이와 눈을 맞추고 있던 정화가 이쪽으로 고개를 돌렸다.

…말하지 않았나요? 난 주영 씨를 오랫동안 기다리고 있었다고.

…무슨 뜻인지 잘 모르겠어. 날 기다렸다가 어떻게 하는 건데?

…후훗, 걱정돼요? 내가 어떻게 할까 봐?

…궁금해서.

…우린 같이 떠날 곳이 있어요.

…어딜?

…아직 말하긴 일러요. 모두 주영 씨 의지에 달려 있으니까요. 다만 내가 할 수 있는 일이란 주영 씨를 기다리는 것뿐이에요.

…무슨 뜻인지 모르겠어.

…다음에 저절로 알게 돼요. 주영 씨가 여기 일을 모두 마치게 되면.

정화는 여전히 아기를 어르고 있었다. 아기는 잠이 든 엄마 품에 안겨 눈을 말똥말똥 뜬 채 정화를 바라보고 있었다.

 …이 아기는 나를 보고 있어요. 주영 씨도 보이구요. 아기들은 전생에 대해 너무도 잘 알고 있죠. 뱃속에 있으면서 엄마가 무슨 생각을 했고, 엄마가 자길 얼마나 사랑했는지도 알고. 더 중요한 것은 저 세상의 일을 모두 기억하고 있지만 그걸 표현할 줄 모르는 것뿐이에요. 아기들이 말을 못하는 이유는 그런 비밀을 감추게 하려는 거죠. 점차 자라면서 아기들은 그 비밀을 잊어버리기 시작하고, 어른이 되어서는 오히려 죽음을 두려워하게 되고. 지금 이 아기가 나한테 뭐라고 했는지 알아요? 자긴 태어나기 위해서 굉장히 힘이 들었대요.

 …왜?

 …자기 엄마랑 아빠가 결혼을 해야 자기가 태어나는데 결혼할 생각을 안 하더래요. 그래서 오랫동안 쫓아다니면서 두 사람을 설득시키느라 혼이 났대요.

 장난 같은 이야기를 정화는 떠들고 있었다. 아직 과학적인 사고가 강한 주영으로서는 이해할 수 없는 말들이었다.

 …이 아기는 두 사람 사이에서 태어나야만 하는 운명을 갖고 있었거든요.

 …….

 주영은 신명이 나서 떠들어대는 정화를 가만히 내버려두었다. 그러면서 속으로 엉뚱한 생각을 하였다. 여잔 죽어서도 수다가 늘고, 죽어서도 나이를 먹는 모양이라고.

 …왜 꼭 그렇게 태어나야 할 까닭이 뭐냐고 안 묻죠?

 정화가 주영을 바라보았다.

 …너무 엉뚱한 대답이 나올 것 같아서 가만히 있는 거야.

 …합리적인 사고를 갖고 있는 사람은 아무것도 이해할 수 없어요.

하지만 조금만 생각을 바꾸면, 저 세상의 일도 이 세상처럼 순리대
로 돌아가고 퍽 체계적이라는 거죠.

…그 아기가 왜 꼭 그 부모 밑에서 태어나야 했지?

…그건 간단해요. 숙제를 해야 하니까요.

…숙제?

…네, 숙제요.

…정말 모르겠군.

…세 사람은 전생에 너무 슬픈 관계였거든요. 전쟁 중에 헤어져서
평생 얼굴 한 번 못 보고 죽었죠. 그래서 다시 만나 그 그리움을 서
로 풀어야 하는 숙제가 있었어요.

…미워하면서 살 수도 있잖아.

…물론이죠. 그건 모두 인간의 의지예요. 미워하건, 사랑하건. 부
모 자식 사이라도 죽고 죽이는 사태도 벌어질 수 있는 것처럼요.

…운명은 타고난 것처럼 말하지 않았나?

…타고난 운명은 큰 줄기뿐이죠. 태어나는 것, 만나는 것, 만나서
겪는 여러 일, 그리고 죽음. 그런 것들은 타고나죠. 그러나 만나 지
내는 동안 얼마나 이해할 수 있고, 사랑할 수 있는가는 본인의 의사
예요.

…숙제의 해답은 사랑이라는 말 같군.

…그럼요, 사랑이죠. 더 이상 숙제 할 것이 없으면 아주 오랫동안
태어나지 않을 수도 있어요. 제가 아는 여잔 팔만 년 만에 다시 태어
났어요. 또 어떤 여잔 죽은 지 보름 만에 다시 태어나기도 했구요.
그 여잔 벌써 수십 번째 태어나는 거래요. 우리가 아는 원시 시대부
터 말예요. 옛날에는 하녀로 살았는데 그 집 주인 아들한테 겁탈을
당해 아이까지 낳았지만, 평생 결혼도 못하고 혼자 살다 죽었대요.

그래서 그 다음 생에서는 그 남자와 결혼을 했지만, 이번에는 남자의 손에 맞아 죽었죠. 그리고 그 다음 생에서는 그 남자가 그 여자의 아기로 태어났구요. 그렇게 해서 점차 사이가 좋아졌나 봐요. 이번에는 그 남자의 아들로 태어나게 되어 있었어요. 아마도 제 생각인데, 이번 생에서는 그 여자가 더 이상 불행하지 않을 것 같아요. 그 남자한테 사랑받을 수 있는 아들로 태어나니까요.

…그럼 우린 모두 전생부터 관계가 깊었다는 것이 되는군.

…그렇죠. 이 많은 사람들, 눈앞에 머물렀다가 사라지는 풍경들, 모두 전생에 거쳐간 것들이죠. 이 아긴 나하고 친구였던 시절이 있었어요. 잠깐 스쳐 가는 친구였기는 하지만.

…우습군.

주영은 너무도 터무니없는 정화의 말에 혼자말처럼 중얼거렸다.

…전혀 우습지 않아요. 상식과 체계적인 사고만 줄인다면 너무도 당연한 이치죠. 내가 주영 씨를 긴 세월동안 기다릴 수밖에 없었던 것도 풀어야 하는 숙제 때문이었으니까요.

기차는 깊은 터널 속으로 들어가고 있었다. 깊은 잠 속에 빠진 사람들이 많았다. 어둠 속을 달리는 기차, 기차가 지나가는 수많은 풍경들, 그리고 그 기차 안에서 단잠을 자거나 김밥을 사 먹거나, 맥주를 마시는 사람들. 세상에는 거대한 로프가 있어, 만물은 그 로프에 매달려 질서를 지키며 살고 있는 것이다.

…벌써 다 왔네요.

정화의 말에 주영은 정신을 차렸다. 저리로 낯익은 역사가 보였다.

정화는 주영이 어딜 가는지 이미 다 알고 있었던 것이다. 백화점까지는 트럭을 이용했다. 트럭에는 배추, 무가 가득 실려 있었다. 주영과 정화는 그 야채 더미 위에 걸터앉아 스쳐 가는 시내를 바라보았다. 그런데 트럭은 신기하게도 주영이 가려는 백화점 쪽으로 향하고 있었다.

트럭은 백화점 야채 코너로 들어갔다.

둘은 지하에서 에스컬레이터를 타고 위로 올라왔다. 그리고 아무도 없는 백화점 안을 돌아다니면서 이것저것 구경을 했다. 정화는 주로 액세서리나 옷에 관심이 많았다. 반지 하나를 꺼내 손가락에 끼어 보기도 하였다.

날이 밝아 오고, 개점 시간에 맞춰 사람들이 속속 출근을 하고, 거대한 짐승처럼 웅크리고 있던 백화점이 갑자기 활기를 띠었다.

아버지는 백화점 건물 안에 마련되어 있는 회장실에 있었다.

턱없이 늙어 버린 모습, 아버지는 눈을 감은 채로 앉아 있다 어떤 기척을 느꼈는지 눈을 떴다. 하지만 문 앞에 서서 자신을 지켜보고 있는 주영을 발견할 수는 없는 노릇이다.

…아버지…….

주영은 간절하게 아버지를 불렀다. 어린 시절, 아버지의 관심을 끌기 위해 갖은 재롱을 다 피운 적이 있었다. 더러는 시험을 백 점 맞아 보기도 하고 더러는 빵 점을 맞아 보기도 하였다. 일부러 자전거에서 뛰어내려 무릎에 큰 상처를 입었던 날, 드디어 아버지의 시선을 끌 수 있었다.

"그깟 상처 때문에 질질 짜고 우는 자식은 내 자식이 아니야."

칼날처럼 매섭고 무서운 억양이었다. 그 말 속에 숨겨진 내용보다, 내뱉듯이 던져지던 그 말투 때문에 주영은 진저리를 쳤다. 그리고 두 번 다시 아버지의 관심을 끌기 위한 어떤 행동도 하지 않았다. 정말이지 타인처럼, 있어도 없는 것처럼 그렇게 살았다.

그렇게 아버지를 향해 열렸던 문이 닫힌 이후, 절대 그 문은 열리지 않을 줄 알았다. 하지만 지금은 아니었다. 아직도 그 어린 시절의 애절한 심정이 그대로 남아 있어 주영의 마음을 아리게 했다.

…아버지, 용기를 내세요. 그렇게 아버지와 신경 싸움을 벌일 까닭이 없었는데, 왜 그랬는지 정말 모르겠어요.

주영은 문가에 선 채 차분하게 말했다. 아버지와 이렇게 마주하고서 이야기를 나눈 적이 있었던가. 얼마든지 그럴 수 있었을 텐데, 늘 먼발치에서 바라만 보았을 뿐이었다.

깊게 고랑 진 주름살, 하얀 눈썹, 그리고 호랑이 골격을 연상시키는 얼굴 윤곽. 주영은 아버지 가까이 다가가 두 손으로 얼굴을 가만가만 쓸어 보았다.

너무도 완고해 가까이 다가갈 수도 없게 하던 얼굴. 하지만 자식의 죽음 앞에서 아버지는 너무도 힘없이 무너져 있었다. 제아무리 미워하고 싫어해도 부모와 자식일 수밖에 없다는 사실이 다시 한 번 주영의 마음을 아프게 했다.

…아버지 기운 내세요. 정화가 그러는데요, 정화 아시죠? 아제 딸 말예요. 그 앨 만났어요. 그 애는 저를 지금까지 기다렸다고 했어요. 그 애가 그러는데 제 죽음은 이미 예정되어 있었다고 해요. 우린 언제고 다시 만날 수 있다네요. 그때 만나면 우리 정말 다정하게 지내요. 목욕탕에도 같이 가고, 자전거 타고 하이킹도 가고, 스키장도 같이 가고. 전 아버지가 한 번도 운동하시는 걸 못 봤거든요. 그래서 제 친구 녀석들이 제 아버지하고 운동했다고 하면 너무 부러웠어요. 제 죽음 때문에 아버지가 이러시는 거 절대 어울리지 않아요. 제 심정은 차라리 아버지가 옛날처럼 호랑이같이 행동하신다면 더 마음이 편하겠어요.

주영은 몸을 일으켰다. 그리고 아버지의 책상 가까이 다가갔다.

…건강하세요, 아버지. 그런데, 마지막으로 부탁이 하나 있습니다.

주영은 비소로 가슴에 담겨 있는 말을 입에 올렸다.

…민희, 민희, 그 애를 보살펴 주실 수는 없을까요? 제 대신 말예요. 그 앤 정말 불쌍한 아이예요. 부모 없이 자란 아이라 제가 이 세상에서 전부였어요. 아버지가 그 애를 거둬 주실 수는 없나요? 밉더라도 아버지 며느리로 인정해 주실 순 없나요?

무리한 부탁이었다. 하지만 주영은 마지막으로 아버지가 자신의 소원을 들어주길 간절하게 바랐다. 간절하게.

그것은 단순히 민희를 친자식처럼 여겨 달라는, 그런 부탁만은 아니었다. 민희에게서 자신을 떼어놓기 위해 갖은 방법을 다 동원했던 아버지였다. 정화의 말대로 하면, 아버지가 현세에서 해야 될 숙제란 너무도 많았다. 자신이 괴롭혔던 모든 사람들을 이제라도 이해하고 사랑하지 않는다면, 아버지는 당신이 맡은 숙제를 한 가지도 못하고 저 세상으로 떠날 수밖에 없는 것이다.

그걸 주영은 염려하고 있었다.

아버지가 의자에서 일어섰다. 몸을 일으키는 아버지의 눈이 가늘게 떨리고 있었다. 잠깐 현기증을 느꼈는지 기우뚱 한 쪽으로 쏠리는 아버지의 몸을 주영은 빠르게 부축했다. 아버지의 몸은 금방이라도 무너질 것처럼 위태롭기만 하였다.

…괜찮으세요?

자신도 모르게 크게 물었다. 하지만 아버지는 아무 말 없이 책상을 짚고 서 있었다.

전화벨이 울렸다. 아버지는 힘없이 손을 뻗어 송수화기를 들었다.

그리고 이내 얼굴이 벌겋게 달아오르면서 버럭 고함을 질러댔다.

"너 이 자식, 누가 이 따위로 일하라고 했어. 그리고 뭐가 어째? 손해 배상을 해? 내가 너 따위 자식한테 호락호락 넘어갈 것 같아? 내 눈에 흙이 들어가도 그런 약은 꾀에는 안 넘어가. 이거 사람을 잘못 보셨구먼."

아버지는 다시금 차갑고 무서운 얼굴로 돌아와 있었다. 어떤 상황이건 절대로 물러서지 않고, 오히려 힘든 만큼 강인해지는 아버지. 아마도 사업이 잘 안 되는 모양이지만 주영은 크게 염려하지 않았다.

"만약 이 따위 전화를 다시 한 번 했다가는 이제 내가 가만히 안 있을 테니까 알아서 해!"

아버지의 음성은 단호했다. 모르긴 해도 저편의 누군가도 아버지의, 그런 차갑고 매서운 눈초리를 한 번만 보았다면 절대 서툰 짓은 못할 것이다.

"내 자식이 죽었어. 자식까지 죽은 마당에 내 눈에 뭐가 보일 거라고 생각했다간 오산이다."

아버지는 신음처럼 중얼거리고는 꽝 소리 나게 전화를 끊었다. 어디서 온 전화일까, 궁금했지만, 그건 주영과 전혀 상관없는 일이었다.

아버지는 옷걸이에 걸린 양복을 걸쳐 입고 먼저 밖으로 나갔다.

사라지는 아버지의 뒷모습을 망연히 바라보다 주영은 창가로 다가갔다. 수없이 많은 사람들이 백화점 앞으로 다가왔다가 멀어졌다. 가을이 서서히 익어 가는 향기가 길거리에 질펀하게 깔려 있었다. 그 융단 같은 기운을 밟고 사람들은 경쾌하게 다가왔다가 사라지기를 거듭했다.

아버지의 까만 자가용이 백화점 건물을 완전히 빠져 나갈 무렵, 주영은 천천히 그곳을 나왔다.

…시간을 너무 많이 지체했어요.

어느새 다가왔는지 정화가 아는 체를 해 왔다. 하지만 주영은 까닭 없이 치솟는 울화를 견디지 못하고 꽥 고함을 질러 버렸다.

…왜 그렇게 잔소리가 많아? 누가 너한테 나 염려해 달라고 했어? 내가 네 꼬봉이야? 왜 이래라저래라 계속 잔소리야!

자신이 왜 이렇게 화를 내고 있는지, 이해할 수 없었다. 하지만 주영은 정화를 향해 계속 화를 냈다.

…나는 널 잊은 지 오래야. 내가 이 세상에서 사랑하는 여잔 민희 밖에 없어. 너하고 다정했던 것은 옛날이야, 옛날! 그것도 철부지 어린 시절이었다구! 나는 너처럼 철부지 계집애는 처음 봤어. 아무리 철딱서니 없는 나이에 죽었다고 해도 그렇지, 내가 아직도 널 기억하고 있으리라고 생각했단 말야! 맙소사, 철없이 죽으면 철없는 귀신이 되는 거냐? 나는 너처럼 철없는 계집애는 처음 봤어. 나는 이미 한 여자하고 결혼하고 살았던 사람이야. 아무리 귀신이라지만 그런 도덕 정도는 알아야 하는 거 아냐? 귀신도 불륜을 저지르냐? 내가 널 좋아했던 것은 우리 집에 대한 반발이 더 컸다는 거 너두 알 잖아. 나는 우리 아버지하고 어머니가 미워서 일부러 널 좋아하는 척했을 뿐이라구!

아무리 떠들어도 공허한 가슴을 채울 길은 없었다. 정화는 아무 기척도 내지 않았다. 그녀는 분명히 눈물을 흘리고 있으리라. 옛날에 조금만 겁이 나도 뚝뚝 눈물부터 흘렸던 것처럼.

주영은 길게 심호흡을 하며 민희를 생각했다. 이 순간 민희처럼 정화가 있는 힘을 다해 맞대응을 해 온다면, 차라리 기분이 나을 것 같았다. 마구 쏘아붙이다가도 어느 순간 주영의 기분을 슬그머니 풀어 줄 줄 알던 그녀. 아무리 화가 났어도 주영이 사 들고 오는 과자 한 봉지, 사과 몇 알, 한 송이 장미로도 얼마든지 기분을 바꿀 줄 알던 여자. 그 여자가 너무도 보고 싶었다. 간절하게.

…이제부터 날 내버려둬! 난 너한테 도움받지 않아도 잘해 낼 수 있으니까. 다신 날 따라다니지 마! 귀찮으니까! 꺼져 버리라구!

화난 걸음으로 뚜벅뚜벅 걷다가 땅에 떨어져 있는 깡통을 있는 힘껏 걷어찼다. 마주 걸어오던 아낙이 부엉이눈을 뜨고 굴러오는 깡통을 바라보았다. 그러고는 마치 커다란 드럼통이라도 굴러오는 것처럼 한 쪽으로 몸을 비켰다.

정화의 말처럼 시간이 별로 없었다. 이제 얼마 후면 이 세상에서 영영 떠나가야만 하는 것이다. 그 다음의 세계는 절대 두렵지 않았다. 그러나 떠나기 전에 무슨 일이든 해결해야만 된다는 생각 때문에 초조할 뿐이었다.

집에 도착해 정화 어머니를 보는 순간, 주영은 자신이 정화에게 까닭 없이 화를 냈던 사실이 슬그머니 미안해졌다. 그러나 끝내 사과는 하지 않았다.

정화 어머니는 주영의 소지품들을 정리하고 있었다.

주영은 두리번거리며 정화를 찾았지만 그녀는 어디에도 없었다. 정말로 화가 나서 가 버린 모양이었다.

갑자기 허전했다. 그녀에게 그렇게 화낼 필요가 전혀 없었는데, 왜 이렇게 마음이 꼬이기만 하는가.

주영은 안방으로 들어갔다. 소영이 막 미음을 들고 안방으로 들어가던 중이었다.

"엄마, 이거 좀 드세요."

소영은 침대에 누워 꼼짝도 않는 어머니를 불렀다. 하지만 어머니는 힘없이 눈을 뜨고 소영을 바라볼 뿐, 몸을 일으키지는 않았다. 어머니의 얼굴은 너무도 수척해 보였다.

…어머니, 저 왔어요.

주영은 가까스로 말을 이었다.

…어머니, 어머니, 어머니…….

아무리 불러도 또 부르고 싶은 말, 어머니. 주영은 어머니 곁으로 다가가 가만히 누웠다. 어머니 냄새가 그대로 맡아졌다. 아무리 마음이 불편해도 그 냄새만 맡으면 그대로 마음이 평화스러워지던 그 냄새. 짙은 화장으로 감추어도 조금만 코를 묻으면 흙내처럼 풍겨오던 그 냄새를 주영은 또렷이 찾아낼 수 있었다.

주영은 어머니 젖무덤에 손을 넣어 보았다. 따뜻했다. 그 젖가슴에 고개를 묻고 가만히 있었다. 어린 시절 칭얼거리다가도 어머니 젖만 만지면 울음을 뚝 그쳤던 것처럼.

만약 부모들이 자식들의 심정을 조금만 헤아려 준다면, 자식들은 절대 외롭지 않을 수 있으리라. 늙어서도 어머니의 품을 그리워하는 자식의 심정만 이해한다면.

"엄마 이러시는 거 주영이가 보면 얼마나 속상하겠어요. 얼른 기운 차리셔야죠. 엄마 이러니까 주영이만 자식이고 나는 본실 자식 같아서 정말 싫다."

소영이 곱게 눈을 흘겼다.

"얼른 기운 차리시고 친구들이랑 쇼핑도 나가고, 골프도 치러 다니세요. 이러다 엄마까지 무슨 일 나겠어요. 엄마 기운 차리면 나하고 외국에 나갔다 와요. 내 친구가 프라하에 다녀왔다고 자랑하던데, 우리도 거길 갈까?"

소영은 어머니를 일으켜 앉히고 등에 베개를 끼워 넣어 주며 연신 말을 건넸다. 주영은 그런 소영을 보면서 많이 변했다는 것을 알았다. 퍽이나 이기적이고, 남을 생각하는 것이 엄청 서툴렀던 성격이었다. 하지만 지금은 아니었다. 얼굴에는 서른을 넘긴 여자의 넉넉함이 배어 있었고, 아직도 예쁜 눈매에는 까닭 모를 슬픔이 깃들여 있었다.

"딱 다섯 수저만 잡수시면 더 드시라고 안 할게요."

소영은 사뭇 애원조였다. 그러나 어머니의 동공은 전혀 움직이질 않았다.

그러고 보니 예전에 눈이 나빠서 병원에 다닌다더니, 충격으로 눈이 어떻게 된 모양이었다

주영은 어머니 손을 꼬옥 잡아주었다.

…어머니, 전 잘 있어요. 어머니가 생각하는 것보다 훨씬 마음도 편하고 행복해요. 죽음이 두려운 것은 산 사람들이 갖고 있는 선입견일 뿐이에요. 저는 너무 잘 있어요. 어머니, 기운 내세요. 우린 머잖아 다시 만날 수 있어요.

주영은 어머니 가슴에 훈훈한 기운을 불어넣으려고 애를 썼다. 다시 기운을 내어 세상을 살아갈 수 있는, 그런 용기를.

소영이 수저를 들고 어머니를 설득했지만 어머니의 입은 좀처럼 열리지 않았다.

"이러다가 엄마까지 무슨 일 날까 무섭다. 제발 그만 해, 엄마. 날 봐서라도 엄마 그만 정신 좀 차려요."

아무리 매달려도 소용이 없었다.

소영이 따뜻한 수건에 물을 적셔 어머니의 얼굴을 닦아주었다. 손가락도 새새틈틈 닦아주면서 소영은 연신 떠들어대고 있었다. 주로

혼자 유학을 떠나서 겪었던 이야기들이었다.

"엄마가 제일 보고 싶었어. 왜 그렇게 보고 싶었는지 모르겠다니까. 꼭 짝사랑하는 사람 같았어."

소영의 목소리는 밝았다. 어머니가 소영의 손길을 뿌리쳤다.

"산 사람은 언제고 만나는 법인데……. 우리 주영이 이 어미 보고 싶어서 얼마나 울까……."

"엄마……."

"그것이 그 몹쓸 놈들한테 칼맞고 쓰러지면서 이 어미가 얼마나 보고 싶었겠어. 얼마나 무서웠겠냐구. 그 생각만 하면……."

"엄마……."

소영은 어머니를 두 팔로 안았다. 그리고 어린아이를 달래듯이 다독거렸다.

"엄마 마음 다 알아요. 엄마가 너무 힘들어하니까 나도 못 견디겠어, 엄마."

소영의 목소리는 젖어 있었다. 주영은 두 사람 옆에 가만히 앉아 있었다. 넓은 창문을 통해 들어온 햇살이 두 사람의 머리카락을 황금빛으로 물들이고 있었다. 주영은 햇살을 한 움큼 쥐어 가만히 뿌려 보았다. 그 햇살이 황금 가루처럼 방 안의 두 사람을 밝게 비춰 주길 바랐다.

"네 아버지가 주영이를 죽였어."

"엄마!"

너무도 뜻밖의 소리라 소영은 소스라치게 놀라고 있었다. 하지만 주영은 놀라지 않았다. 어머니가 왜 주영 자신을 아버지가 죽였다고 말하는지 잘 알고 있기 때문이었다. 어머니는 다니러 온 주영을 감금시켰던 아버지를 떠올렸던 것이다.

"아버지가 얼마나 힘들어하시는지 보면서 그런 말씀을 하세요? 아버지가 좀 심하시기는 했지만 부모 자식이에요. 엄마 마음 아픈 것처럼 아버지 마음도 아프시다구요."

소영이 차분하게 타일렀다.

"아니야! 주영이를 죽여 놓고 보니까 이제 아까워서 그러는 거야. 그게 네 아버지야!"

"엄마!"

"다른 사람은 모른다. 네 아버지란 사람이 얼마나 무섭고 매정한 사람인지. 당신 이익을 위해서는 자식도 마누라도 다 소용없는 사람이야."

어머니의 얼굴이 심하게 일그러지고 있었다. 주영은 어머니 품에 고개를 묻으며 천천히 말했다.

…어머니, 절대 아녜요. 아버지도 절 사랑하셨어요. 누나 말이 옳아요. 아버진 지금 너무도 힘들어하세요. 이럴 때일수록 어머니가 아버지 힘이 되어 주세요.

주영은 어머니 가슴에 눈물을 뿌리고 말았다. 절대 울지 않으려고 했는데, 쏟아지는 눈물을 주체할 수가 없었다.

어머니는 한참 후에야 다시 잠이 들었다. 소영은 어머니가 잠들 때까지 조용히 기다렸다가 몸을 일으켰다.

부엌으로 들어가는 소영의 옆에 서서 주영은 누나? 하고 불렀다. 소영이 소스라치게 놀라며 사방을 두리번거렸다. 분명히 주영의 부름 소리를 들은 것 같았다.

주영은 소영 뒤로 다가가 귀에 대고 가만히 속삭였다.

…누나만 믿을게. 누나가 있으니까 정말 든든해.

소영은 쟁반의 수저와 접시를 한 쪽으로 내려놓으면서 두려운 눈초리로 사방을 두리번거렸다. 그리고 신음처럼 중얼거렸다.

"이상하네……."

…누나한테 부탁이 하나 있어. 민희를 돌봐 줄 수 없을까. 너무 가엾은 애야. 나 대신 누나가 그 앨 돌봐 줘. 누군가 그 애 곁에 있어야 해. 내가 이 세상에서 가장 사랑한 여자야, 누나. 그냥 누나가 민희 그 애를 가끔 만나 주기만 하면 돼. 동생처럼…….

"민희?"

주영은 소영의 입에서 흘러 나오는 소리를 분명히 들었다. 누나는 분명히 민희라고 중얼거렸던 것이다. 자신의 말을 소영이 알아들을 수 있다는 것이 너무도 반가워, 주영은 다가가 덥석 손을 잡았다.

…그래, 누나. 민희 그 앨 부탁해. 제발 부탁해, 누나.

소영은 잔뜩 겁먹은 표정으로 후닥닥 뛰어 정화 어머니가 있는 방으로 건너갔다.

"아줌마, 아줌마!"

"왜?"

주영의 소지품을 대강 정리하고 몸을 일으키려던 정화 어머니가 고개를 들었다.

"이상해요, 주영이 목소리를 들은 것 같아요."

"무슨 소리야?"

"저도 모르겠어요. 그 애 목소리가 분명했어요."

"후유, 정말 그랬다면 얼마나 좋겠어. 넋이라도 이 집에 놀러 왔다면 얼마나 반가운 일이냐구?"

정화 어머니가 이쪽을 향해 고개를 들었다.

"주영이 거기 있냐?"

너무나 평온한 음성이었다. 주영은 너무도 반가운 그 목소리 때문에 목이 메어 말을 잃었다.

"거기 와 있지?"

…네, 아줌마. 저 여기 있어요, 아줌마.

"그래, 그래, 거기 와 있구나. 정말 반갑구나."

정화 어머니는 언제나처럼 다정한 얼굴로 이쪽을 바라보았다.

"마음이 안 놓여서 예까지 왔구나. 아무렴, 당연히 그렇겠지. 다른 사람은 몰라도 나는 네 속을 다 안다. 네가 얼마나 정 많고 눈물 많은지 나는 다 안다. 네가 발이 떨어지겠냐, 마음이 가볍겠냐."

정화 어머니는 눈물이 그렁그렁한 채 말을 이었다.

"주영아, 마지막으로 내 부탁 한 가지 들어주련?"

…네, 아줌마. 무슨 말씀이시든 하세요.

"젊은 나이에 요절한 것이야 그보다 더 가슴 아픈 일이 어딨겠냐. 허지만 주영아, 그게 다 네 팔자려니 하고 좋은 데루다 가거라."

…네, 아줌마…….

"네가 있을 때에는 여기 자주 안 와도 내 자식만큼이나 늘 든든했는데, 왜 이렇게 가슴이 휑한지 모르겠다. 내가 이런데 부모님 속은 오죽하겠어. 부모란 하늘이 맺어 준 인연이라고 했어. 주영아, 아직 거기 있지? 가더라도 이 아줌마 말 다 듣고 가거라."

…네, 아줌마.

"내 마지막 부탁이다. 모든 시름 다 버리고 제발 좋은 데로 가야 한다, 알았지?"

…네, 아줌마.

"우리 정화한테도 이 어미 잘 있단다고 전해 주고. 이 어미가 너무 보고 싶어하더란 말……, 빼먹지 말고. 이 어민 염치도 좋게 잘먹고 잘 자고 아주 건강하게 있으니 아무 염려 말고……."

정화 어머니는 말꼬리를 흐렸다.

"사람이 태어나면 언젠가는 죽는 법인데, 아무리 나일 먹어도 죽음이 무섭기는 마찬가지구나. 나 죽는 건 무섭지 않은데 멀쩡하게 어린 것들을 앞세우니까 공짜로 세상을 사는 것만 같고."

열어 놓은 창문으로 차가운 바람이 들어왔다. 분홍빛 실크 커튼이 바람에 가볍게 살랑거렸다. 이제는 떠나야 할 시간이었다.

소영이 정화 어머니 품에 안겨 소리 죽여 울었다.

"아줌마, 우리 주영이 불쌍해서 어떻게 해. 한 번도 누나 노릇도 못했는데, 그 나쁜 자식이……."

주영은 마지막으로 두 사람을 향해 다시 한 번 민희를 부탁했다. 하지만 아무리 간절하게 부탁을 해도 두 사람의 가슴에 주영의 마음을 전달할 방법이 없었다.

…제발…….

주영은 투정처럼 두 사람에게 매달렸다. 하지만 아무리 강하게 메시지를 전하려 해도 힘만 빠질 뿐, 아무것도 이룰 수가 없었다. 남은 사람 모두 염려스러운 것은 사실이었다. 그러나 그 중에서도 민희, 민희 그녀만 생각하면 가슴이 미어질 듯 아팠다. 민희를 아무에게도 부탁할 수 없다는 것이 주영을 너무 암담하게 했던 것이다. 그럴 수만 있다면 세상 모든 사람들에게 민희를 부탁하고 싶었다. 그녀는 외롭지 않게 해 달라고. 그것이 설령 공연한 걱정이라 해도 어쩔 수 없었다. 그녀를 그대로 놔두고 떠날 수는 없었다, 절대로.

해가 서쪽으로 기울고 있었다. 기울어 가는 해 너머로 빨간 노을이 아름답게 펼쳐졌다. 민희도 저 노을을 보고 있을지 모른다는 생각에 주영은 다시 한 번 눈시울을 적시고 말았다.

하지만 그 순간이었다. 주영은 어떤, 견딜 수 없는 강한 느낌을 온몸으로 받았다. 민희, 그녀였다. 그녀가 죽음의 수렁으로 빠져 들고 있다는, 어떤 불길함.

…서둘러요, 민희 씨가 위험해요.

어느새 나타났는지 정화가 주영을 재촉했다.

…빨리 서둘러요, 어서요!

정화가 고함을 질렀다.

…아, 안 돼!

주영이 비명을 지르며 정신없이 달리기 시작했다. 그러나 그것도 잠깐이었다. 쏜살같이 민희를 향해 달려가던 주영은 우뚝 몸을 멈추고 말았다. 어떤 강한 기운, 칼을 맞고 쓰러지면서 느꼈던 그 어두운 기운이 아주 가까이서 느껴졌던 것이다. 그것은 뭐라 표현할 수 없을 만큼 강하고 지독한 고통을 안겨 주고 있었다. 다시금 그 무리들에게 칼질을 당하는 듯한, 그런 절망과 충격.

…주영 씨, 서둘러요. 그녀가 위험해요!

정화가 다시 고함을 질렀다. 주영은 정화의 손에 이끌려 정신없이 그 자리를 떴다.

13

머리가 어지러웠다.

견딜 수가 없을 정도로. 몹쓸 꿈을 꾸었다는 생각만으로도 머리가 금방 터져 버릴 것처럼 아팠다.

꿈이야…….

민희는 흘러내린 머리카락을 그대로 내버려둔 채 중얼거렸다. 하지만 눈은 뜨지 않았다. 눈을 뜨면 꿈보다 더 무서운 현실이 자신을 기다리고 있을 것만 같았다.

첨벙거리며 시냇물을 건넜다. 냇물을 건너면 누군가 자신을 기다리고 있을 것만 같았다. 아니, 누군가 이 악몽에서 깨어날 수 있도록 도와줄지도 몰랐다.

잇새로 흘러 나가려는 낯익은 이름, 주영의 이름을 안간힘으로 참아 냈다. 하지만 몸 안에서 작은 구슬처럼 구르기 시작한 그 이름은 점점 바위만큼 커다래져, 이제는 온몸을 짓찢고 터져 나올 듯했다. 민희는 그 이름을 부르지 않으려 허벅지를 있는 힘껏 꼬집었다.

"아아……."

어디에 있을까, 그 사람은. 내가 목메어 부르지 않아도 먼저 달려 오던 사람인데, 어딜 갔을까…….

쓰러져 있는 아카시아 나무에 발이 걸려 넘어지고 말았다. 넘어지면서 얼굴을 돌에 세게 부딪혔다. 머리카락을 쓸어 올리는 손바닥에 피가 흥건했지만 조금도 아프지 않았다. 이곳만 벗어나면, 그래서 저 산에 도착하면 그리운 사람이 자신을 기다리고 있을 듯만 싶었다. 그리운 사람이…….

이제 더 이상 슬프지 않았다. 저곳에 도착하면 그리운 사람이 있는데, 슬플 까닭이 없었다. 세상에서 가장 소중한 사람이 자신을 기다리고 있다는 생각 때문에 민희는 허위허위 그곳을 향해 걸었다. 그가 민희야, 다정하게 불렀다. 그래, 분명히 그렇게 불렀다. 빨리 오라고, 어서 와서 내 품에 안기라고.

그 품에 안길 수만 있다면, 그의 숨결을 다시 한 번 느낄 수만 있다면, 이 세상 전부를 준다고 해도 아깝지 않았다.

어디선가 새 우는 소리가 들려 왔다. 찌르르르, 참으로 정겨운 소리였다. 그 소리는 그가 민희를 위해 내는 휘파람 소리가 분명했다.

들꽃 하나를 꺾어 머리에 꽂았다. 그리고 그보다 더 예쁜 제비꽃 다섯 송이를 꺾어 풀잎으로 묶었다. 그에게 선물을 주고 싶어서였다.

…민희야, 너는 꽃으로 치장하지 않아도 예뻐.

그가 말했다. 민희는 입을 삐죽거렸다.

…피, 나말고 다른 여자들이 더 예쁘다고 했잖아. 세상에서 제일 미운 사람 데려오라고 염라 대왕이 그러면 나 데려다 준다고 했잖아.

…인마, 그거야 네가 고집 피우고 뭐든 멋대로 하니까 화가 나서

한번 해 본 소리지. 정말이야, 넌 이 세상의 어떤 꽃보다 예뻐.

…그런데 나는 왜 이렇게 가슴이 자꾸만 아플까? 다 큰 어른은 어떤 일이 있어도 아파해서는 안 된다고 자기가 그랬는데, 왜 이렇게 가슴이 가끔 터질 것같이 아플까?

…그건 내가 널 너무 사랑하기 때문에 가슴이 벅차서 그러는 거야.

…사랑하는데 왜 가슴이 아픈 거야?

…그건 네가 욕심이 너무 많아서 그래.

…나는 주영 씨를 사랑하는 것밖에 욕심내는 게 없어.

…인마, 그것보다 더 큰 욕심이 어딨어? 넌 내가 다른 여자 뒷모습만 쳐다봐도 질투를 하잖아.

…후훗, 그래, 맞아. 그러니까 주영 씨 길거리 걸으면서도 고개 들지 마. 나만 쳐다보든가 땅만 쳐다보고 다녀. 세상에서 나만 예뻐해야 돼. 나만 사랑해야 돼, 알았지?

민희는 부옇게 흐려 오는 시선으로 앞을 보았다. 낯익은 무덤이, 어느새 파릇파릇 잔디가 모자처럼 씌워져 있는 무덤이 저리로 보였다.

민희는 정신없이 그곳으로 달려갔다. 아무도 없는 깊은 산중, 혼자서 얼마나 외로웠을까. 밤이면 얼마나 무서웠을까. 눈물이 왈칵 쏟아졌다.

미안해, 주영 씨. 내가 너무 늦게 왔지? 오는데 자꾸만 넘어지잖아. 바보같이. 주영 씨 빨리 만나고 싶어서 막 뛰었는데 자꾸만 넘어지잖아. 화 안 났지?

민희는 무덤에 엎드려 하아하아, 숨을 몰아 쉬었다. 정말 그의 품에 안긴 것처럼 따뜻했다. 민희는 그의 무덤에 입을 맞추었다.

…이제 걱정하지 마, 내가 왔으니까. 빨리 오고 싶었는데 너무 멀었어. 정말 빨리 오고 싶었는데…….

민희는 무덤에 엎드려 한참을 움직이지 않았다. 그의 품에 안겨 있는 것처럼. 그의 품에 안겨 있을 때 세상은 너무도 넉넉했다. 그가 있어서 넉넉했던 세상. 그러나 이제 그가 떠나고 없어 텅 비어 버린 세상은 그녀가 발 디딜 틈이 한 군데도 없었다. 낯선 것으로 너무도 꽉 차 버려 디딜 곳이 없었다. 그가 다시 나타나 그 넓은 세상에서 자신을 안아 주길 간절히 바랐지만, 악몽처럼 떠오르는 것은 그날 보았던 하얀 시트와 축 늘어진 손목이 전부였을 뿐이었다.

잠이 쏟아졌다. 너무 먼 길을 걸어왔기 때문이리라. 잠이 들면 정말로 그를 만날 수 있을지 몰랐다. 민희는 주머니에서 약봉지를 꺼냈다. 아주 깊은 잠에 빠져야만 그를 만날 수 있을 테니까……. 잠에서 깨어나면 그를 영영 잃어버릴지도 모르니까…….

민희는 알약을 한입에 물었다.

…주영 씨, 조금만 기다려. 내가 갈게. 그 동안 혼자서 무서웠지? 이젠 무서워하지 않아도 돼.

민희는 마치 그가 앞에 있기라도 한 것처럼 행복한 미소를 지었다. 그리고 다시 두 알의 약을 입에 물었다.

거센 바람이 머리카락을 함부로 휘날렸다. 그리고 그 바람 소리 사이로 다시 새가 울었다. 찌르르르, 찌르르르.

뭔가가 자꾸만 민희의 정신을 어지럽혔다. 새 소리 같았다. 아니, 바람 소리인지도 모른다.

그 소리들은 한사코 민희를 막아 서고 있었다.

…안 돼! 안 돼!

그 소리는 분명히 이렇게 소리치고 있었다.

다시 바람이 거칠게 머리카락을 휘저었지만, 민희는 무덤에 더 바짝 다가앉으며 세 알째의 약을 입에 물었다.

바람이 다시 소리쳤다.

…안 돼, 제발 그러지 마!

민희는 소리 나는 방향을 향해 고개를 돌려 보았다. 무덤이 한가롭게 놓여 있는 산 중턱에는 민희 말고 아무도 없었다. 하지만 소리는 계속되고 있었다.

…민희야, 제발 이러지 마. 제발 이러지 마. 네가 이러면 어떻게 해! 죽으면 안 돼! 절대 안 돼!

소리는 귀를 울리고, 가슴을 둥둥 울려댔다. 하지만 민희는 아랑곳하지 않았다. 주영의 음성 같았지만, 그럴 리가 없었다. 그가 자신이 있는 곳으로 민희를 오지 말라고 할 이유가 없었다. 그는 절대 그런 사람이 아니었다. 이 세상 어디든 데리고 간다고 했던 사람이었다. 이 세상 끝까지 데리고 간다고 했던 사람이었다. 그곳이 아무리 험한 곳이라도 따라가리라. 그곳이 아무리 먼 곳이라도 따라가리라.

민희는 다시 입 안으로 약을 밀어 넣었다. 이번에는 훨씬 더 많이 집어 넣었다.

…제발, 민희야, 내 말 좀 들어줘. 이 바보야! 내 말 좀 들어, 응? 넌 죽으면 안 돼, 절대 안 돼!

소리는 절규하듯 외치고 있었다. 그러나 민희는 봉지에 남아 있는 약을 모두 입 안으로 밀어 넣고 숨을 멈추었다. 목에 걸린 약을 토해내게 하려고 뭔가가 심하게 목덜미를 내리친 것도 같았다. 가까스로 침을 모아 약을 모두 넘긴 뒤에야 숨을 몰아 쉬었다.

이제 마음도 몸도 한결 편안해졌다. 더는 가시 덩굴에 걸려 넘어지는 일도 없을 것이다. 다시는 악몽에 시달리며 긴 밤을 보내는 일

도 없을 것이다. 이제 더는 그가 없는 방에서 혼자 무서움과 두려움
에 떨지 않아도 되리라.

　민희는 무덤을 두 팔로 껴안고 눈을 감았다. 깊은 나락이 눈앞에
펼쳐져 있었다. 그곳만 지나면, 조금은 고통스럽더라도 그곳만 지나
면 그를 만날 수 있겠지. 민희는 그곳을 향해 사랑하는 사람의 이름
을 나직이 불렀다. 여지껏 몸 안에서 바위만큼 커다래진 그 이름이
었다.

　…주영 씨…….

　하지만 잠들려 하는 민희를 누군가가 다시금 크게 부르고 있었다.

　…민희야, 민희야!

14

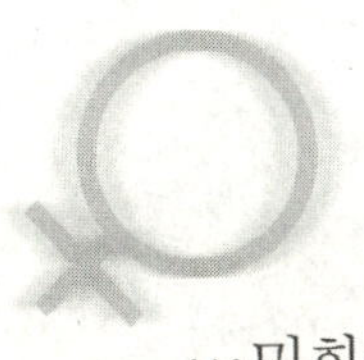

…민희야, 민희야!

주영은 목이 터져라 그녀 이름을 불러댔다. 잠들려고 엎드린 그녀의 목 안으로 넘어간 약을 어떻게든 뱉어 내게 하려 기를 썼다.

…뱉어, 뱉으란 말야!

주영은 그녀의 몸을 잡고 함부로 흔들어댔다. 하지만 그녀의 의식은 이미 희미하게 꺼져 가고 있는 중이었다.

…제발 뱉으란 말야! 이 바보 같은 계집애야!

하지만 소용이 없었다. 입가에 묻은 약 가루와 피가 엉긴 그녀 얼굴은 차츰 하얗게 변해 가고 있었다.

…제발 민희야, 제발…….

주영은 그녀의 몸을 안고 흐느껴 울었다. 민희까지 죽게 하다니, 이건 너무도 억울했다.

…제발 민희야, 눈을 뜨고 날 좀 봐, 응? 네가 이러면 내가 어떻게 해, 민희야!

주영은 쏟아지는 눈물을 그녀 얼굴에 떨어뜨리며 울부짖었다.

그녀가 희미하게 눈을 떴다.

…주영 씨…….

그녀는 입가에 희미한 미소를 지었다.

…그래, 민희야, 나 여기 있어. 나 여기 있어, 민희야.

…나 주영 씨가 너무 보고 싶어. 너무 보고 싶어서 미칠 것 같았어. 이젠 주영 씨 절대 안 놔줄 거야, 절대로.

…그래, 그래…….

…나 사랑하지?

…….

목이 메어 대답을 할 수 없었다.

…사랑한다고 빨리 말해.

…사랑해, 민희야.

…고마워, 이제 살 것 같아. 참 견디기 힘들었는데. 무서워서 정말 죽어 버릴 것 같았는데. 주영 씨 옆에 있으니까 이제 살 것 같아. 절대 내 곁에서 떠나지 말아야 해?

…아아…….

그녀 머리에는 작은 들꽃이 꽂혀 있었다. 그리고 상석에는 다섯 송이의 제비꽃이 풀잎으로 돌돌 감긴 채 놓여 있었다. 그 꽃을 꺾어 들고 여기까지 왔을 그녀의 모습이 가슴을 찢어지게 했다.

…민희야, 이러지 마, 제발!

주영은 의식을 잃어 가는 그녀의 몸뚱이를 부여안고 몸부림을 쳤다. 이렇게 죽어 가는 그녀에게 아무것도 해 줄 수 없다는 것이 너무도 두려웠다. 세상 모든 것을 다 주어도 바꿀 수 없는 여자였다. 세상 어떤 것을 얻을 수 있다고 해도 포기할 수 없는 여자였다.

…정화야……., 정화야……., 나 좀 도와줘. 이 여잘 살려만 준다

면 네가 하라는 대로 다 할게. 제발 정화야, 나 좀 도와줘.

주영은 꺼져 가는 민희의 가슴을 안고 한없이 정화를 불렀다.

…도와줘, 정화야! 제발 도와줘! 이 여잘 죽게 해선 안 돼. 제발 살려 줘, 정화야!

…바보같이 이러고 있지 말아요. 얼른 나를 따라와요, 어서요!

정화가 빠르게 주영의 손을 낚아챘다.

…저 여잘 놔두고 난 어디도 갈 수 없어. 절대로!

주영은 발악하듯 소리쳤다.

…제발 이러지 말아요. 주영 씨 힘으론 저 여잘 못 살려요. 사람의 도움이 필요해요. 어서요!

주영은 그때서야 정화의 말뜻을 이해할 수 있었다. 그래, 윤인수가 있었다. 그는 충분히 민희를 살릴 수 있을 것이다.

정화는 구름처럼 몰려드는 차 속에서 쉽게 인수의 차를 찾아냈다. 그는 민희한테 갔다가 돌아가는 것 같았다.

시간이 없었다. 주영은 그의 영혼을 향해 간절하게 애원을 했다. 제발 도와 달라고.

…가엾은 여자예요. 윤인수 씨 제발 도와줘요. 당신이 민희만 살려 준다면 이 은혜, 절대 안 잊을게요.

주영은 그의 귀에 대고, 가슴에 대고, 얼굴에 대고 수없이 애원을 했다. 그러나 그는 주영의 간절한 소리를 듣지 못했다.

…내가 할게요.

정화가 나섰다. 주영은 뒤로 물러나 그녀의 모습을 지켜보았다.

그녀는 가만히 눈을 감고 그의 눈을 두 손으로 가렸다. 윤인수는 잠깐 눈앞에 뭐가 가린 것처럼 미간을 찡그리며 머리를 저었다.

"왜 갑자기 눈이 흐려지는 거지?"

정화는 눈을 감고 그의 눈을 두 손으로 살며시 가리고 있었다. 얼핏 보기에는 아무렇지 않게, 단순히 그런 행동을 해 보이는 것 같았지만 아니었다. 정화는 모든 기운을 다 쏟고 있었던 것이다.

주영은 놀란 눈으로 두 사람을 애워싸고 있는, 거대한 기운을 보았다. 노랗고, 빨갛고, 파랗고, 하얀 빛의 투명한 기운이 보랏빛을 중심으로 달팽이처럼 쏟아지고 있었다.

얼마나 지났을까, 주영에겐 그 시간이 너무도 길었다. 하지만 정화는 미동도 하지 않은 채 그 자세를 그대로 유지했다.

윤인수가 갑자기 핸들을 튼 것은 사거리를 지나치기 직전이었다. 하마터면 다른 차들과 충돌해 버릴 것처럼 위태로운 행동이었다.

그는 액셀러레이터를 밟기 시작했다.

"안 돼, 제발……."

주영은 윤인수의 입을 통해 흘러 나온 소리를 똑똑히 들었다.

정화의 기운이 그를 움직인 것이다.

…정화야, 고마워. 네가 저 사람을 움직였어. 이제 민희는 살 수 있어. 죽지 않아도 된다구!

주영은 너무도 기뻐 깡충깡충 뛰었다. 그러나 정화는 기진맥진 탈진해 있었다. 금방 연기처럼 사라지고 말 것처럼.

…왜 그래?

…괜찮아요.

정화가 힘없이 말했다. 하지만 그녀는 웃고 있었다.

…이제 걱정하지 않아도 돼요, 주영 씨. 민희 씨는 죽지 않을 거예요.

이렇게 말하는 그녀에게 주영은 고맙다는 말도 할 수 없었다. 너무 미안했다.

…어서 가 보세요, 민희 씨한테. 난 좀 쉬어야겠어요.

정화는 주영이 뭐라 말을 꺼내기도 전에 등을 돌렸다. 저쪽을 향해 힘없이 걸어가는 그녀의 모습이 한 마리 작은 새처럼 작아 보였다.

인수는 비상등을 켠 채로 달리기 시작했다.

무엇이었을까, 내게 끊임없이 메시지를 보냈던 것이. 그래 분명히 그랬어, 민희 씨가 위험해요……. 기억이 맞다면, 그건 또렷한 여자 음성이었다.

차 안은 몹시 무더웠다. 등줄기를 타고 땀이 주르륵 흘러내렸다. 인수는 더욱더 액셀러레이터를 밟았다.

내가 왜 이렇게 이민희, 그녀에게 마음을 쏟는 것일까. 단순히 대학교 후배, 직장 동료 정도로 가볍게 넘길 수도 있는데. 같이 한솥밥을 먹고 있는 직장 후배가 어느 날 느닷없이 남편을 잃고, 그래서 그 충격에서 못 벗어나고 있다고 여길 수 있을 텐데.

인수는 자꾸만 그녀에게 끌려가는 자신을 속수무책으로 놔두는 스스로가 너무도 딱했다.

민희.

카투사를 제대해서 학교로 돌아왔을 때, 그녀는 갓 여고생 티를 벗어난 촌뜨기였다. 뒤로 질끈 묶은 생머리, 봄, 가을, 초겨울까지 그녀의 트레이드마크 같던 청자켓, 그리고 색 바랜 진바지. 그 복장은 한여름과 아주 추운 겨울만 빼고는 사시사철 변함없이 그녀의 몸을 덮어 주고 있었다. 나중에는 너무도 낡아 무릎이 해진 그 바지에 그녀는 앙증맞은 새 한 마리를 누벼 입고 다녔다.

색 바랜 여자.

늘 앞만 보고 다니는 그녀를 두고 몇몇의 남학생들은 그렇게 불렀다. 엠티에도 관심이 없었고, 과끼리 미팅 계획이 잡혀 있어도 그녀는 남의 일 보듯 하였다.

그런 그녀가 딱 한 번 소개팅에 나타났었다. 인수의 강압에 못 이겨서였다.

"이번에 또 빠지면 내가 통째로 막걸리를 사야 되니까 알아서 해."

그날 그녀는 그 자리에 나타났다. 바지 대신 치마와 약간 굽이 있는 구두까지 신고서. 하지만 낡을 대로 낡은 밤색 가방은 여전히 그녀의 어깨에서 대롱거렸다.

그리고 그날, 공교롭게도 그녀의 파트너가 바로 주영이었다. 어디 한 군데도 모자람이 없는 남자.

나중에 주영이 그녀를 좋아한다는 말이 들릴 때, 인수는 그때서야 민희를 살펴보기 시작했다. 하지만 그건 애정이라 할 수 없는, 단순한 호기심 정도였다. 학교, 집안, 인물, 성격, 어느 것 하나 나무랄 데가 없는 잘난 남학생이 촌뜨기 같은 여학생에게 품는 관심이란 어떤 것일까, 하는 정도의. 처음에는 아흔아홉을 가진 사람이 백 개를 채우기 위해 남의 것 하나를 탐내는 것 정도라고 여겼다. 다 갖췄는데, 딱 한 가지가 모자란 그 무엇을 채우기 위해 민희에게 접근하는 것이라고.

그리고 나중에는 그가 소문난 바람둥인데 호기심 삼아 민희에게 접근했다는, 그런 유치한 생각을 하며 둘의 모습을 유심히 살폈다. 아니, 민희 그녀를 자세히 살폈다는 것이 옳겠다.

어느 틈에 자신도 그녀에게 애정을 품고 있다는 것을 깨달은 것은 대학 졸업 무렵이었다. 그러니까 약혼까지 했던 여자가 분명한 이유도 없이 그냥 싫어서, 하는 말만 남기고 일방적으로 파혼을 한 이후였을 것이다.

"이렇게 재미없는 남자 좋아할 바보가 어딨담."

민희는 인수를 놀리듯 그렇게 말했다. 그게 마음 편했다. 그리고 좋았다.

굳이 그녀가 재직하는 학교를 직장으로 선택한 행위를 뭐라 설명해야 옳을까. 우연을 가장한 인수의 결정을 민희는 너무도 신기해했다.

"정말 우린 악연이다, 그죠?"

십 년이 넘는 세월. 민희는 그걸 장난처럼 악연이라고 표현했고, 인수는 그 말에 저절로 고개를 끄덕였다. 악연은 악연이었다.

사랑만큼 무지하고, 사랑만큼 몰상식하고, 사랑만큼 무례한 것이 세상에 또 있을까. 자신의 의지와는 전혀 상관없이 자신의 가슴에서 자라기 시작하던 그녀 모습. 처음에는 구슬만했던 그녀 얼굴이 축구공만해졌고, 운동장만해졌고, 이제는 우주보다 더 커다랗게 자라 있었다. 그걸 이길 수 있는 것이란 죽음밖에 없었다, 죽음밖에.

그래도 그림자로 존재할 수밖에 없는 자신의 처지를 나쁘게 여긴 적은 없었다. 간혹 자신이 눈물이 날 만큼 불쌍하고 딱했지만 그림자 노릇을 그만두고 싶진 않았다. 멀리서나마 그녀를 바라볼 수 있는 것만으로도 행복하다고 여기며 살았으니까.

"내 삶에서 유일하게 얻은 건 주영 씨 한 사람뿐이야."

너무도 행복해 하는 그녀를 볼 때마다 혼자 은근히 질투를 보낸 것은 사실이었다. 주영을 사랑한다는 그녀를 보면서, 결혼을 한다는 말을 들으면서, 주영을 닮은 아들과 딸을 넷만 낳겠다고 말하고 깔깔 웃는 그녀를 보면서.

혼자 폭음을 하면서 그녀의 행복을 저주하기도 했다.

"잘먹고 잘살아라!"

그런데 그녀는 혼자가 된 것이다. 처절할 만큼. 자신의 삶에서 유일하게 얻었다고 믿은, 사랑하는 남자를 어느 한 순간 잃어버린 것이다.

만약 하늘이 인수 자신을 위로하려 그녀를 불행의 구렁텅이로 몰아넣었다면, 이건 너무 정도가 지나친 거였다.

조금만, 아주 조금만, 손가락에 거스러미가 일어난 정도만 그녀를 아프게 해도 충분했을 것이다. 그러면 하늘도 내 편이구나, 혼자서 위로를 삼았을 것이다.

그러나 하늘은 그 동안 잔뜩 벼르고 있었던 것인 양 그녀의 목에 칼을 들이대고 말았다. 그 칼은 그녀가 가장 사랑했던 남자의 목을 먼저 찌르고, 이제 그녀마저 살해하기 위해 날을 세웠다. 그리고 인수 자신은 그 하늘과 맞서 싸우기 위해 달려가고 있는 것이다.

이제는 그녀로부터 놓여 나고 싶었다. 그녀가 어떤 불행에 처해 있더라도, 이제는 나와 상관없는 일이라고 눈을 돌리고 싶었다. 아니, 정말로 그럴 작정이었다. 만약 그녀에게 아무 일이 없다면, 이제는 정말로 냉정하게 등을 돌리고, 마음속에서 우주만큼 커다래진 그녀 모습을 파내어 아무 곳에나 버려 버릴 것이다. 그래서 다시는 그 따위 여자 나와는 상관없다고 자신만만하게 떠들고 싶었다.

저리로 묘지가 보였다.

"이민희, 죽지는 말아라. 네가 죽으면 내가 너무 불쌍해서 안 된다. 널 버리고 내가 떠날 수 있을 때까지만 기다려 다오. 죽더라도 내가 떠난 뒤에 죽어라. 난 널 내 가슴에 묻고 싶은 마음이 정말이지 손톱만큼도 없다. 나는 널 처절하게 버려 버릴 것이다. 한 번만 널 배신할 수 있게 해 다오. 딱 한 번만.”

인수는 빠앙, 커다랗게 경적을 울렸다. 조용한 산이 쩌렁쩌렁 울릴 정도로. 있는 힘껏 경적을 눌러대는 손이 떨렸을 뿐인데, 눈물이 쏟아질 것만 같았다.

15

하얀 층계가 보였다.

기둥이 유난히 많은 건물이 그 층계 위에 있었다. 태양 같은, 그러나 전혀 뜨겁지 않은 하얗고 커다란 빛이 민희 앞에 놓여 있었다. 민희는 기둥이 유난히 많은 건물을 향해 천천히 걸어갔다. 아니, 걸어간 것이 아니라 자신이 하얗고 커다란 빛의 일부가 되어 그 건물로 서서히 녹아 들고 있었다. 커다란 빛이란 어머니의 품속 같았다. 잠잘 때 느낄 수 있는 그런 포근함, 그리고 아늑함이 가득한 곳이었다.

그리고 어느 한 순간 어떤 낯익은 이미지, 그것은 분명 주영이라고밖에 표현할 수 없는, 그런 빛 하나가 민희 앞에 나타났다.

…아아…….

민희는 자신도 모르게 탄성을 질렀다. 정말 거기 주영이 있었던 것이다.

…주영 씨!

민희는 한걸음에 달려가 그의 앞으로 다가갔다. 그가 죽었다는 것을 너무도 뚜렷하게 기억하고 있는데, 그의 등장이 너무도 뜻밖이라

민희는 뭐라 할말을 잃고 정신없이 그의 손을 붙들었다.

…어, 어떻게 된 거죠?

주영의 눈빛이 너무도 슬퍼 보여 민희는 밝게 웃으려던 미소를 지우고 조심스럽게 물었다.

…여긴 네가 오면 안 되는 곳이야. 아니, 아직은 오면 안 돼. 좀더 있다가 와야 해.

…싫어요. 주영 씨가 있는 곳이면 난 어디든 갈 거야. 왜 안 된다는 거야?

민희는 악을 썼다. 너무도 긴 길을 뛰어와 그를 가까스로 만난 것만 같은데, 그는 너무도 매정하게 민희를 밀쳐 내고 있었다.

…넌 아직 할 일이 있어. 그래서 안 돼.

…할 일이 뭔데?

…아무튼 넌 아직 여길 오면 안 돼. 넌 남겨 놓은 일이 아직 많아.

…주영 씨는 할 일이 없어서 떠났어?

민희는 아무렇게나 물었다. 그의 곁에 있을 수만 있다면 어떤 곳이든 두렵지 않았다. 오히려 그가 없다면 아무리 좋은 곳이라도 두렵고 무서웠다. 그런데 그는 다시 민희 자신을 떼어놓으려 하고 있었다.

…내 말을 이해하려고 노력해야 해. 나는 떠날 수밖에 없었어. 그것은 내가 선택한 길이야.

…아냐! 주영 씨는 절대 내 곁을 떠나고 싶지 않았어. 절대로!

…그렇지 않아, 민희야. 내 삶은 거기가 끝이었어.

…누구 맘대로……. 절대 그렇지 않아. 주영 씨는 나한테 더 오래 오래 있어야 했어. 난 어떻게 하라고 그렇게 빨리 떠나 버렸어, 왜?

절규하듯 소리쳤다. 이 순간 그를 다시 놓치면 영원히 헤어질 수

밖에 없다는 것을 민희는 직감적으로 느꼈다. 그를 놓칠 수는 없었
다.

 …제발 날 버리지 마. 난 주영 씨 없으면 아무것도 할 수가 없는
거 알잖아. 왜 자꾸 떠나려고만 하는 거야, 응? 내가 잘못한 거 있음
말해 줘. 그럼 다 고칠게. 내가 뭘 잘못했는지 말해 달란 말야!

 …넌 잘못한 것 없어. 정말 너는 귀여운 내 여자였어. 내가 살았던
그 세월 동안 널 얻을 수 있었던 것은 유일한 축복이었다는 거, 너두
알지?

 주영은 아이를 달래듯 말했다. 그러면서 민희를 가만히 껴안았다.

 …민희야, 아직 너는 여기 오면 안 돼. 네가 자꾸 이렇게 바보같이
굴면 내가 너무 힘들어져. 널 그냥 내버리고 갈 수 없는 거, 너두 알
잖아. 그러니까 날 편하게 보내 주고 싶거든 제발 어리석은 짓은 그
만둬. 용기 내서 살아 주는 것이 나를 도와주는 거란 말야, 이 바보
야.

 …싫어, 싫단 말야. 난 주영 씨 죽어도 따라갈 거야.

 민희는 그의 품에 안겨 몸부림을 쳤다.

 …이렇게 비겁하게 가 버리는 사람이 어딨어! 날 사랑한다고 말
했잖아. 그런데 어떻게 나만 놔두고 갈 수가 있어! 그건 말도 안 돼!
내 허락 없이는 주영 씨 어디도 갈 수 없어, 절대로!

 …아니야, 그렇지 않아. 난 네 허락 없이 어디든 갈 수 있어. 나는
벌써 죽은 영혼일 뿐이야. 넌 아직 살았어. 네가 이렇게 어리석게 군
다면 나는 영원히 널 보지 않을 거야.

 …그럼 나더러 어쩌란 말야, 주영 씨……

 민희는 그의 가슴에 얼굴을 묻고 소리 내어 울었다. 그 동안 가슴
에 켜켜이 묻어 있던 눈물이었다. 그가 저 세상으로 떠난 뒤, 아무것

도 볼 수 없었고, 아무것도 느낄 수 없었다. 그냥 두려웠고, 무서웠다. 그가 없다는 것만 뺀다면 아무것도 변하지 않은, 그런 세상이 너무도 끔찍했다. 그를 따라갈 수만 있다면 죽음도 두렵지 않았는데, 그는 지금 다시 떠나려 하고 있는 것이다.

…내가 편하게 떠날 수 있도록 네가 조금만 용기를 내 줘. 그래서 마음놓고 떠날 수 있게 해 줘. 내 말 알겠지?

주영은 민희의 얼굴을 두 손으로 받쳐들고 눈물을 닦아주었다. 언제나 다정하고 따뜻했던 그 손길이었다. 민희는 주영의 손에 얼굴을 부비며 하염없이 눈물을 뿌렸다.

…돌아가. 그리고 네 삶을 다시 시작해 봐. 그것이 네가 날 진정으로 사랑하는 거야. 만약 네가 계속 나를 이렇게 힘들게 하면 나는 널 미워하게 될 거야. 그래도 괜찮겠어?

민희는 대답 대신 아이처럼 고개만 가로저었다.

…그래, 고맙다. 내가 널 얼마나 사랑했는지 알지?

주영은 목이 메어 가까스로 말을 이었다.

…응.

…내가 널 만나고 얼마나 행복해 했는지도 알지?

…응.

…내가 널 영원히 행복하게 해 주고 싶었던 것도?

…응.

민희는 눈물 범벅이 된 채 간신히 대답을 했다.

…그래, 나는 저 세상에 가서도 너하고 같이 지냈던 시간만 기억하면서 살 거야.

…안 돼, 주영 씨! 제발 날 놔두고 가지 마! 어떻게 나만 남겨 두고 갈 수 있어, 어떻게!

…아냐, 나는 잠깐만 너하고 헤어져 있을 뿐이야.

…왜 헤어져 있어야 하는데?

…그건 널 그만큼 그리워하고 너도 날 그만큼 그리워하기 위해서.

…그래도 싫어.

민희는 그의 얼굴을 두 손으로 감싼 채 거칠게 입술을 찾았다. 언제나 달콤하기만 했던 그의 입술을.

여전히 그의 입술은 부드러웠다. 언제나 맡을 수 있었던, 민희만이 아는 그의 향기가 거기 있었다. 그는 아주 오랫동안 민희의 입술에 키스를 해 주었다. 아주 오랫동안.

민희는 눈을 뜨지 않았다. 눈을 뜨지 않아도 그가 떠나가고 있다는 것을 느낄 수 있었다. 그의 말대로 그는 다시 못 올 곳으로 떠나고 있었다.

몸에서 그의 향기가 멀어지고, 그리고 입술에서 그의 입술이 멀어지고 있었다. 서서히.

16

시간이 물처럼 흘렀다.

창을 열고 밖을 내다보면 정말로 시간이 물처럼 흐르는 것이 보였다. 아주 느리게, 그렇게 세월이 물처럼 흐르고 있다고 인수는 믿었다. 아니, 지난 두세 달 동안 시간은 그렇게 인수 곁에서 물처럼 흐르며 그 모습을 보여 주고 있었다.

"이건 내 몫이 아니잖소, 주영 씨?"

인수는 허공에 대고 아무렇게나 중얼거렸다.

"당신의 몫이지, 내 몫이 아니야. 내가 할 일이 아직도 남았다고 생각해요?"

주영의 무덤 가에서 약을 먹은 민희를 병원으로 옮기고, 가까스로 위험한 고비를 넘기면서 인수는 자신의 무력감을 다시 한 번 느낄 수밖에 없었다.

깨어난 그녀는 산목숨이 아니었다. 그녀의 텅 빈 눈 속에는 어떤 사물도 들어앉지 못했다. 그저 사라진 환영과 같은 주영의 모습만이 그득하게 채워져 있을 뿐이었다. 아니, 그녀 의식 속에서 주영의 존

245

재조차도 사라진 것처럼 보였다.

정말 떠날까 했다. 더는 그녀 곁에 있고 싶지 않았고, 더는 무너져 가는 그녀를 쳐다보기가 싫었다. 차라리 그녀가 주영의 무덤에서 그냥 죽게 내버려두지 못했던 일을 후회할 만큼.

하지만 그러지 못했다. 그녀의 눈물 때문이었다. 깊은 잠에서 깨어나면서 그녀는 말없이 눈물만 뚝뚝 흘렸다. 피보다 더 진한 눈물이었다. 그녀는 소리 내어 울지 않기 위해 입술을 깨물고 있었다. 차라리 입을 열어 비명을 지르며 울길 바랐지만 그녀는 끝내 아, 소리 한 번 내지 않았다. 그러나 뭐가 슬퍼서 흘리는 눈물은 아니었다. 아무것도 기억하지 못하면서 오래 된 습관처럼 뚝뚝 눈물을 뿌릴 뿐이었다.

그래서 다시 약속했다. 그녀가 두 발로 일어서서 더는 자신이 필요하지 않을 때, 그때 떠나자고. 그때는 정말이지 뒤도 돌아보지 말고 아주 냉정하게 사라지자고.

넋마저도 그녀 곁을 떠날 수가 없는 주영. 그의 환영이 그녀 곁에 머물고 있는 동안, 자신의 몫은 아무것도 없었다. 그녀를 향한 사랑, 미움, 모두 인수 몫이 아니었다. 자신이 그녀의 그림자일 수밖에 없듯이, 그런 감정마저도 그림자로 존재할 수밖에 없었던 것이다.

인수는 의자에 털썩 주저앉았다. 민희는 잠깐 정신을 차렸다가 다시 깊은 잠에 빠져 들었다. 간혹 힘없이 눈을 뜨기도 했지만 그것으로 그만이었다.

인수는 한시도 그녀 곁을 떠나지 않았다. 떠날 수가 없었다. 어떤 이상한 기운을 느낀 뒤부터는 더욱 그랬다. 그녀가 다시 자살을 할지도 모른다는 불안감만은 아니었다. 요즘 들어 간혹 낯선 사람들이 병실을 기웃거리고는 했다. 아침나절에도 민희를 휠체어에 태워 밖으로 나가고 있는데, 그림자처럼 따라오던 남자를 발견했던 것이다. 그 그림자는 인수가 뒤를 돌아다보는 순간, 황망히 어디론가 사라졌다.

별것 아닐 수도 있었다. 너무 신경이 예민해져 있어 공연한 일로 신경을 쓰는 것인지도 모른다. 그러나 그런 불길함들은 인수로 하여금 한시도 그녀 곁을 떠날 수 없게 만들었다.

인수는 가만히 그녀의 손을 잡아 보았다. 작고 마른 손이 새처럼 자신의 두 손 안에 꼬옥 잡혀 들어왔다. 늘 밝고 맑게 살 줄 알았다. 이렇게 작은 손을 가진 여자는 절대 마음 고생 같은 건 하지 않을 줄 알았다.

그녀의 손이 가늘게 떨렸다. 인수는 얼른 그녀의 손을 이불 속에 넣어 주었다.

"괜찮아?"

인수가 조심스럽게 물었다.

"……"

그녀는 대답하지 않았다. 의사는 그녀가 실어증에 걸렸다고 말했지만 인수는 그렇게 생각하지 않았다. 그녀는 단순히 말을 안 하고 있을 뿐이었다. 너무 슬퍼서.

"꿈꿨어?"

이렇게 묻다 말고 인수는 혼자 아차, 했다. 그녀의 슬픈 눈동자를 들여다보면서 아무 생각 없이 내뱉은 말인데, 그 말마저도 그녀에게 상처겠구나, 싶었던 것이다. 제기랄, 저 여자에게 상처가 되지 않을 말이 도대체 몇 마디나 된단 말인가. 꽃이 많이 피었어, 했다가도 아차, 해야 했고, 비가 오려나? 혼자말로 중얼거리다가도 아차, 해야 했다. 그녀가 주영과 함께한 시간 속에서 그런 흔하디 흔한 일들은 수없이 많았겠지만, 그가 떠나고 없는 지금은 그런 단어 하나, 모습 하나까지 아픔 아닌 것이 없을 테니까.

그녀가 아무 것도 기억하지 못한다는 것은 거짓말이었다. 인수는 그렇게 생각했다. 그렇지 않고서야 어떻게 저 눈 속에 슬픔만 가득할 수 있는가.

"아참, 이걸 사 왔어. 오다가 우연히 화방에 들렀다가, 이걸 민희한테 사 주면 좋아할 것 같아서 말이지."

이 말도 상처가 되는 건 아닐까, 걱정하면서도 인수는 사 온 미술 도구를 내밀었다.

"언제까지 이러고 있을 수는 없잖아."

그녀가 인수를 바라보았다. 여전히 맑은 눈이었다. 하지만 불현듯 그 눈 속으로 짙게 드리워졌다가 사라지는 어떤 기운이 있었다. 잘못 본 것이 아니라면 분명 불안감이었다.

"아냐, 내가 어딜 간다는 게 아니라, 언제까지 이렇게 엄살이나 부리며 병실에 누워 있겠냐는 뜻이었어."

곡괭이질이나 해야 캐어낼 수 있을 것 같은 가슴속의 비밀을 그녀가 얼른 알아 버린 것만 같아서 인수는 서둘러 변명처럼 덧붙였다.

"스케치할 만한 좋은 곳을 알아 뒀거든. 날씨도 좋잖아. 호수가 한눈에 보이는 곳이야."

제길, 무슨 말을 하고 있담. 인수는 혼자 짜증을 내고 말았다. 스케치할 만한 곳이 어디 한두 군덴가. 솔직히 그런 곳을 만날 때마다 여길 언젠가는 와 봐야지, 생각 안 한 것은 아니지만, 그녀와 함께 오리라는 기대는 한 번도 한 적이 없었다.

그녀는 인수가 내민 미술 도구를 쓸쓸하게 어루만졌다. 하지만 그녀의 표정에서 어떤 변화를 발견할 수는 없었다.

그녀는 영원히 잃어버린 말을 되찾지 못할 것 같았다. 그녀는 자신이 예전에 그림을 그렸다는 것조차도 까맣게 잊어버린 듯했다.

"부탁이 하나 있어."

인수는 될 수 있으면 그녀의 얼굴을 똑바로 보지 않으려 애쓰며 목에 힘을 주었다.

"사실은 프랑스로 유학을 떠날까 해. 될 수 있으면 빨리 가고 싶어. 내가 무슨 말을 하고 있는지 알겠지?"

"……."

"민희가 하루빨리 일어나야 내가 아무 걱정 없이 떠날 수 있을 거야."

"……."

"나한테 걱정 말고 그냥 떠나란 말은 하지 말아. 난 그렇게 인정 없는 놈은 못 되니까. 그러니까 날 도와주는 셈치고 얼른 건강해져야 돼."

"……."

잠깐 눈을 돌려 그녀를 보았을 때, 그녀는 눈을 감고 있었다. 다시 잠든 것 같았다.

실은 그렇게 말하려던 것이 아니라고 변명하고 싶었지만, 굳게 감긴 그녀의 눈 때문에 인수는 용기를 내지 못했다.

너랑 같이 떠나고 싶어. 네가 여길 떠나서 다시 예전처럼 밝고 명랑해질 수 있다면 나는 세상 어디라도 데리고 갈 수 있어…….

이렇게 말하고 싶었다. 그래서 그녀가 같이 떠나자는 말을 해 준다면, 정말 행복할 수 있을 것 같았다.

거기까지 생각하다 인수는 벌떡 자리에서 일어났다. 내가 무슨 생각을 하고 있는 것인가. 그녀는 사랑하는 사람을 잃었다. 그리고 무슨 일이 일어났던가.

"여기서 젊음을 다 보내기가 이상하게 아까워서 말이지. 대학 다닐 때는 프랑스 유학 같은 건 룸펜들이나 가는 곳인 줄 알았는데, 점점 나이를 먹을수록 한 번은 다녀오고 싶은 곳이라는 생각을 했어. 아마 떠나면 몇 년은 죽은 듯이 그림만 그리다 올 것 같아. 그 동안 붓질 한번 제대로 못해 본 것이 너무 후회스럽거든."

"……."

"가서 예쁜 여자 만나면 혹시 알아, 나 장가간다는 전보라도 치게 될지. 안 그래, 후훗."

인수는 애써 웃어 보였다. 그러나 입술을 비틀어 지어 보인 웃음은 너무도 메말라 있었다. 그녀를 사랑했던 것은 사실이었다. 그래서 언제나 그녀 곁에 서 있을 수 있다면 정말 좋겠다는 생각을 많이 해 왔다. 그녀가 주영과 결혼을 했어도, 설령 자신이 다른 여자와 결혼을 하게 되더라도 늘 곁에 있을 수 있다면 참 행복하겠다는 생각을 많이 했다. 그러나 이렇게 그녀의 불행 앞에서 속수무책으로 서 있길 원한 적은 한 번도 없었다.

가슴이 답답했다. 후련하게 소리라도 버럭 질렀으면 시원하겠다는 생각만 가득했다. 그러나 인수는 그녀의 시선이 자신의 얼굴에 닿는 순간, 마치 잘 길들여진 인형처럼 빙긋 웃어 보였다.

"우리 산책 나갈까? 가을 향기가 아주 좋아. 물론 낙엽이 마르는 냄새겠지만."

인수는 그녀의 대답도 듣지 않고서 무작정 밖으로 나섰다. 단순히 휠체어를 갖고 오기 위해 그런 것은 아니었다. 그녀의 텅 빈 시선이 너무도 슬퍼서 마주 바라볼 수가 없어서였다. 그녀와 같은 공간에서 호흡을 하고 있다는 것만으로도 인수에게는 견딜 수 없는 고통이었다.

"박주영, 여기 있거든 내게 다시 뭐라고 말 한 마디라도 해 봐. 저 여잘 대체 어떻게 해 줬으면 좋겠는지 무슨 말이든 해 보란 말이야……."

지나가던 간호원이 인수를 약간 의아하게 쳐다보았다.

"당신의 멍에를 왜 내가 대신 짊어져야 하는지 정말 모르겠소. 당신 여자잖소. 그렇다면 잘난 당신이 챙겨야 하질 않겠소? 난 저 여잘 사랑한 죄밖에 없소. 당신처럼 고생을 시킨 적도 없고, 당신처럼 울린 적도 없단 말이오. 그런데 왜 나 혼자 저 여자의 슬픔을 온통 떠맡아야 하는지 정말 모르겠소."

만약에 그의 영혼이 가까이 있다면 정말이지 무슨 대답이라도 해 줘야 옳았다. 그녀가 약을 먹었던 날 어떤 절박한 메시지가 온몸으로 쏟아졌던 것처럼.

인수는 휠체어를 밀고 병실로 들어가다 말고 깜짝 놀랐다. 입구에 웬 남자 한 명이 민희를 향해 서 있었다. 그리고 다른 한 명은 입구에 서 있다가 인수가 들어서자 대뜸 칼을 들이밀었다.

"조용히 해!"

낮고 면도칼처럼 날카로운 소리였다. 며칠 동안 내내 주변을 어슬렁거리던 불길함은 저 남자들 때문이었을 것이다. 무엇 때문일까.

민희를 향해 서 있는 남자 손에도 칼이 들려 있었다. 민희는 죽은 듯이 잠이 들어 있었다. 차라리 다행이었다.

사태의 심각성을 미처 깨닫기도 전에 인수는 마주선 남자가 날리는 주먹질에 퍽, 병실 바닥에 쓰러졌다. 숨이 막혔다. 비명도 나오질 않았다. 위험에 빠진 민희를 구해야 할 텐데도 끊어질 듯한 명치끝 통증 때문에 옴짝달싹도 할 수 없었다. 인수는 안간힘을 다해 민희가 있는 곳으로 기어갔다.

칼을 든 남자의 손이 번쩍, 허공으로 치솟고 있었다.

"아, 안돼!"

인수는 끊어질 듯 아픈 명치를 누르며 비명을 질렀다.

그런데 너무도 뜻밖의 일이 눈앞에서 벌어졌다. 칼을 든 남자의 손이 허공에 쳐들어진 순간이었다. 어떤 큰 힘에 밀린 듯 남자의 몸이 뒤로 확 밀리면서 손에 들렸던 칼이 바닥으로 떨어졌던 것이다.

"뭐야, 이건!"

남자는 놀라 허겁지겁 칼을 집었다. 그런데 바닥에 떨어진 칼은 꼼짝도 하질 않았다. 마치 바닥에 그대로 들러붙어 있었던 것처럼. 남자가 칼을 집어 들기 위해 힘을 썼지만 역시 칼은 꿈쩍도 하지 않았다. 인수는 그 광경을 바라보면서 주영을 찾았다. 지금 주영은 민희를 보호하기 위해 여기 와 있는 것이다.

"튀어!"

남자들이 쏜살같이 밖으로 뛰어나간 것과 인수가 몸을 일으킨 것은 거의 동시였다. 너무도 빠른 몸짓이었다. 인수가 아픈 배를 움켜쥐고 문 밖으로 뛰어나갔지만, 녀석들은 보이지 않았다.

잠에서 깬 민희가 놀란 눈으로 이쪽을 쳐다보고 있었다. 그녀의 눈 속은 두려움으로 금방이라도 터져 버릴 것만 같았다.

인수는 민희를 꼭 안아 주었다. 인수의 가슴 안에서 그녀는 심하게 파들거렸다.

"아니야, 아무것도 아니야. 정말 아무것도 아니니까 안심해."

인수는 그녀를 안은 채로 다독거려 주었다. 그러면서 인수는 그녀에게서 마른 풀잎 냄새를 맡았다. 그날, 주영의 무덤 가에 쓰러져 있던 그녀를 안았을 때에도 이런 냄새를 맡았으리라.

"민희가 잠깐 나쁜 꿈을 꾼 것뿐이야. 이제 괜찮으니까 안심해."

인수는 그녀를 자리에 뉘고 간호사를 불러왔다. 너무도 심하게 파들거리는 그녀를 그대로 놔두었다가는 무슨 일이 벌어질지 몰랐다.

아무래도 주영의 죽음과 저자들이 무슨 연관이 있겠다는 의혹이 머릿속에 가득했다. 그렇지 않고서야 며칠씩 병실 주변을 어슬렁거리고, 이런 대낮에 저런 짓을 할 까닭이 없질 않은가.

무슨 이유인지 알 수는 없지만 여기 있어서는 안 될 것 같았다. 인수는 민희가 큰 위험에 빠져 있다는 걸 비로소 깨달았다.

정화 어머니라는 분이 병실을 찾아온 것은 두 시간 후였다. 그 아주머니의 뜻하지 않은 등장은 인수를 더욱 긴장시켰다.

초면은 아니었다. 주영의 장례식날 봤던 얼굴이었다.

주사를 맞고 잠이 들어 있는 민희의 얼굴을 가만히 쓰다듬으며 아주머니는 깊은 한숨을 내쉬었다. 초면이나 다를 바 없는데도 인수는 아주머니가 전혀 낯설지가 않았다.

"잠깐 나갈까요?"

"혹시 무슨 일이 있을지 몰라서 멀리는 갈 수 없는데요."

인수는 잠든 민희의 얼굴을 걱정스레 바라보며 말했다. 아까의 사태로 민희는 큰 충격을 받은 모양이었다. 간신히 주사를 맞고 잠든 그녀를 두고 어딜 갈 수는 없었다. 거기다 그 괴한들이 언제 들이닥칠지 모르는 일이었고, 그렇다고 대놓고 누군가에게 도움을 받을 처지도 못 되었다.

"여기가 좋겠네요."

아주머니는 병실 앞에 놓인 긴 의자에 먼저 앉았다. 인수는 병실 문을 열어 놓고 자판기에서 율무차 한 잔과 커피 한 잔을 빼내 아주머니 곁으로 다가갔다.

"고마워요. 아참, 나는⋯⋯."

"알고 있습니다. 장례식날 뵈었습니다. 저는 민희 씨 대학 선배입니다. 같은 학교에 있었지요."

"아, 예……, 정말 고맙구려."

아주머니는 뜬금 없이 고맙다는 말을 앞세웠다. 편한 얼굴이었다.

"부탁이 한 가지 있어서 왔어요."

아주머니는 잠시 머뭇거렸다. 그리고 다시 입을 열었다.

"저 사람을 다른 곳으로 옮기면 안 될까요?"

"왜 그래야 하죠?"

인수는 열린 병실 문에 신경을 쓰며 그렇게 물었다.

"여기 있다가는 위험할 수도 있어요. 제발 부탁이우. 다른 것은 무조건 묻지 말고 내 말대로 해요."

아주머니의 말은 너무도 절실했다. 왜 그래야 하느냐고 더 묻지 않아도 어렴풋이 위급한 사태를 눈치챌 수 있었다.

인수는 커피를 마시며 될 수 있는 대로 느리게 말을 이었다.

"아까 남자 두 명이 병실에 찾아와서 민희를 해치려 했습니다."

아주머니의 눈이 커다랗게 벌어지고 있었다. 그러나 이내 차분해진 표정으로 율무차를 입에 대었다.

"그 남자들이 누군지 아십니까?"

"내가 어떻게……."

아주머니는 짧게 대답했다. 그러나 작게 떨리는 음성에서 그 남자들과 주영의 죽음이 무관하지는 않겠다는 강한 의혹이 일었다.

인수가 단도직입적으로 물었다.

"주영 씨 죽음과 연관이 있습니까?"

"……."

아주머니는 아무 대답도 하지 않았다. 그리고 천천히 고개를 들어

인수를 바라보았다.

"가능하면 오늘 중으로 저 사람을 옮깁시다. 그렇지 않으면 신변에 무슨 일이 일어날지 모른다우. 일단 아무 일 없었다니 정말 그저 고맙구려. 정말 고마워요."

아주머니는 고맙다는 말을 거듭 했다.

"정말 무슨 영문인지를 모르겠습니다."

"……."

아주머니는 율무차를 다시 입에 대었다. 하지만 그걸 마시는 것 같지는 않았다. 아주머니가 다시 고개를 들어 인수를 쳐다보았다.

"그냥 날 믿는다면 내 말대로 해요."

"혹시 주영 씨 집에서……."

인수는 머릿속을 퍼뜩 스치는 어떤 의혹을 그대로 입에 올리고 말았다. 전혀 아닐 테지만 직감적으로 그럴지도 모른다는 생각이 비수처럼 머리를 스쳐 갔던 것이다.

"……그건 절대 아니우. 아무튼……."

아주머니는 말을 더듬었다. 그러나 얼굴에 스쳐 가는 괴로운 표정은 감추질 못했다.

"알겠습니다. 더 이상 묻지 않겠습니다."

"고맙수."

"그런데……."

인수가 말꼬리를 흐렸다.

"갈 만한 곳은 염려하지 말아요."

아주머니는 다시 얼굴이 환해져서 빠르게 말했다.

"조금 있다가 차가 올 거유."

이렇게 말하고 아주머니는 뭔가에 쫓기듯 서둘러 몸을 일으켰다.

인수는 아주머니의 뒷모습이 복도에서 완전히 사라질 때까지 그 자리를 지켰다.

아직도 주영을 죽인 범인은 잡히지 않고 있었다. 사고가 있던 날 그 옆에 있었다는 여자의 전화가 경찰서로 걸려 왔지만, 그것으로 그만이었다. 여자는 두 번 다시 전화를 걸어 오지 않았고, 그리고 수사는 제자리걸음을 하고 있을 뿐이었다.

망설일 이유가 없어 보였다. 아니 망설일 시간이 없다는 표현이 옳겠다. 어쩌면 주영의 죽음과 지금 이 상황이 전혀 무관하지 않을 거라는 생각이 인수를 더욱더 조급하게 했다. 그것은 어떤 증거가 있어서 품게 되는 의혹은 아니었다. 막연히 온몸을 바짝 오그라 붙게 하는, 어떤 불길함 때문이었다.

지금보다 더 힘든 일이 민희를 기다리고 있는 것만 같았다. 어떻게 해야 하는지, 어떻게 해야 저 여자를 완전하게 지켜 줄 수 있을지, 너무도 답답했다.

"주영 씨, 어떻게 되는 거요?"

인수는 허공을 향해 중얼거렸다.

17

사내들은 낙엽처럼 나가떨어졌다.

"야, 너 이 자식 누구야!"

날카로운 눈빛의 두목이 주영을 향해 칼을 휘두르면서 물었다.

"내가 귀신이건 사람이건 네까짓 자식들이 알 필요 있겠어?"

주영은 남자가 던진 칼을 가볍게 비켜서며 다시 한 번 주먹을 날렸다.

뭔가 의논을 하고 있던 녀석들 앞에 주영이 소리없이 나타났을 때, 그들은 거의 기절할 듯이 놀랐다. 그러나 이내 동물적인 본능으로 주영을 향해 싸울 태세를 갖췄다.

갑자기 사고를 당해 실신을 한 청년의 육신에 주영의 영혼이 들어갈 수 있기까지, 모두 정화의 도움 없이는 불가능했다.

괴한들이 민희의 병실을 침입했던 날부터 주영은 정화에게 한없이 매달렸다. 마지막 소원이라며. 그러나 그녀는 끝까지 주영의 부탁을 들어주지 않았다.

…그만 돌아가요. 우린 너무 지체하고 있단 말예요. 얼른 돌아가

서 다음 삶을 계획해야 할 때라구요.

…그럴 수는 없어. 아직도 이 세상의 일이 하나도 정리되지 않았는데, 어떻게 다른 삶을 선택할 수가 있지? 나는 민희를 놔두고는 한 발짝도 움직일 수 없다구!

떼를 쓰듯 버티는 주영 앞에서 정화는 말을 잃었다. 그러나 쉽사리 주영의 부탁을 들어주지 않았다. 그렇게 하루, 이틀, 일주일, 이주일, 그리고 두 달이 지나도록 아무것도 해결되는 것이 없었다. 언제 민희가 그런 위급한 상황을 맞게 될지 알 수 없는데 조금도 도와주지 않는 정화가 야속하기만 했다.

…더 많은 것을 알게 되면 주영 씨만 괴로워요. 제발 살아 있는 사람들 일에 간섭하지 말아요.

…정화가 아무리 그래도 나는 포기할 수 없어. 어떤 식으로든 민희를 해치려고 했던 그 자식들을 가만두지 않겠어. 죽어도.

그녀는 마지막 소원이라는 주영의 뜻을 끝내 거절하지 못했다. 그리고 청년의 육체로 주영의 영혼이 스며들게 하기 위해 최선을 다했다. 주영이 그 청년의 육체를 빌려 일어섰을 때 그녀는 몹시 지쳐 보였다.

…내일 해가 뜰 때까지만 시간이 있어요. 그때까지 모두 해결할 수 있어야 해요. 저 청년을 계속 혼수 상태로 놔둘 수는 없으니까요.

정화는 간신히 이렇게 말하고 눈을 감았다.

…괜찮겠어?

주영이 걱정스레 물었다. 그녀는 기운이 하나도 없으면서도 빙긋이 웃어 보였다. 어린 시절, 들판을 쏘다니며 즐거워했을 때의 그 천진스러운 모습과 조금도 변함이 없었다.

인간은 눈으로 볼 수 있는 것만을 '보았다' 라고 여길 뿐이다. 육체의 눈이 아닌 영혼의 눈으로 볼 수 있는 것이 더 정확하다는 것을 알지 못한다.

주영 자신이 그녀를 너무 힘들게 하고 있다는 것을 모르지는 않았지만 어쩔 수가 없었다. 어떤 일이 있어도 민희를 다치게 놔둘 수는 없었다.

…차라리 모르는 것이 나을 수도 있어요. 산 사람의 일은 산 사람들이 해결할 수 있게 내버려두는 것이 옳지 않나요?

처음, 낯선 사람의 육신을 빌려서라도 잠깐만 인간이 되게 해 달라고 부탁했을 때 그녀는 주영의 생각을 몹시 염려했다.

…내게 그럴 만한 능력이 있는지 모르겠어요. 그리고 산·사람들의 일을 그렇게 간섭하는 것은 옳지 않아요. 주영 씨가 아니더라도 산 사람들이 해결할 수 있는 일들이 더 많거든요.

하지만 주영은 민희 병실까지 찾아왔던 그 사내들의 정체며, 정화 어머니가 왜 민희를 자신의 친정 쪽으로 옮겼는지, 그것은 알아야 했다.

…알고 나면 더 마음 아픈 일이 생길 수도 있어요.

정화는 안타깝게 주영을 바라보았다. 그녀의 말대로 저 세상으로 떠날 시간이 너무도 지체되고 있다는 걸 주영도 모르지는 않았다.

…조금만 더 기다려 줘.

주영이 간곡하게 말했다.

…알았어요. 난 언제나 주영 씨를 기다리고 있을 거예요.

그녀는 그렇게 말했다. 언제나 기다리고 있겠다고.

청년의 몸은 운동으로 잘 다져져 있어서, 한 번 주먹을 날릴 때마다 놈들은 낙엽처럼 나가떨어졌다.

"도대체 넌 누구야!"

"내가 누군지 알려 줄까?"

주영은 녀석들이 자신을 빙 에워싸는 것을 놓치지 않고 쳐다보면서 날카롭게 말했다.

"여기까지 왜 찾아오셨는지는 알아야 우리도 대접을 할 게 아니요?"

두목이었다. 그날 주영 앞에서 손가락 하나만으로 하마만한 부하들을 다스릴 줄 알던. 만약 저 녀석들만 아니었다면 자신은 죽지 않았을 것이고, 또한 민희와 가슴 아픈 이별도 하지 않았을 것이라는 생각이 다시 분노를 들끓게 했다. 녀석들이 한꺼번에 주영을 향해 달려들었다. 주영은 힘들이지 않고 녀석들의 눈에서 홀연히 사라져 버렸다.

"이건 뭐야!"

누군가가 소리질렀다. 사라진 주영 때문에 녀석들은 기겁을 하며 물러섰다.

"이거 귀신 아냐!"

두목이 소리쳤다. 두목의 목소리에 녀석들은 잔뜩 겁에 질려 사방을 경계했다.

주영은 다시 녀석들 사이로 우뚝 나타났다. 녀석들은 거의 비명을 지르며 흩어졌다. 두목만 그 자리에 서서 주영을 노려보고 있었다.

"내가 누군지 먼저 밝혀야겠군. 나는 네 녀석들 때문에 억울하게 죽은 박주영이다."

"바, 박주영!"

두목의 얼굴이 거의 사색이 되었다.

"내 얼굴이 아니라서 믿기 어렵다 이건가?"

주영은 녀석을 무섭게 노려보았다.

"네깟 쓰레기 같은 자식들을 그냥 놔두고 가기가 너무 억울해서 다른 사람 몸을 빌려서 여기에 왔다고 하면 믿으시겠나?"

"그, 그럴 리가……."

두목은 이렇게 말하면서도 부하들을 향해 까딱 눈짓을 보냈다. 그 신호와 함께 녀석들이 한꺼번에 주영에게 덤벼들었지만, 주영은 다시 흔적 없이 몸을 감추었다.

"나는 네 녀석들처럼 비겁하게 목숨까지 빼앗지는 않겠다. 사실대로만 말하면 된다."

"뭐, 뭘 사실대로 말하라는 거냐?"

두목은 부하들에게 물러서라는 신호를 다시 보내고 한 발짝 주영 앞으로 다가섰다. 역시 배짱이 두둑한 녀석이었다.

"왜 날 죽였지? 그리고 왜 내 아내까지 죽이려고 했지? 그것만 말하면 된다."

"우린 당신을 죽일 생각은 추호도 없었어. 다만 실수로 그런 불상사를 일으키기는 했지만 당신 아내에게 손댄 적은 없다. 믿어라."

"그런 거짓말이 통한다고 생각하나?"

"어차피 당신은 지금 인간으로 나타난 것이 아니라 귀신으로 나타난 거다. 당신이 어떤 능력을 지녔는지 그것까지는 모르겠지만, 당신이 우리한테서 어떤 사실을 알아낸다 해도 우리를 어떻게 할 능력까지는 없다는 것 정도는 알겠다. 당신 혼자서만 알게 될 뿐, 경찰이나 다른 사람들이 이런 사실을 알게 할 수는 없을 것이다. 그런데 왜 거짓말을 하겠나?"

녀석은 예리하게 사태를 파악하고 있었다. 그 말이 옳았다. 어차피 주영 혼자서 비밀을 알게 될 뿐, 다른 곳으로 알릴 수 있는 방법은 아예 없었던 것이다.

영혼 상태가 되었다고 해도 어떤 조건이 갖춰지면 육체 상태로 사람들 앞에 나타날 수는 있었다. 그럴 수 있는 경우는 아주 예외였다. 이 세상에 해야 할 일을 절실하게 남겨 놓았을 경우, 물건을 이동시키는 능력이나 시각화하는 능력을 간혹 부여받을 수 있는 정도였다. 주영이 청년의 몸을 빌려 자신의 억울한 죽음을 세상에 알리려 한다 해도, 최종적으로 그 사실을 믿고 안 믿고는 이 세상에 남아 있는 사람들이 선택할 문제일 뿐이었다.

"내가 알고 있는 사실만 말해 주겠다. 그건 당신을 죽인 죄에 대한 사죄의 의미다. 다들 물러나!"

녀석은 부하들에게 소리를 질렀다. 그 소리에 맞춰 녀석들은 우르르 밖으로 달아나 버렸다.

넓은 공간에 이제 남은 사람은 주영과 두목뿐이었다.

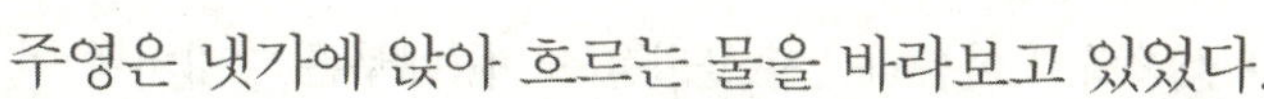

18

주영은 냇가에 앉아 흐르는 물을 바라보고 있었다.

간혹 잠자리채를 휘두르면서 함성을 질러대는 아이들의 모습도 보였다. 하지만 갑자기 낮아진 기온 탓인지 잠자리는 며칠째 보이지 않았다.

아이들의 건강한 함성이 울려 퍼질 때마다 주영은 넋을 잃고 그 소리에 귀를 묻었다. 하루가 다르게 꽃들이 시들어 가고, 이슬을 머금은 풀잎들은 아침 해가 동산에 둥실 떠오를 때까지 고개를 숙이고 있었다.

정화는 돌 위에 쪼그려 앉아 소금쟁이들의 모습을 살피고 있었다.

그런 그녀를 바라보다가 주영은 문득 어떤 향기를 맡았다. 유자의 내음이 햇살처럼 그득하게 퍼지고 있었던 것이다.

그러나 다시 그 향기를 향해 크게 심호흡을 해보았지만, 이미 그 향기는 사라지고 없었다. 대신 서늘한 그림자처럼 그득하게 차오르는 그리움이 있을 뿐이었다. 세상에 대한, 발밑을 유유히 걸어 사라진 시간에 대한 그리움이었다.

…정말 아름다워.

주영은 손등피를 하고서 아이들이 사라진 방향을 바라보았다. 정화가 이쪽을 바라보았다.

…정말 아름다워요?

그 물음이 무슨 뜻인지 너무도 잘 알기 때문에 주영은 고개를 돌리고 말았다.

…왜 우린 저런 아름다움을 깨닫지 못하고 살았을까요?

…이렇게 영혼만 남았을 때, 그때 깨달으려고 그랬을 거야. 마치 배부른 사람은 맛있는 음식이 얼마나 고마운지 모르는 것처럼, 우린 너무도 아름다운 것들 속에서 살고 있었기 때문에 주변의 작은 것들이 얼마나 소중하고 아름다운지 몰랐을 거야. 배부른 돼지처럼.

이제는 다 사라진 줄 알았던 잠자리 한 마리가 날아와 나뭇가지에 앉았다. 정화가 살금살금 고양이걸음으로 다가갔지만 잠자리는 얼른 마른 코스모스 대궁 위로 옮겨 앉았다. 저 잠자리도 내일 아침이면 찬 서리에 얼어 날개를 편 채로 잠이 들지 몰랐다.

그 잠자리가 내려앉은 저 너머로 민희가 서 있었다. 그녀는 헝클어진 머리카락을 손으로 쓸어 올리며 햇살을 아득하게 올려다보았다. 여전히 아름다운 눈빛이었다. 그러나 그 눈 속에는 슬픔이 가득 고여 있었다.

민희는 여태 아무것도 기억할 줄 몰랐다. 여전히 말도 잃고 살았다. 단순히 아침이면 눈을 뜨고, 한나절 내내 뜰이며 밭에 나와 아득하게 앉아 있고는 했다. 정화 어머니가 친딸처럼 돌봐주고 있었지만 잃어버린 언어와 기억은 영영 되찾을 것 같지가 않았다.

정화 어머니가 병원을 찾아왔던 그 이튿날, 민희는 정화 어머니를 따라 이곳으로 옮겨 왔다.

처음에는 뭐가 뭔지 알 수가 없었다. 그 낯선 남자들은 왜 민희를 해치려 했으며, 정화 어머니는 왜 민희를 이리로 데려왔는지.

하지만 두목의 입을 통해 샅샅이 알 수 있었다. 모두 아버지 때문이었다는 것을.

주영이 한 청년의 몸을 빌려 녀석들을 찾아가 알아낸 것은 폐허가 된 아버지의 영혼이었다.

"당신을 죽인 것은 순전히 우리 잘못이었소. 아무리 비정한 아버지라지만 자식이 죽길 원하는 일이란 극히 드물 테니까 말이오."

사내는 여유 있게 주영 주변을 어슬렁거리며 그 동안의 일을 이야기했다.

"실은 내가 당신에게 손을 떼라고 주문했던 그 사건의 당사자하고는 아무 연관도 없었소. 다만 검사 자리를 내놓고 집으로 내려와 당신 사업을 이어 가게만 해 달라는 당신 아버지 부탁을 들어주자면 그 방법밖에는 없었지. 우리는 당신이 그 사건에서 손을 떼게끔 협박을 하고, 그 다음으로는 그 사건의 당사자인 박희태라는 남자한테 거액을 요구할 계획이었소. 물론 사건을 무마시켜 주는 대가로 말이오. 그리고는 당신이 비리를 저지른 것처럼 계획을 짜려고 했지. 그렇게 되면 당신은 틀림없이 우리 올가미에 걸리게 될 것이고, 당연히 검사 자리를 내놓을 수밖에 없었을 것이오. 거기까지가 우리의 몫이었소. 김 회장의 딸과 혼인하지 않으면 당신 아버지는 사업에 엄청난 차질을 빚게 되어 있었어. 그 혼사를 성사시키려면 무슨 수를 써서라도 당신을 끌고 내려와야 했지. 무슨 수를 써서라도 말이오. 당신은 죽음이 억울해서 어쩔지 모르겠지만, 나는 당신 아버지를 백번 이해할 수 있소. 피땀 흘려 일으킨 사업인데, 그게 꼴까닥 넘어갈 판인데 무슨 짓은 못하겠냐는 것이오."

“그렇다면 왜 내 아내는 죽이려 했던 거요?”

“우리가 한 짓이 아니라고 말하지 않았소? 만약 그런 일이 있었다면, 내 생각으로는 당신 아버지가 사건을 혼란스럽게 뒤섞어 버리려고 한, 얄팍한 계획이었을 것이오. 그래서 당신이 수사망에 걸리지 않도록 말이오. 우리야 일을 저지른 당사자들이니까 나설 까닭이 없을 것이고 그 여자, 그러니까 그날 당신과 함께 있었던 그 여자는 자신이 당했던 수모를 까발릴 만큼 용기 있는 여자는 아닌 것 같으니까 고발 염려를 할 필요도 없을 것 같고.”

사내는 걸음을 멈추고 주영의 맞은편에 앉았다.

“어차피 이렇게 된 거, 다 말하겠소. 그날 우린 당신의 아내를 납치하려고 학교에 갔더랬소. 다행히 당신 아내는 다른 날보다 일찍 퇴근을 해서 화를 면할 수 있었지. 우린 당신 아내를 잡아다 그 여자에게 해 보였던 짓을 다시 하기로 되어 있었지. 그렇게 되면 당신은 당연히 그 여잘 버리게 될 것이라는 계산이 나오니까. 어떤 골 빠진 녀석이 얼굴도 알지 못하는 남자들한테 무차별하게 능욕당하는 것을 보고서 그 여잘 데리고 살겠소?”

“모두 아버지 뜻이었소?”

“……그렇소.”

“당신, 우리 아버지한테 죄를 뒤집어씌우기 위해 허튼 수작하는 거 내가 모를 줄 알고 이 따위 얕은 꾀를 쓰는 거야!”

주영은 복받쳐 오르는 감정을 이기지 못하고 소리를 질렀다. 이럴 수는 없었다. 어떻게 아버지가…….

“말하지 않았소? 내가 당신한테 사죄한다고. 당신의 죽음은 순전히 우리 잘못이었다고. 나란 놈은 당신처럼 빽적지근하게 살지도 못했고 가방 끈도 짧지만, 의리 하나는 끝내 주지. 이 바닥이 의리에 살고 의리에 죽는다는 것쯤 당신도 잘 알 텐데."

사내는 이제 더 이상 주영이 죽은 넋으로 돌아왔다는 것에 신경을 쓰는 것 같지 않았다. 오히려 주영은 그게 좋았다. 두려움에 떨며 무조건 비겁하게 나오는 것보다 차라리 자신을 살아 있는 인간으로 대해 주는 것 같아 다행스러웠다.

"당신 아버지는 어떻게든 당신이 아내와 헤어지길 원했소. 그리고 김 회장 딸과 결혼해서 자신이 평생 이룩한 사업을 당신이 이어 가길 원했지. 그런 아버지의 뜻을 다 나쁘다고만은 할 수 없을 것 같은데."

사내는 이렇게 말하고 다시 덧붙였다.

"원한다면 그날 당신 아내의 병실에 침입한 녀석들을 알아볼 수도 있을 거요."

이렇게 말하는 사내 앞에서 주영은 고개를 꺾고 말았다. 분노 때문이 아니었다. 슬픔 때문이었다. 아버지는 절대 당신의 사업을 이어 가게 하기 위해 주영을 혼내 주고, 민희와 헤어지게 하려 했던 것은 아니었다. 주영은 그것을 너무도 잘 알았다.

아버지는 사랑을 모르는 사람이었다. 당신의 자존심과 사업이 있을 뿐이었다. 누군가가 당신의 명을 거역한다는 것도 있을 수 없었고, 그것이 설령 자식이라고 해도 마찬가지였다. 아버지는 당신의 길을 방해하거나 당신의 뜻을 거역하는 사람이 있을 때에는, 수단과 방법을 가리지 않고 그 대상을 없애야만 직성이 풀리는 성격이었다. 어떤 목적을 세웠을 때에는 물불을 가리지 않았다. 그런 만큼 다른 사람도 아닌 자식이 배신을 했을 때, 아버지가 느낀 배신감이란 상상을 초월한 것이 될 수 있었다.

결국 아버지는 자신이 어떤 피해를 보게 되건, 누구보다도 자학 처리 수단을 강하게 쓸 사람이라는 예감이 맞아 떨어진 것이다.

정화의 말이 옳았다. 인간의 일은 인간들이 해결하게 내버려뒀어야 옳았다. 그리고 저 세상으로 떠날 수밖에 없는 영혼은 그대로 떠났어야 옳았다. 이 세상의 일은 남은 인간들에게 맡기고.

자신이 왜 죽을 수밖에 없었는지, 그 이유를 분명히 알아냈던 날, 주영은 민희를 찾아와 한없이 울었다. 잠든 그녀를 붙들고, 멍하게 밖을 내다보는 그녀를 붙들고, 슬픔으로 가득 차 있는 그녀의 눈 속에 가득 어린 물기를 닦아주면서 한없이 울었다.

아무것도 할 수가 없었다. 아무것도. 정화와 함께 그대로 떠나지 않았던 사실만 후회하며 며칠을 보냈다. 자신의 죽음이 세상을 온통 슬픔의 도가니 속으로 밀어넣은 듯만 싶었다.

주영 자신의 몸은 온통 눈물주머니가 되어 있었다. 손가락 끝을 조금만 눌러도 눈물이 쏟아질 정도로.

그녀를 이렇게 사랑하는데, 아직도 그녀를 사랑하는 마음이 가슴에 가득한데 영원히 그녀와 헤어져야 한다는 사실 때문만은 아니었다. 아버지가 가엾어서였다. 사랑을 모르는 아버지가. 그 아버지 때문에 민희와 헤어져야 했다는 것도 너무 슬펐다.

이제 가을이 사라지려 하고 있었다. 시간이라는 거대한 톱니바퀴에 낀 모든 만물들도 이제 머잖아 다가올 겨울을 위해 하나씩 준비를 서두르고 있었다.

주영은 민희에게로 다가갔다. 그리고 그녀의 머리에 예쁜 들꽃 하나를 꽂아 주었다. 그녀는 하늘과 들판을 번갈아 바라보면서 간혹 아득한 표정을 지을 뿐이었다. 그렇게 앉아 있는 그녀의 속눈썹에 매달린 노란 햇살은 너무도 아름다웠다.

바람이 불면서 그녀의 긴 머리카락으로 은행잎 하나가 뚝, 떨어졌다. 사방은 너무도 고요해, 주영은 은행잎이 떨어지는 소리를 들은 것만 같았다.

과거를 아무것도 기억 못하고 있는 민희에게 그렇게 다가오는 자연의 모습은 반가운 손님 같아 보였다.

문득 주영은 그녀에게서 어떤 기다림을 보았다. 그게 혹시 인수가 아닐까, 하는 생각이 드는 순간 주영은 얼른 고개를 돌렸다. 까닭 모를 외로움에 가슴이 시렸다.

인수는 정화 어머니와 민희가 이리로 이사 온 후에 두 번 다녀간 뒤로 다시 나타나지 않았다. 간혹 전화를 걸어 오기도 했지만, 그냥 머뭇거리다가 끊어 버리는 것이 전부였다.

그가 안 나타나는 것은 아버지 때문일 수도 있었다. 병원에 왔던 괴한이 여기까지 올지도 모르잖은가. 그런 우려 때문에 인수는 여기에 오지 않는 듯했다. 그들이 인수의 뒤를 밟을 수도 있을 테니까 말이다.

하지만 인수가 발걸음을 끊은 뒤로, 민희는 혼자서 밖에 나와 누군가를 기다리는 시간이 많아졌다.

……그래, 민희야. 그렇게 사람은 살아가게 되는 거겠지. 만약에 네가 인수 씨를 좋아하는 것 같으면 내 눈치 볼 것 없어. 네 성격대로 솔직하고 대담하게 사랑한다고 해도 나 질투 안 할게. 진짜 질투 안 할게. 네가 다시 살아갈 용기를 얻을 수 있다면, 나는 그것으로 충분해. 정말이야, 민희야…….

겨우 그 말을 읊조렸을 뿐인데, 목이 메고 다시 눈물이 쏟아질 것 같았던 것은 순전히 어디선가 마른 낙엽을 태우는 연기 때문이었다.

주영은 그녀 어깨를 껴안은 채 오랫동안 그대로 있었다. 아주 오랫동안. 이대로 그녀를 안은 채 한 점 햇볕으로 녹아버리고 싶었다.

그래서 삭발한 들녘 저 너머로 영원히 사라지고 싶었다. 그녀와 함께.

정화 어머니가 집에서 나와 민희를 찾았다.

"바람이 차갑다. 그만 들어가자."

정화 어머니의 말소리에 민희는 고개를 들었다.

"이 꽃 어디서 꺾었다냐? 정말 곱다."

정화 어머니는 민희 머리에 꽂힌 꽃을 빼내 향기를 맡았다.

"이 작은 게 향기도 곱구나. 겨울이 다 됐는데 이런 것들은 그런 사실도 모르나 보다. 아직도 기회만 있으면 꽃 피울 궁리만 하고 있는 것 같아."

정화 어머니는 꽃을 민희 손에 내려놓았다. 민희는 그 꽃에 가만히 얼굴을 묻었다.

그러다가 그 꽃을 정화 어머니 머리에 곱게 꽂아 주었다.

"예쁘냐?"

정화 어머니가 물었다. 민희는 살짝 웃으며 고개를 끄덕였다.

어디서 날아 왔는지, 까치 두 마리가 감나무 꼭대기에 앉아 깍깍깍, 햇살을 쪼고 있었다.

자동차 소리가 들려 왔다. 두 사람이 몸을 돌렸다. 하지만 인수의 차는 아니었다.

"그러고 보니 오늘이 토요일이구나. 시골에 사니까 날짜 가는 걸 통 모르겠어."

정화 어머니는 활짝 웃으며, 먼지를 일으키면서 멀어지는 자동차 꽁무니를 바라보았다.

"왜 인수가 안 오냐? 싸웠구나?"

정화 어머니가 다정하게 물었다. 민희는 그냥 웃기만 했다.

“우리 전화해서 한 번 오라고 할까?”

“…….”

민희는 가만히 있었다. 그러나 그 얼굴로 스쳐 가는 어떤 기다림은 분명 인수를 향한 것이었다.

“나는 그 사람이 너무 좋더라. 그냥 보기만 해도 기분이 좋고 든든해. 내가 무슨 주책인지 너처럼 예쁜 딸도 얻고, 아들도 얻은 기분이야. 모두 주영이가 나한테 주는 마지막 선물 같기만 하는구나.”

정화 어머니는 민희의 머리를 쓰다듬어 주며 한숨을 쉬었다. 그러나 민희는 여전히 아득하게 빈 들판만을 응시하고 있었다.

정화 어머니가 먼저 집 안으로 들어가고, 그리고 민희도 그 뒤를 따랐다.

…두 사람 정말 다정해 보이네요. 부러워서 배가 아플 정도로. 그죠?

어느새 정화가 다가와 옆에 섰다. 그녀는 주영이 민희와 같이 있는 시간이면 절대 가까이 있지 않았다. 어디론가 사라졌다가 나타나고는 했다. 그런 쓸데없는 마음 씀씀이가 공연히 주영의 부아를 돋구었지만, 이제는 화낼 기운도 없었다.

…우리 엄마는 아직도 여전해요. 하나도 안 늙은 것 같아요. 우리 엄마만 보면 괜히 마음이 편해지는 거 있죠. 우리 엄마 만큼 이 세상에서 많은 숙제를 하는 사람은 드물 거예요. 아무리 힘들어도 긍정적으로 생각하는 건 그만큼 세상의 매질을 호되게 맞아서일 거예요. 정말 우리 엄마는 학생으로 치면 굉장히 모범적인 학생이죠.

정화가 웃었다. 그러나 주영은 웃지 않았다.

…정화 어머니와 민희가 다정하니까 질투 나?

주영은 엉뚱한 질문을 불쑥 던졌다. 정화가 아무리 마음이 넓다지만, 자기 어머니의 자리를 민희가 차지해버린 것을 좋게만 생각할 것 같지 않아서였다.

…아뇨, 전혀. 우리 엄마하고 언젠가는 다시 만날 수 있다는 걸 아니까요. 저두 처음에는 억울해서 혼났어요. 다른 사람은 아직 멀쩡하게 살고 있는데 나이도 어린 내가 왜 먼저 죽어야 하는지, 이해할 수 없었거든요. 그리고 주영 씨와 헤어져야 한다는 것이 너무 힘들었어요.

정화는 잠시 말을 끊었다. 그리고 다시 입을 열었다.

…두 사람은 원래 모녀지간이었어요. 우리 엄마로 태어나기 전에. 한세상 헤어져 있다가 다시 저렇게 만나게 되어 있었죠.

정화는 다시 알 수 없는 소리를 했다. 그 말을 듣는 순간, 주영은 머릿속으로 거대한 거미줄 하나를 떠올렸다. 어떤 것으로도 끊을 수 없는 거대한 거미줄. 결국 인간은 한 마리 거미가 되어 그 얽힌 거미줄 사이를 기어 다니는 것이다. 또 하나의 거미줄을 그 위에 얽으면서 말이다. 그걸 풀 수 있는 것은 사랑밖에 없다고 정화는 말할 테지만, 주영이 보기에는 영원히 풀릴 것 같지 않았다. 이 세상이 존재하는 한 영원히.

주영은 달려오는 자동차에 훌쩍 올라탔다.

…어딜 가요?

정화가 덩달아 따라 오며 물었다.

…우리 엄마한테.

주영은 짧게 대꾸했다. 엄마라는 단어가 다시 가슴을 아프게 했다.

…그렇게 말하니까 정말 어린애 같다, 주영 씨. 어렸을 때 주영 씨 말투가 그랬거든. 애들이랑 놀다가 삐치면 통통거리고 가버렸잖아.

어딜 가냐고 물으면 꼭 그랬어. 우리 엄마한테.

정화가 주영의 목소리를 흉내냈다. 하지만 주영은 웃을 기분이 아니었다. 다른 사람은 몰라도 어머니만은 자식을 알아볼 것 같았다. 어머니라도 자신을 알아준다면, 지금보다는 덜 슬플 것 같았다.

영혼 때문에 인간으로 태어나 활동할 수 있고, 사후에도 영혼 때문에 계속 존재할 수 있다는 정화 말이 옳다면, 살았던 날 동안 만났던 사람들과의 헤어짐은 그다지 슬픈 것이 아닐 수 있었다. 정화는 우주에는 물리적인 세계와 정신적인 세계, 두 개의 공간이 있어서, 사랑했던 사람들과 헤어졌다고 해도 그것은 잠시뿐, 언젠가는 반드시 만날 수 있다고 말했다. 그런데 왜 이렇게 슬픈가.

…우리 옛날처럼 냇가에서 가재 잡고 놀면 어때요? 주영 씨는 한 마리도 못잡았지만. 무슨 남자가 그렇게 겁이 많담. 가재가 나타나기만 하면 엄마야, 소리치고 도망쳤으니까.

정화는 계속 재잘거렸다.

…주영 씨, 나 하나 고백할 게 있는데 들어 줄래요?

…말해 봐.

주영은 여전히 건성으로 대꾸했다.

…살아 있을 때 매일매일 기도했어요.

…무슨 기도?

…나중에 키가 다 크고 어른이 되면 주영 씨 색시 되게 해 달라고.

…….

…일기에 그걸 써 놨다가 엄마한테 혼났어요. 얼마나 혼내는지, 그때처럼 엄마가 무서운 적은 없었어요.

…그래서 어떻게 했어?

…어떡하긴. 그 다음부터는 아침, 점심, 저녁, 세 번씩이나 기도를

했죠. 그렇게 기도하다 보니까 나중에는 정말로 내가 주영 씨 색시
가 되어 있는 꿈까지 꾸게 되는 거 있죠.

 …그런데 너는 네 아버지가 얼마든지 너를 먼저 물에서 건질 수
있었는데 나부터 구해 낸 것이 섭섭하지 않았니?

 …아뇨.

 …왜?

 …인간에겐 각자 모습이 있거든요. 얼굴만 모습이 있는 게 아니라
삶의 모양도 서로 다르죠. 우리 부모님 삶에는 내 죽음이 끼여 있었
어요. 말하지 않았나요? 내 죽음은 이미 예견되어 있었고, 우리 부
모님은 그걸 거쳐가야 했죠. 특히 우리 아버지가.

 …왜?

 …자꾸 왜, 왜, 그럴 거예요? 우리 아버지는 평생 가슴앓이를 하
면서 내게 미안해 하셨잖아요. 그렇게 아버지는 내 죽음을 계기로
정신을 성숙시킬 수 있었던 거예요.

 …무슨 말인지 모르겠어.

 …말했잖아요. 인간으로 태어나는 것은 숙제를 하기 위해서라고.
일테면 전생에서 못했던 숙제를 다시 태어나 하는 거죠.

 …어려워서 못 알아듣겠어.

 …내가 그때 물에 빠진 것은 이미 준비된 순서였어요. 설령 아버
지가 주영 씨 대신 나를 먼저 구했다고 해도 나는 이미 숨이 끊어져
있었으니까요.

 …….

 …사람은 사람으로 계속 태어나 지상에서 수많은 경험을 쌓는 것
에 의해 영혼의 진보를 얻게 되어 있어요. 지상에서 보내는 인생은
일종의 학교 역할을 하지요. 숙제를 얼마큼 했는가 하는 확인과 증

274

명을 해 보일 수 있는 것이 지상에서의 삶이에요.

…정말 모르겠어.

…그렇겠죠. 주영 씨처럼 이성적이고 합리적인 사고를 갖고 있으면 그런 말들을 이해하기가 더 힘들죠.

…왜 태어나서 그런 슬픔과 절망을 겪어야 하지?

…저 세상은 고난이나 분쟁이 전혀 없어요. 그저 편안한 공간일 뿐이죠. 그만큼 진보가 늦을 수밖에 없구요. 세상에 태어나 부정적인 사건, 나쁜 사람, 슬픈 일, 힘든 고생, 불편한 인간 관계나 위기감 같은 것을 많이 겪으면 겪을수록 효율적으로 빠르게 정신이 성장할 수 있거든요.

…왜 그렇게 해야 하는데?

…수행이요

…수행?

…네.

…차암, 나는 사는 게 고행이라는 말은 들었어도 수행이라는 말은 처음 듣는다. 좋아, 그렇다면 왜 수행을 해야 하지?

…사랑하고 용서하고 감사하는 행위의 소중함을 알게 하기 위해서죠.

…마치 인간으로 태어나는 것은 이미 저 세상에서 스스로 작성한 사랑이니, 감사니, 용서니 하는 문제들을 몸소 실천하기 위해서라는 것 같군. 좋아, 그렇다고 치고, 그 따위 숙제는 왜 해야 하지?

…모든 고난과 경험을 통해 얻을 수 있는 사랑은 이 세상을 존재시키는 이유니까요.

…그런 사랑을 많이 가지고 저 세상으로 가는 영혼은 어떤 프리미엄이라도 받을 수 있나 보군? 나는 거절하겠어. 억울해서라도 그럴

수는 없어.

주영은 강하게 내뱉었다. 그러나 정화가 주영의 말을 가로막듯 빠르게 입을 열었다.

…저번에 집에 갔을 때 주영 씨는 가족들을 용서했어요.

그녀는 지금 주영이 다시 집에 가는 것을 걱정하고 있는 것이다. 남아 있는 만큼 더 슬퍼질 수밖에 없는 이 세상을 그만 떠나자고 애원하고 있는 것이다.

…그때는 아무것도 몰랐으니까.

…아뇨, 그래서 그런 건 아니었어요. 주영 씨 내면에 이미 용서가 준비되어 있었어요.

…엄청 잘난 척하는군. 귀신한테도 선배, 후배가 있다는 걸 이제 알겠어.

주영은 참지 못하고 버럭 화를 냈다.

…….

빈정대듯 내뱉는 주영의 말에 그녀는 아무 대꾸도 하지 않았다. 하지만 주영은 그녀가 무슨 말을 더 하고 싶어하는지 이미 짐작하고 있었다. 그녀는 주영이 남은 자들을 용서하고 사랑하는 마음을 가지고 저 세상으로 갈 수 있길 바라는 것이다. 어쩌면 그녀가 오랜 시간 동안 그 동산에서 주영을 기다린 것은, 주영에게 그런 사랑을 마지막으로 일깨워 주려는 목적에서였을지 몰랐다. 그러나 추호도 그럴 마음이 없었다.

…네가 뭐라고 해도 나는 그럴 수 없어. 나는 아버지를 용서할 수가 없어. 절대로.

주영은 이를 악물었다.

민희가 너무도 보고 싶었다. 그녀를 바라보고, 그녀의 입술에 입맞춤을 해보아도 뼈가 시리게 그리웠다. 하지만 그렇게라도 그녀 곁에 오래오래 있고 싶은데, 이제는 떠날 수밖에 없다는 사실이 주영을 더욱 외롭게 만들었다. 다른 사람도 아닌 아버지 때문에.

…아버지를 용서하세요. 그래야 해요.

정화가 누이처럼 타일렀다.

…무엇 때문에! 왜 내가 그렇게 당하고도 무조건 용서만 해야 하냐구!

…민희 씨를 위해서.

…민희를 위해서 아버지를 용서하라고?

주영은 정화의 말에 코웃음을 쳤다. 용서란 그렇게 간단한 것이 아니었다. 적어도 주영이 알기로는.

쓸데없는 무조건적인 용서가 얼마나 많은 인간들로 하여금 방종의 길을 걷게 했던가. 불의를 보고 타협하는 것과 나중이 두려워 무조건 용서를 하는 것, 비겁하기로 뭐가 다르단 말인가.

적어도 주영이 배운 지식으론 그런 일이란 있을 수 없었다. 가해자가 피해자를 용서하는 일이란 있을 수 없었다. 용서란 피해자가 쓰는 용어일 뿐이다. 가해자는 죗값에 따르는 벌을 받은 뒤에 스스로 양심의 가책을 느끼거나, 너그러운 피해자가 던져 주는 용서에 몸을 던지고 울어야, 그게 가해자가 할 일이었다.

그런데 용서라고? 아버지를 용서하더라도 아직은 때가 아니었다. 아버지는 지금 회한에 몸부림치며 후회하고 있는 것도 아니고, 그렇다고 주영이 용서를 한다고 해도 그걸 달가워하거나 그 용서에 몸을 던져 울 위인은 더더욱 아니었다.

상식 밖의 죄까지 무조건 용서해야 하는 것이 이 세상에 태어난 목적이라면, 이건 위선이었다. 사랑도, 행복도, 모두 위선이었다. 인간이란 희로애락의 동물이 아닌가. 그런데 어떻게 분노, 슬픔, 절망, 고통, 이런 따위들은 인정될 수 없고 무조건적인 사랑만을 요구하느냐는 것이다.

…주영 씨가 용서하기 싫어도 용서할 수밖에 없는 상황이 있게 마련이에요.

…천만에, 나는 그런 일이 결코 없을 테니까 괜한 환상 품지 마.

주영은 못을 박듯이 단호하게 말했다. 정화가 슬픈 눈빛으로 주영을 응시했다.

…세상에서 가장 멋진 복수를 할 수 있게 도와드릴까요?

그녀가 물었다. 주영은 대답하지 않았다. 그녀가 다시 입을 열었다.

…그건 용서예요.

주영은 그녀의 말을 흘려 들었다. 용서라는 말부터가 기분을 언짢게 했던 것이다. 그 단어는 지금의 자신과 하등 관련이 없는, 헛소리에 불과할 따름이었다.

주영은 그녀가 따라오거나 말거나, 후닥닥 뛰어 그 자리를 벗어났다. 그녀의 잔소리를 듣는다는 것이 너무도 지겨웠던 것이다.

…어디로 가죠?

헉헉대며 뒤따라온 정화가 물어 왔다.

…알 것 없어!

주영은 신경질적으로 대꾸했다.

…주영 씨 자꾸 삐칠 거야? 영혼도 편한 영혼을 좋아해요. 불편한 영혼은 싫어한다구요.

정화가 애교스럽게 물었지만, 주영은 대꾸 없이 여자의 집 쪽으로 향했다.

백화점 앞까지 따라갔던 그날 이후, 여자는 경찰서에 전화를 걸었다. 하지만 어떤 단서가 될 만한 이야기는 한 마디도 못하고 겁에 질려 전화를 끊어 버렸다. 여자는 자신이 그 많은 남자들에게 겁탈을 당했다는 걸 세상에 알리기가 두려웠던 것이다. 또, 그 남자들에게 다시 잡혀 갈까 봐 잔뜩 주눅이 들어 있었다. 충분히 그럴 수 있었다.

여자는 애인과 함께 있었다. 주영이 안으로 들어가 제일 먼저 본 것은 여자의 알몸이었다.

노을이 창문으로 비켜 가면서, 여자의 몸매가 한 개의 조각품처럼 아름답게 드러났다. 화장기를 지우고 거추장스러운 옷을 벗어 버린 여자의 모습은, 운동으로 다져진 남자의 가슴 위에서 아름다운 나비를 연상시킬 만큼 아름다웠다. 정말로 한 송이의 꽃과 나비가 아름답게 어우러지고 있는 듯했다.

인간이 아름다울 수 있는 것은 세속의 물질에서 완전하게 해방되었을 때가 아닐까. 주영은 두 사람의 긴 입맞춤을 숨죽이고 바라보았다.

여자의 봉긋한 유방이 남자의 커다란 손아귀에서 꽃처럼 도드라졌다. 두 사람은 말이 없었다. 다만 빠르게 서로의 입술을 더듬고, 강한 흡입력으로 상대방을 빨아들일 뿐이었다.

너무도 간절한 여자의 몸짓, 그리고 그 움직임 어느 것 하나도 흐트러지지 않게 감싸 안으려는 남자의 손길.

아름다웠다.

그리고 이제 육체를 이탈한 두 사람의 영혼이 무한한 공간에서 만나고 있었다. 아무것도 없는 곳, 티 하나 없이 맑은 곳, 이슬이 태어나고 바람과 햇살이 탄생되는 곳, 그곳에서 두 영혼이 만나고 있었다. 여자의 영혼도 남자의 영혼도 바람 한 줄기, 햇볕 한 줄기, 이슬 한 방울만큼 투명하고 아름다웠다.

문득 이 세상은 거대한 어머니일지 모른다는 생각을 했다. 그리고 무생물이건 생물이건 모두 그 어머니의 자식들이었다. 자식들은 어머니의 젖을 한 모금이라도 더 빨기 위해 안간힘을 쓰는 것이다. 서로 다투며 젖을 먹느라 미워하고, 질투하고, 증오하고…….

정화는 분명, 그 애증 속에서 인간들은 사랑과 용서와 이해를 배운다고 말할 것이다. 거대한 어머니의 품에서 말이다.

"아아……."

여자의 입에서 작은 신음 소리가 새어 나왔다. 여자는 지금 인간이 갈 수 있는, 가장 아득하고 먼 공간에 다다르고 있었다. 주영이 그녀의 영혼과 만날 수 있는 순간은 지금밖에 없었다.

그러나 주영은 그녀의 영혼을 만나러 가지 않았다. 그냥 그대로 두 사람의 모습을 지켜보았을 뿐이었다. 살고 싶어하는 여자의 간절한 몸짓 때문에.

주영은 힘없이 그곳을 나왔다.

좀전보다 바람이 차가웠다. 길잃은 아이같이 울먹거리던 바람이 떨어진 비닐을 멀리멀리 날렸다.

정화는 전봇대 옆에 서서 놀고 있는 꼬마 아이들을 멀거니 바라보고 있었다. 살아 있던 동안에도 그녀는 유난히 아이를 좋아했다는 것을 주영은 기억했다. 만약 그녀가 그렇게 일찍 죽지 않았다면, 그래서 성인이 되어 뭔가 직업을 가졌다면 분명히 아이들을 가르치고 있으리라.

…왜 여자에게 부탁하지 않았죠?

주영이 다가가자 정화가 물었다.

왜 여자의 깨끗한 육체를 보면서 그 여자를 보호해 줘야 한다는 생각을 했는지, 주영 자신도 선뜻 이해할 수 없었다.

이 세상의 모든 인간이 너무도 가엾었다. 모두 어떤 거대한 끈에 결박된 채 살고 있는 것 같았다. 자신의 억울한 죽음과 상관없이, 그 여자를 보호해 줄 수 있는 사람은 여자 곁에 있던 그 남자밖에 없었다. 그 생각을 한 순간 민희를 떠올렸고, 그리고 그대로 그곳을 나왔던 것이다.

윤리, 도덕, 모두 산 자들이 입에 올리는 말일 뿐이었다. 손해보지 않고 피해 보지 않기 위한. 한 꺼풀만 벗으면 너도나도 똑같은 존재인데도, 더러 나만은 다르다는 위안을 받고 싶어 낡은 잣대를 아무 곳에나 들이 미는 것이다.

여자의 간절한 몸놀림은 아무것도 계산되지 않은, 오로지 세상에서 온전하게 살아 남기 위한 가냘픈 몸부림으로 보여졌다. 어머니의 젖무덤에서 떨어지지 않으려는 간절한 몸부림.

여자는 주영의 죽음도, 그날 많은 남자들에게 겁탈을 당했던 일도 한갓 꿈으로 여기고 싶은 것이다. 악몽을 꾸었을 뿐이고, 이제는 그 악몽에서 벗어나 진정으로 사랑하는 남자 곁에 있다고 믿는 것이다. 그런 여자에게 그 악몽을 되풀이하게 할 수는 없었다.

밤이 되자 수없이 많은 인파들이 거리로 쏟아져 나왔다. 정화와 주영은 그 인파 속에 겨묻혀 한없이 걸었다.

…사람들은 우리가 자기들을 보고 있다는 걸 모르겠지?

주영이 물었다.

…우리도 살았을 때 누군가가 나를 보고 있다고 생각한 적 없잖아요? 버스를 타고 가면서 아는 사람이 걸어가는 모습을 보면 난 몹시 이상했어요. 저 사람은 내가 보고 있다는 걸 모르겠지? 그런 생각을

하면 공연히 자세를 똑바로 하게 되는 거 있죠. 누군가가 나를 그렇게 보고 있는 것만 같아서요.

정화의 목소리가 쓸쓸했다.

…나 때문에 힘들지?

주영이 물었다. 괜한 투정을 너무 부린다는 것을 모르지는 않지만, 그렇게라도 하지 않으면 가슴이 터져 버릴 것만 같았다.

…후후, 그래 보여요? 주영 씨 기다리는 세월이 길어서 그랬는지 몰라도 난 요즘 굉장히 신명나게 지내는 걸요. 주영 씨 힘들어하는데 나만 즐거워해서 정말 미안해요.

정화는 정말 아무렇지 않다는 것을 보려 주려는 듯 애써 웃었지만, 그 웃음마저도 주영의 마음을 무겁게 했다.

…앞으로도 계속 그렇게 나를 기다릴 셈인가?

…그럼요, 제가 할 일은 그것밖에 없는 걸요. 주영 씨를 기다리는 일밖에는.

정화의 거침없는 대답에 주영은 쓸쓸하게 웃었다. 저렇게 자신만 생각해 주는 정화 앞에서 민희만을 염려하고 생각한다는 것이 미안하지 않은 것은 아니었다. 그러나 미안이라는 말이 선뜻 입에서 나오질 않았다. 더러는 그녀의 그런 기다림이 당연하게 여겨질 정도였다.

…미안하다는 말은 하지 말아요. 그 말은 마치 타인이 타인한테 하는 말 같으니까요.

정화가 주영의 심중을 헤아리고 먼저 말했다.

…나는 주영 씨하고 나를 타인이라고 생각해 본 적이 한 번도 없거든요. 내 몸보다 더 아끼고 소중하게 여기거든요. 주영 씨 마음이 아프면 난 그 아픔을 고스란히 전염받아요. 아마 오랜 옛날 우린 한

몸이었다가 둘로 갈라진 게 아닌가, 그런 생각을 할 때도 있는걸요.

　그녀는 맑게 말하고 있었지만 떨리는 목소리까지 숨길 수는 없었다.

　…싫어요?

　잠깐 침묵이 흐르고 정화가 조심스럽게 물어 왔다. 무엇이 싫으냐고 물었을까, 주영은 무턱대고 고개만 가로저었다.

　…아니, 미안해.

　주영은 자신도 모르게 미안이라는 말을 입에 올리고 말았다.

　…….

　정화는 주영의 사과에 아무 대꾸도 하지 않았다.

　둘은 밤거리를 오랫동안 쏘다녔다. 휘황찬란한 밤거리에서 바쁘지 않은 사람은 없었다. 술을 마시기 위해, 친구를 만나기 위해, 집으로 돌아가기 위해 사람들은 분주하게 다가왔다가 사라지고는 했다.

　늘 그 자리에 남아 있는 것은 정화와 주영, 둘뿐이었다. 오락실을 기웃거리고, 쇼 윈도에 진열된 마네킹의 모습을 오랫동안 바라보고, 커피 숍에 들어가 대형 텔레비전을 한동안 응시하며 가수들의 현란한 춤을 넋 놓고 바라보고…….

　너무도 외로웠다. 살면서 더러 외로움을 만나기도 했다. 그러나 지금처럼 어깨가 시릴 정도로 외로운 적은 없었으리라. 늘 최선을 다해 살았고, 늘 밝은 내일을 꿈꾸면서 살았다. 그런데 내가 왜…….

　주영은 턱을 괴고 앉아 테이블에 켜 있는 촛불을 한동안 응시했다. 그리고 주영 또래 정도로 보이는 남자와 여자가 그 자리를 차지하고 앉자 그대로 몸을 일으켰다.

정화는 말없이 주영의 뒤를 따라다녔다. 그녀는 몹시 지쳐 있는 것 같았다.

…나 따라다니느라 애쓸 것 없어.

주영이 힘없이 말했다.

이번에는 그녀가 고개를 가로저었다.

…미안하다는 말만 다시 안 한다면, 어디든 상관없어요.

…….

…내가 귀찮아요?

…아니.

하늘이 흐려지고 있었다. 아마 또 비가 내릴 것 같았다.

…올해는 참 이상해요. 비가 너무 많이 왔어요. 지금은 눈이 내려야 할 땐데…….

정화가 하늘을 올려다보았다.

하늘이 점점 낮아지고 분주하게 오고 가던 사람들의 발걸음이 조금 잦아들 무렵, 정말로 비가 쏟아졌다. 처음에는 똑똑 떨어지던 빗방울이 시간이 지날수록 점점 굵어지기 시작했다. 세상의 거대한 수레바퀴가 굵은 빗줄기에 감싸여 어디론가 방향을 잃고 굴러가는 것만 같았다.

정화와 주영은 맥주 집 앞에서 비를 피했다. 수없이 많은 젊은이들이 맥주잔을 기울이며 담배 연기를 뿜어내고 있었다. 모두 주영과 정화 같은 젊은이들이었다.

맥주 냄새, 치킨 냄새, 담배 냄새, 모두 젊음이 내뿜는 향기였다. 저들 속에 앉아 술을 마시고, 젊음을 이야기하고, 미래를 토론하던 시절이 있었다는 사실이 믿기지 않았다.

몇 쌍의 연인이 작은 우산 속에 서로의 몸을 기대고 멀어져 갔다.

좀전에 혼신을 다해 섹스를 하던 그 여자와 남자처럼 너무도 자연스럽고 아름다운 모습들이었다. 주영은 빗속으로 그들이 완전히 사라질 때까지 눈을 돌리지 않았다.

이 비가 그치면 나무들은 서서히 겨울을 준비할 것이고, 거리에 수북하게 쌓인 낙엽들은 바람이 되어 어디론가 사라질 것이다.

…너무 쓸쓸해.

주영이 중얼거렸다. 인간 모두가 이런 죽음의 세계를 예감한다면 돈, 명예, 권력, 아무것도 연연해 하지 않을 것이다. 모두 무의미한 것들뿐이라는 것을 안다면.

아버지가 떠올랐다. 야망과 돈에 눈이 멀어 자식까지 죽음에 이르게 했던 아버지가.

집에 도착했을 때는 어둠이 짙은 새벽이었다. 새벽의 찬 기운을 온몸으로 받으며 둘은 천천히 언덕을 올랐다. 신문 배달을 하는 청년을 만나고, 우유 배달을 하는 아주머니를 만나고, 새벽 운동을 나서는 이웃집 남자를 만나고.

더러 안면이 있는 사람도 있었다. 주영은 그 중에서도 우유 배달 아주머니가 제일 반가웠다. 주영이 고등 학교 다닐 때부터 이곳을 담당했던 분이었다. 늘 열심히 사는 그 아주머니가 보기 좋았는데, 주영은 아주머니를 향해 안녕히 계세요! 큰 소리로 외쳐 주었다.

그러나 집이 가까워질수록 어떤 낯선 기운이 주영을 주춤거리게 했다.

예감이 맞았다. 구급차가 보이고, 마악 집 안으로 들어가는 소영을 보았던 것이다.

아버지, 아버지한테 무슨 일이 생긴 것이다.

주영은 빠르게 집을 향해 뛰어갔다. 그러나 더 빠르게 정화가 주영의 앞을 막아 섰다.

…제발 그만 떠나요. 이제부터 주영 씨한테 도움 될 일이 아무것
도 없어요.

…내가 무슨 도움 받자고 이렇게 어슬렁거린다고 생각했나?

…세상에는 주영 씨보다 더 억울하게 죽은 사람이 많아요. 그래도
그들은 모두 자신의 죽음을 받아들일 줄 알았어요.

…내가 그들과 같아야 할 이유가 없어. 나는 나고, 그들은 그들이
야. 아직 나는 이 세상에 머물고 있고, 그렇다면 내 삶은 끝나지 않
았어. 끝까지 최선을 다하겠다는 것이 뭐가 나쁘지?

…주영 씨가 말하는 그 최선이라는 게 결국 주영 씨 가슴에 상처
밖에 안 된단 말예요!

…그럼 날더러 억울하게 그냥 꺼지란 말이야! 억울하게! 안 돼,
그럴 수는 없어. 아버지가 돌아가시기 전에 진실을 밝혀야 해.

이렇게 말하면서 주영은 마음속에 감춰져 있던, 간절한 무엇을 발
견했다. 그날 두목에게서 알아냈던 사실이 모두 거짓말이길, 그래서
아버지는 자신의 죽음과 아무 관련도 없기를. 만약 그렇다면 생각보
다 훨씬 가볍게 저 세상으로 떠날 수 있을 것 같았다.

그러나 정화는 한 발짝도 물러서지 않은 채 완강하게 고집을 피웠
다.

…사람은 어차피 한 번은 죽어요. 주영 씨 죽음으로 해서 아버지
가 달라지게 되어 있다고 말하지 않았나요? 세상의 일들은 어차피
인간들이 해결할 수밖에 없어요. 이 세상은 인간들의 몫이라구요!
우린 이제 저 세상으로 떠나는 일밖에 없다구요!

정화는 매달리듯이 말했다.

…아무도 만나지 말고 이제 그만 떠나요. 주영 씨는 지금 감당할

수 없는 행동을 하고 있어요. 주영 씨는 이제 검사도 아니고 인간은 더더욱 아녜요. 귀신이라구요, 귀신! 제가 말했죠! 용서가 제일 멋진 복수라구. 이제 제발 그만 좀 떠나요, 예!

그녀는 울고 있었다.

그녀가 이렇게 고집스런 모습을 보인 것은 처음이었다. 주영은 굳게 입을 다물고 그녀를 바라보았다. 그리고 그녀를 쏘아보며 나직이 말했다.

…비켜!

…비킬 수 없어요. 정말 가고 싶으면 나를 밀어내고 가요.

주영은 그대로 정화를 노려보았다. 정화도 주영의 눈길을 피하지 않았다.

주영은 거칠게 그녀를 밀치고 안으로 뛰어들어갔다.

주영이 방으로 들어갔을 때, 식구들이 모두 거기 있었다. 언제 귀국했는지 승태도 와 있었다.

아버지는 코에 호스를 끼고 있었다. 의식이 없어 보였다. 거친 숨소리만 아니라면 이미 산목숨이라고 할 수가 없었다.

…이럴 수가…….

주영은 말문을 잃었다. 자식까지 죽음으로 몰아넣은 사람이 이렇게 쉽게 쓰러질 수 있다니, 말도 안 되는 일이었다. 아무리 죽음은 모든 인간에게 공평하게 다가온다지만 세상 일에 항상 예외가 있듯이, 아버지는 그 공평한 죽음과 상관이 없었다. 적어도 주영은 그렇게 여기고 살았다.

승태와 소영이 아버지의 자리를 봐주는 동안 어머니는 멍청하게 벽에 기댄 채 앉아 있었다. 그러나 주영이 바라보았을 때, 어머니는 울고 있었다.

처음에는 아주 작은 소리였다. 어머니는 숨죽여 울음을 삼키느라 어깻숨을 쉬고 있었다. 하지만 소리는 점점 커다랗게 울리기 시작했다. 마침내 어머니의 입에서 쏟아져 나오는 울음 소리가 방 안을 가득 에워쌌다.

"나더러 어쩌라고, 어쩌라고 다들 이래요!"

"엄마, 왜 이러세요."

소영이 어머니를 안았다. 하지만 어머니는 그대로 방바닥을 주먹으로 꽝꽝 내리치며 울부짖었다.

"내가 무슨 잘못을 그렇게 많이 저질렀길래, 어떻게 살라고 다들 이런다냐. 나더러 어떻게 살라고."

"엄마, 제발……."

소영이 어머니를 달래다 말고 왈칵 눈물을 쏟았다.

헝클어진 머리카락, 흩어진 자세, 화장기 없이 퉁퉁 부은 얼굴, 어머니 모습 어디에도 예전의 그 모습은 없었다.

어머니의 울음 소리 때문에 주영은 고개를 숙이고 가만히 있었다. 눈물이 나올 것 같았지만 눈을 꾹 감고 참았다. 아버지 앞에서는 절대로 눈물을 보이기 싫었다.

그런데 그 순간이었다. 갑자기 어머니가 아버지한테로 달려들며 악을 써댔다.

"우리 주영이 살려내, 우리 주영이 살려내란 말야! 이 나쁜 사람아, 우리 주영이 살려내!"

"어머니 왜 이러세요."

승태가 얼른 어머니를 안아 일으켰지만 어머니는 아버지의 팔을 붙잡고 몸부림을 쳤다.

"그깟 돈이 뭐고 사업이 뭔데 우리 주영이를 죽였냔 말이오! 그 자식 죽이고 당신이 좋은 데 갈 줄 알았소! 내가 어떻게 키운 자식인데, 어떻게 키운 자식인데 죽여요, 예? 제발 주영이, 우리 주영이 살려내……."

어머니는 가슴을 쥐어뜯으며 울부짖었다. 그렇게 슬퍼하는 어머니 앞에서 주영은 너무도 슬퍼 가슴이 터질 것만 같았다.

어머니의 몸부림에 아버지가 희미하게 눈을 떴다. 하지만 초점이 없는 눈이었다. 바라보기만 해도 표범을 연상시키던, 그 부리부리한 눈은 어디에도 없었다.

"죽으려면 우리 주영이 살려 놓고 죽어요. 우리 주영이 살려 놓고 죽으란 말이에요!"

어머니는 그 말을 비명처럼 질러 놓고, 그대로 실신해 버렸다.

"어머니!"

"엄마!"

승태와 소영이 놀라서 어머니를 불렀다. 하지만 얼굴이 백지장처럼 하얘진 어머니는 소영의 가슴에 기댄 채 미동도 하지 않았다.

"얼른 침대로 모시고 가."

승태가 등을 내밀었다. 소영이 얼른 그의 등에 어머니를 업혀 드렸다.

그런데 잘못 본 것이 아니라면, 그 순간 주영은 아버지의 눈에서 흘러 나오는 눈물을 또렷이 보고 말았다.

정말 눈물이었다.

주영은 주춤 뒷걸음을 쳤다. 이건 배신감이었다. 아버지 때문에 죽었다는 사실보다 더 큰 배신감이었다. 아버지는 절대 눈물 따위는 흘릴 줄 모르는 사람이었다. 뇌졸증 따위에 쓰러져 인사불성이 될 만큼 나약한 사람도 물론 아니었다. 자식을 죽여 놓고도 눈 하나 끔

쩍하지 않던 사람이 이런 식으로 나약한 모습을 보일 수 있다니, 말
도 안 되는 일이었다.

　주영은 아버지 앞에 털썩 주저앉았다.

　…아버지!

　주영은 가슴속에서 들끓는 분노를 이기지 못하고 잇새를 빠져 나
가는 신음 소리를 그대로 내버려두었다.

　…제발, 제발 이렇게 비겁하게 굴지 마십시오, 아버지. 이렇게 한
다고 제가 아버지를 용서할 줄 알았나요? 이렇게 나온다고 제가 눈
하나 끔쩍할 줄 알았나요?

　목이 메어 말이 나오질 않았다. 그러나 주영은 무섭게 아버지를
노려보면서 입을 열었다.

　…아버지 저를 이렇게 만들면서까지 해야 될 일이 무엇이었죠?
도대체 뭘 얻기 위해서……그러셨나구요. 왜요! 저는 억울해요. 너
무 억울하단 말입니다. 제가 민희를 얼마나 사랑했는지 아시죠? 그
여자가 제게 얼마나 소중했는지 아시죠? 그런데 어떻게 그렇게 고
통스럽게 헤어지게 할 수 있죠? 제가 그 여자 놔두고 편안히 눈을
감을 수 있다고 생각하셨나요? 그렇게 저를 죽여서라도 그 여자와
헤어지게 해야 직성이 풀렸단 말예요!

　소리는 가슴을 쥐어짠 피눈물이 되어 아버지의 얼굴로 떨어졌다.

　주영은 자신의 고함소리가 단 한 마디라도 아버지의 귀에 박히기
를 바랐다. 그렇게만 된다면, 정말 그렇게만 된다면 정화의 말처럼
미련 없이 떠날 수도 있었다. 아버지의 말을, 아버지 가슴에 있는 말
을 단 한 마디만 들을 수 있다면.

　하지만 아버지한테 듣고 싶은 말이 무엇인가. 미안하다고? 잘못
했다고? 너를 사랑했다고? 아니면 이제라도 모든 걸 잊고 좋은 데

로 가라고?

 …아버지……

 주영은 기어이 울음을 터뜨리고 말았다.

 …아버지, 살고 싶어요. 민희랑 오래오래 살고 싶단 말예요. 민희랑 아이 낳고, 집에 찾아오면 아버지도 엄마도 우리 용서하고, 그래서 잘살 수 있을 거라고 생각했단 말예요. 아버지, 살고 싶어요. 저 좀 어떻게 살려 줄 수 없을까요? 그러면 옛날 일 모두 잊어버리고, 그리고 효도하면서 살게요. 아버지, 아버진 뭐든 할 수 있다고 하셨죠? 산을 옮기라면 옮길 수도 있다고 하셨죠? 그럼 저 좀 살려 주세요. 민희한테 돌아가게 도와주세요. 제발, 아버지…….

 주영은 아버지 팔을 붙들고 매달렸다.

 …아버지, 저 좀 살려주세요. 아버진 뭐든 다 할 수 있다고 하셨잖아요. 아버지 살고 싶어요. 민희한테 돌아가게 해주세요. 그 애랑 다시 살 수 있게 해주세요, 아버지. 제가 잘못한 게 있음 이렇게 빌게요. 아버지, 용서해주세요. 그리고 제발, 제발, 민희한테 저 좀 가게 해주세요, 예?

 주영은 아버지 앞에 무릎을 꿇고 앉아 싹싹 빌었다. 눈물이 비오듯 쏟아졌지만, 민희한테 돌아가게 해달라고 계속 애원을 했다.

 하지만 가슴을 열어, 가슴의 말을 토해 놓아도 심장을 도려내는 듯한 통증은 조금도 가라앉지 않았다. 차라리 이대로 재가 되어 이런 고통과 절망을 잊을 수만 있다면, 재가 되고 싶었다.

 주영은 아버지 앞에 엎드려 한동안 울었다. 아무리 울어도 몸 안을 가득 채우고 있는 눈물은 조금도 줄어들 것 같지 않았다.

 그 순간이었다. 주영이 어떤 낯익은 소리를 들은 것은. 거친 숨소리를 헤치고 간신히 토해 내는 듯한 소리.

주영은 숨을 죽이고 소리를 향해 귀를 묻었다.

…주영아, 주영아.

…아버지?

주영은 자신도 모르게 그렇게 묻고 말았다. 자신의 이름을 부르는 그 목소리는 분명 아버지 것이 틀림없었다.

주영은 사방을 두리번거렸다. 하지만 아버지는 여전히 죽은 듯이 누워 있었다.

…절 불렀나요?

주영은 아버지 얼굴에서 시선을 떼지 않은 채 빠르게 물었다.

…그래.

아버지 음성이 분명했다.

분명히 그런 대답을 들었지만, 아버지의 숨소리는 여전히 거칠기만 했다. 소리는 허공 저 먼 곳에서 메아리처럼 울려 퍼지고 있었다.

…내가 널 불렀단다, 주영아.

아버지는 다시 또렷하게 대답했다. 그때서야 주영은 아버지의 영혼이 육체를 이탈해 주영을 찾고 있다는 것을 알았다. 하지만 아직 아버지는 숨이 끊어지지 않았기 때문에 어떤 이미지로도 나타나지 않고 있었던 것이다.

…반갑구나. 너를 이렇게 만나다니, 정말 고맙구나.

반갑다고? 주영은 아버지의 목소리를 아주 낯설게 들었다.

…아버지가 그런 말을 할 자격이 있다고 생각하십니까?

주영은 분노로 치를 떨며 아버지의 말을 받았다.

…나를 원망하냐?

주영은 대답하지 않았다. 아니, 대답할 수가 없었다. 어떻게 그런 말을 할 수 있단 말인가.

…정말 미안하구나.

…뭐가 미안하다는 거죠?

주영은 정신을 가다듬고 물었다. 아버지 앞에서 조금이라도 틈을 보이면 안 된다는 평소의 버릇대로, 바짝 긴장한 채로였다.

…세상에는 많은 사람들이 살고 있는 것처럼, 자식을 사랑하는 방법이 여러 가지라는 것을 이제야 알았다.

…아버지의 자식 사랑은 저를 이 지경으로 만드는 것이었나요?

주영은 될 수 있으면 감정을 드러내지 않으려 애를 썼다.

…그렇게 보였겠구나. 하지만 주영아, 네가 없는 세상이 왜 이렇게 공허하고 허전한지, 정말 모르겠다. 네가 있을 때에는 세상에 부러운 게 하나도 없었는데. 네가 나를 미워하고 찾아오지 않아도 남부러울 것이 없었어. 언제나 너는 내 가슴에 있었으니까. 그런데 내가, 내가 정말로 너를 가슴에 묻는 짓을 하고 말았구나.

아버지의 말투는 조금 어눌했다. 주영이 듣고 자랐던 그 목소리와는 사뭇 달랐다. 강한 발음이 사라진, 너무도 편안한 음성이었다. 어쩌면 아버지의 본래 음성이 저랬을지 모른다는 생각을 잠깐 했다.

…네 말대로 내가 너를 죽인 셈이다. 하지만 주영아, 어느 부모가 자식을 죽이고 싶을까. 아무리 못난 자식이라도 그 부모는 감기만 앓아도 살이 아픈 법이다.

…그런데 왜 그러셨죠?

…….

아버지는 한동안 말을 끊었다. 그러고는 다시 천천히 입을 열었다.

…내 이기심이 너를 불행하게 만들어 버렸다. 나는 너를 내 옆에 영원히 놔두고 싶었다. 영원히. 어느 집 자식보다 똑똑하고 잘난 내 자식, 다른 사람들에게 자랑하고 싶었고, 누구한테도 너를 빼앗기기

싫었다. 무슨 일이 있어도. 너도 이 아비 성격을 잘 알고 있으니까 왜 그런 생각까지 하게 됐는지 이해할 수 있겠구나. 나는 살면서 불가능은 한 가지도 없다는 믿음을 갖고 살았다. 설령 있더라도 그 불가능을 없애면 된다고 믿었지. 정말 그렇게 살았다. 그래, 그래. 내가 너를 그 지경으로 만들었다. 너를 너무도 사랑해서…….

…….

이번에는 주영이 입을 다물었다. 누워 있는 아버지의 숨결이 점점 거칠어지고 있었다. 승태와 소영은 아직 돌아오지 않고 있었다.

아버지는 아직 죽어서는 안 되었다. 더 살아서 자신이 무엇을 잘못했는지, 그 잘못한 것만큼 깨달아야 했다. 정화의 말처럼 삶이 수행이라면 말이다. 아무것도 깨닫지 못한 영혼은 저 세상으로 갈 자격도 없었다.

…아무 걱정 하지 마라. 나는 아직 죽지 않는다.

아버지가 먼저 주영을 안심시켰다.

방 안은 깊은 정적에 감싸여 있었다. 링거주사를 통해 아버지 팔뚝으로 흘러 들어가는 약물의 흐름 소리가 들릴 것만 같았다. 간혹 갸르릉거리는 아버지의 호흡 소리가 그 흐름 소리를 막고 있을 뿐이었다.

…나는 너를 내 옆으로 데려올 수 있는 일이라면 무엇이든 할 수 있었다. 무엇이든지. 나는 그 무렵 몹시 힘들었단다. 사업도 힘들었지만 혈압 때문이었지. 이런 날이 오리라는 걸 알고 있었기 때문에 하루라도 빨리 너를 내 옆으로 데려오고 싶었어.

…아버지는 지금 거짓말을 하고 있어요. 아버진 조금도 힘들어하지 않았어요.

주영은 단호하게 아버지의 말을 잘랐다. 말이 안 되는 소리였다. 어떻게 그런 위험한 계획을 꾸민 사람이, 단순히 자식을 곁으로 데려오고 싶어서였다고 말할 수 있단 말인가.

…내가 너한테 거짓말을 하고 있는 걸로 보이냐?

아버지의 음성은 착 가라앉아 있었다.

…회사가 아무리 힘들어도 네가 언젠가는 내 옆으로 돌아와 날 도와주리라 믿었다. 정말이지 그런 희망을 단 하루도 버린 적이 없었다. 네가 시험에 합격하고, 검사가 되고, 결혼을 하고, 그런 모든 것들을 지켜보면서 이 아비 심정은 네가 영원히 내 곁에서 떠나고 있는 것만 같아서, 그래서 무서웠다.

…아버지가 무서워하는 것이 있었다니 믿기지 않는군요.

주영은 빈정거리듯 말했다. 하지만 아버지는 하던 이야기를 계속했다.

…세상의 어떤 것이든, 내가 원하는 것이라면 무슨 수단을 동원해서라도 다 이뤘다. 더러 남에게 못할 짓도 했고, 손가락질받는 짓도 서슴없이 했다. 그러면서도 떳떳할 수 있었던 것은, 이 모든 것을 너한테 물려줄 수 있고, 너를 위한 일이라고 여겼기 때문이다. 비록 나는 욕을 얻어먹더라도, 너를 위한 일이라면 더한 것도 할 수 있다고 생각하면서 살았다.

…저는 아버지 사업에 전혀 관심이 없었습니다.

…알고 있다. 너는 내 사업이 어떻게 돌아가고 있는지 한 번도 궁금해 한 적이 없었어. 그래도 나는 희망을 꺾지 않았다. 너는 내 희망이었으니까.

…아버진 그런 말씀을 한 번도 한 적이 없었습니다. 정말 제가 아버지 희망이었다면 그런 말 정도는 해 줄 수도 있었을 텐데요.

아버지는 분명히 거짓말을 하고 있는 것이다. 주영은 그렇게 여기지 않을 수 없었다.

…네가 이 아비한테 가슴에 있는 말을 한 번도 내보이지 않았던 것처럼 나도 그런 표현을 하지 못했을 뿐이다. 부모 자식이니까 말하지 않더라도 알고 있으리라고 믿었다. 네가 나를 떠나 살고 있어도 마음 한 켠에는 나를 생각하고 사랑하고 있다고 생각했으니까.

……

…넌 어려서 나를 몹시 따랐다. 아주 어려서 말이다. 내가 어딜 가려고 하면 울고불고 난리를 피웠어.

아버지는 그 말을 해 놓고 허허 웃었다. 처음으로 듣는 웃음 소리였다.

…유치원을 다니면서, 학교에 다니면서 너는 나를 참 많이도 흐뭇하게 해 주었다. 상장도 많이 받아 오고, 공부도 잘하고, 예절 바르고. 아무리 부모 욕심이 한이 없다지만 그만하면 되겠다 싶었다. 입 달린 사람은 누구나 할 것 없이 너를 칭찬했으니까. 그런데 어느 날, 너는 내 곁에서 떠나기 시작했어. 여자 때문에.

아버지의 목소리가 떨렸다.

…민희는 제가 이 세상에 살면서 유일하게 제 것이었습니다. 아버진 한 여자를 사랑해 본 적이 없으니까 제가 그 여자를 얼마나 사랑했는지 모르실 겁니다.

…언젠가 네가 그랬지? 네가 그 여자를 사랑하는 것처럼 나도 어떤 여자를 사랑할 기회가 있었다면 좋았겠다고.

……

…네가 그렇게 간절한 사랑을 했던 것처럼 나도 이 세상에서 마지막으로 사랑했던 여자가 있었다.

사랑했던 여자? 아버지가? 너무 뜻밖이었다. 주영은 뒤통수를 한 대 세게 얻어맞은 듯한 충격으로 숨을 죽였다.

그러면서 퍼뜩 머릿속으로 정화 어머니를 떠올렸다. 어떤 예감이 있어서는 아니었다. 사랑이란 멀리 있는 것이 아니라 가까이 있다는 말이 맞다면, 아버지 곁에는 언제나 정화 어머니가 있었질 않은가.

주영은 아무 말도 묻지 않았다. 물어서는 안 될 것 같았다. 숨을 죽이고 아버지의 입만을 바라보았다. 절대 아버지의 입을 통해 흘러나오는 소리가 아닌데도 주영은 눈도 끔쩍하지 않았다.

…나는 부모님의 반대를 이길 자신이 없었다. 그 여자하고 결혼할 수 있게 허락해 달라고 울며 매달린 적이 있었다. 그러자 어머니는 그날로 아무것도 잡수시지 않았고, 나는 결국 어머니의 뜻대로 그 여자와 헤어지기로 결심했다. 내가 부모님 뜻대로 그 여자와 헤어졌듯이 너도 그랬어야 옳았다. 적어도 내 생각에는. 그런데 너는 나를 너무 실망시켰다. 그 여자를 선택하기 위해서. 정말 내 삶 전부를 도둑맞은 기분이었다. 그게 견딜 수가 없었다.

…그래서, 그래서 저를 죽여서라도 데려오고 싶으셨던가요?

주영은 빈정거렸다.

…….

…그래서 그 여자까지 죽이려 했냐구요!

주영은 고함을 지르고 말았다. 뻔뻔한 아버지의 말이 너무도 혐오스러웠다.

…주영아?

아버지가 주영을 불렀다. 주영은 대답하지 않았다.

…너한테 그 애를 보내 주고 싶었다고 하면 믿겠느냐? 네가 부모를 버리면서까지도 좋아했던 그 애를 말이다.

아버지의 말이 명치끝에 터억 맺히는 기분이었다.

…비록 네가 살아 있는 동안은 그 여자와 헤어지게 하려 갖은 짓

을 다했지만, 네가 저 세상으로 떠난 뒤에는 아니었다. 널 외롭게 놔
둔다는 것이, 아무도 없는 곳에서 외롭게 지내게 한다는 것이 얼마
나 견디기 힘든지, 그 애를 너한테 보내 주고 싶었다. 어떤 짓을 해
서라도.

　…말도 안 돼, 말도 안 되는 소리야……

　주영은 누구에게랄 것도 없이 혼자말처럼 뇌까렸다.

　…믿어 다오. 나는 너를 그냥 혼자 떠나게 하기 싫었다. 네가 혼자
서 떠돌거라는 생각만 하면 너무 힘이 들고 괴로웠었다. 할 수만 있
다면 어떤 방법을 써서라도 너를 외로움에서 구해 주고 싶었다.

　아버지 음성에는 물기가 가득했다. 그러나 주영은 무섭게 아버지
를 노려볼 따름이었다.

　…나는 너희들 사랑을 잘 모른다. 내가 어떻게 너희들 사랑을 이
해할 수 있겠냐. 그러나 그렇게 진정으로 사랑하는 관계라면, 세상
어디라도 같이 갈 수 있어야 된다고 생각했던 것이다. 나는 그런 사
랑을 책임질 자신이 없어서 그 여자를 버렸지만, 너희들은 아니었잖
느냐. 그렇다면 죽음도 너희 둘을 갈라놓을 수 없어야 했다.

　주영은 눈을 감았다. 이건 억지였다. 이건 아버지 스스로 자신의
잘못을 합리화시키기 위해 꾸며 댄 거짓말일 뿐이었다. 어떻게 그런
생각을 할 수 있단 말인가.

　…그 애가 너를 따라가기 위해 음독 자살을 하려 했다는 말을 듣
고서 용기를 냈다. 너한테 보내 주자고.

　주영은 민희의 병실에 침입했던 괴한들을 떠올렸다. 그런 행위가
얼마나 끔찍한 것인지 알고 있느냐고 아버지에게 추궁할 필요도 없
었다.

　…진심이었다. 진심이었어……. 세상이 나를 손가락질하건 욕을

하건, 그건 두렵지 않았다. 너 혼자 구천을 떠돌고 있다는 생각만 하면……. 살인자가 되더라도……내 자식한테 …… 그 애를 보내주려고 했어. 그애를.

아버지는 울고 있었다. 그러나 이내 목소리를 가다듬고 편안하게 말을 이었다.

…그런데 이제 정말로 내 소원을 이룰 수 있을 것 같구나. 조금만 있으면 널 따라갈 수가 있을 것 같다. 이 아비가 너무 나쁜 짓을 많이 해서 너랑 같이 손잡고 천당에는 못 가더라도 네 얼굴을 한 번이라도, 한 번이라도 볼 수 있다고 생각하니 너무도 기쁘다.

주영은 도리질만 쳤다. 이런 우스갯소리가 어디 있단 말인가. 당신의 욕심을 채우기 위해 무슨 짓을 했는지 그걸 모르지는 않을 텐데, 아버지는 지금 당신의 행위를 자식 사랑의 한 방법으로 미화시키고 있는 것이다.

…마당의 개가 낄낄낄 웃겠군요. 지금 얼마나 우스운 이야기를 하고 있는지 아세요?

주영은 입술을 비틀어 웃어보였다. 침이라도 뱉어주고 싶은 심정이었다. 그러나 무릎 앞의 아버지는 언제 숨이 끊어질지 모르는 환자일 뿐이었다. 주영은 아버지에게서 등을 돌리고 말았다.

그리고 이제 늦었다고, 너무도 때가 늦었다고 말하고 싶었다. 왜 일이 이 지경이 되게 했느냐고 따지며 덤비고 싶었다.

…아버진 아직도 민희를 저한테 보낼 생각이세요?

주영은 될 수 있으면 감정을 내보이지 말자고 자신을 타이르며 나직이 물었다.

…아니다. 그 앤 정화 어머니하고 잘 있지 않느냐?

아버지가 그 사실을 알고 있다는 것이 너무도 뜻밖이라 주영은 다시 고개를 돌려 아버지를 보았다.

　…그래서 그 애 대신 내가 널 따라가기로 했다. 너를 외롭지 않게 해 주려고.

　아버지는 다시 말꼬리를 흐렸다. 그렇지만 주영은 아무 대꾸도 할 수 없었다. 무엇이 잘못인가. 어떻게 이럴 수가 있단 말인가.

　긴 침묵이 흘렀다.

　그 침묵을 먼저 깬 사람은 아버지였다.

　…네가 사고를 당한 것이 나 때문이었다는 걸 제일 먼저 눈치챈 사람은 정화 어머니였다. 그 여잔 내가 무슨 생각을 하고 있는지, 무엇을 필요로 하는지 눈빛만 봐도 알았으니까. 병원에서 그 여자를 데리고 사라진 사람이 정화 어머니라는 걸 누가 말해 주지 않아도 쉽게 알 수 있었지.

　…그만 하세요!

　주영은 비명을 지르고 말았다. 더 듣고 싶지 않았다. 머릿속으로 수많은 실지렁이들이 들어앉아 뇌를 헝클어 놓고 있는 것만 같았다. 결국 그 많은 미물들이 뇌 세포를 몽땅 갉아먹고 나면, 자신도 한 마리 실지렁이로 작아질 것만 같았다.

　…그런 엉뚱한 이야기를 해서 제게 바라는 게 뭐죠? 동정인가요? 아니면 용서인가요?

　주영은 빠르게 물었다. 가슴이 너무도 아팠다. 그 날 깡패들에게 칼을 맞고 쓰러지면서 느꼈던 그 통증이 다시금 가슴을 찢고 있었다.

　…아무리 그래도 저는 아버지를 용서할 수 없단 말입니다, 절대로…….

　…안다, 다 안다. 네 마음 내가 다 안다, 주영아…….

　…아니요, 아버진 아무것도 이해할 수 없어요. 제가 지금 얼마나

힘들어하고, 민희를 보고 싶어하는지 아버진 모른단 말입니다!

있는 힘을 다해 고함을 질러댔다. 하지만 입을 통해 빠져 나가는 소리는 고함이 아니라 비명이었다.

그러다 주영은 그 자리에 털썩 주저앉고 말았다. 여지껏 간신히 버티고 섰던 다리의 힘이 고스란히 빠져 버리는 것만 같았다. 아무리 나약한 인간들이 모여 사는 세상이라고 하지만 어떻게 이런 일이 일어날 수 있는지, 너무도 어이가 없어 웃음이 실실 터졌다.

…으흐흐, 정말 우습네요. 정말 웃겨요. 아버지 이야기 들으면 참 많은 사람들이 배꼽 잡고 웃겠다구요.

…주영아, 미안하다. 이 아비가 잘못했다. 정말 잘못했다.

아버지의 음성이 바로 가까이에 있었다. 주영은 어떤 따뜻한 기운이 자신을 감싸는 것을 느꼈다. 어린 시절, 아버지의 등에 업혔던 적이 있었던가. 그런데도 그때 업혀서 맡았던 아버지의 향기를 다시 맡고 있는 것만 같았다.

울지 말자고 수없이 자신에게 타일렀는데도, 주영은 결국 아버지 앞에서 고개를 숙이고 말았다. 자신도 모르게 힘없이 고개가 꺾이고, 그리고 아버지 앞에서 한없이 눈물을 쏟고 말았다.

…아가, 울지 마라. 제발 울지 마.

주영은 간절한 아버지의 음성을 들으면서 더욱 목놓아 울었다. 섧게, 섧게 울었다.

방 안은 주영의 울음 소리로 가득했다. 가슴을 뜯으며 밖으로 새어 나오는 소리에 피눈물이 묻어 있었다.

질곡 같은 세상이었다. 이제 그 세상이 싫어졌다. 지쳤나 보다. 그만 쉬고 싶을 뿐이었다.

…아가, 울지 마라. 제발 울지 마라, 아가.

울고 있었지만, 아버지의 음성은 너무도 다정했다. 어떤 위선도 꾸밈도 없이 편안한 그 음성 때문에 더 목이 메었다. 그러나 주영은 잇새를 빠져 나오려는 말, 아버지라는 말을 끝내 하지 않았다.

얼마나 그렇게 울었을까. 주영은 창턱에 걸터앉아 서서히 밝아 오는 아침을 보았다. 그러나 그 아침 속으로 나타나는 모습은 너무도 엉뚱한 것이었다.

모두 아버지와의 일이었다. 아버지와 산에 오르던 모습, 감나무에 올라가 감을 따던 모습, 아버지 신발을 감춰 놓고 숨어서 킥킥대던 철없던 모습. 마치 한 개의 필름을 서서히 돌리듯이, 그런 모습들은 너무도 정확하게 눈앞으로 펼쳐졌다.

살아 있던 동안에는 한 번도 고맙게 여기지 못했던 것들, 만약 그런 것들을 한 번만이라도 소중한 행복으로 여길 수 있었다면 아버지와 훨씬 더 잘지낼 수 있었을 것이다.

그 사이 승태가 들어와 아버지의 상태를 살펴보았다. 다행히 아버지의 숨소리는 많이 가다듬어져 있었다. 소영이 다급하게 부르는 소리에 승태가 뛰어나가고, 방 안에는 좀전의 침묵이 다시 흘렀다.

…아버지…….

주영은 메마른 음성으로 아버지를 불렀다. 그러나 아버지의 영혼은 대답을 하지 않았다.

…아버지.

주영은 목이 메어 다시 한 번 간절하게 아버지를 불렀다.

…이렇게 돌아가시지 마세요. 제 마지막 부탁입니다. 정말 아버지가 저를 사랑하신다면 제발 이렇게 돌아가시지 마세요. 아버진 아직 할 일이 많잖아요. 아버지까지 이렇게 눈을 감으시면 어머니는 어떻게 하구요. 그리고 민희, 그 애를 저 대신 돌봐 주시면 안 되나요?

정말 불쌍한 아이예요. 정말 아버지가 저를 사랑하셨다면 그 애를 조그만 보살펴 주시면 안 될까요? 그 애는 충격 때문에 기억도 못하고 말도 못해요. 제가 아직 저 세상으로 떠나지 못한 것도 그 애 때문이에요. 그 애를 그냥 놔두고 떠날 수가 없단 말입니다, 아버지. 제발 조금만 더 이 세상에 남아 계세요. 저는 외롭지 않아요. 정말 외롭지 않아요. 아버지가 제 소원을 들어주신다면 저는 정말로 편안하게 저 세상으로 떠날 수 있을 거예요.

주영은 간절하게 말했다.

아버지가 자신의 마음을 이해해 주기를 간절히 바라면서. 그렇게만 된다면 아버지를 얼마든지 용서할 수 있었다. 그렇게만 된다면, 얼마든지 편안하게 정화를 따라 저 세상으로 떠날 수 있었다.

하지만 아버지의 숨결은 더욱 거칠어지기만 했다.

…아버지!

주영은 거칠어진 호흡 때문에 조바심을 치며 아버지를 불렀다.

…아버지!

아무리 큰 소리로 불러도 아버지 영혼의 소리는 들려 오지 않았다.

주영은 아버지 가슴에 귀를 묻어 보았다. 심장 소리가 점점 잦아지는 것 같았다. 주영이 두 손으로 아버지의 심장을 눌러 보았지만, 두 손은 공기를 움켜쥐는 것처럼 아무것도 쥐지 못하고 있었다. 아무리 애를 써도 소용이 없었다. 이런 상황에서 아무것도 할 수 없는 자신이 너무도 안타까웠다.

…누나! 매형! 엄마……!

안방에 대고 악을 써 보았지만, 소용이 없었다.

…제발 아버지, 이렇게 가시면 안 돼요. 제발 이렇게 가지 마세요.

너무도 많은 죄를 짓고 간다면, 그 죗값을 치르기 위해 아버지가 겪어야 할 고통이 너무도 클 것만 같았다. 살면서, 좀더 살면서 사랑을 배울 수 있어야 했다. 그런 다음에 저 세상으로 가야 했다.

…제발 아버지, 정신 차리세요, 제발!

주영은 두 손으로 아버지의 심장을 세게 눌렀다. 죽을 힘을 다해. 그 순간이었다. 너무도 간절한 마음이 손으로 모아지고 있었다. 그 힘은 저번에 정화가 인수에게 민희를 살려달라며 뿜어냈던 그 기운과 닮아 있었다. 그리고 정말로 자신의 손이 아버지의 가슴을 누르고 있다는 걸 알 수 있었다. 너무도 기뻤다.

주영은 두 손으로 세게 압박하면서 천천히 숨을 멈추었다. 그렇게 멈추려는 아버지의 심장을 계속 압박했다. 얼마나 그렇게 했을까, 드디어 아버지의 심장은 다시금 살아나고 있었다.

쿵쾅, 쿵쾅, 희미하지만 박동 소리가 분명히 들려 왔다.

…아버지! 아버지, 이제 됐어요. 아버지, 이제 됐다구요!

주영은 너무도 신나서 혼자 고함을 질러댔다. 어린 시절, 위급한 아버지를 살리기 위해 의사에게 간절하게 매달렸던 것처럼 자신이 아버지를 위해 뭔가를 해냈다는 사실이 너무도 즐거웠던 것이다.

주영은 꿍꽝거리며 거실로 뛰어나갔다. 누구에겐가 자신의 일을 자랑하고 싶었던 것이다. 자신의 손으로 멈추려던 아버지의 심장을 다시 소생시켰다고.

그런데 마루 어딘가에 있으리라고 믿었는데, 정화는 보이지 않았다. 대신 소영이 안방에서 마악 나오고 있었다. 그리고 그 뒤를 따라 승태가 나왔다.

…누나! 매형!

그러나 주영은 그대로 우뚝 멈춰서고 말았다. 소영이 울고 있었던 것이다. 두 손으로 얼굴을 가리고 어깨를 떨어 가며 울었다. 너무도 슬픈 울음이었다.

승태가 소영에게로 다가왔다.

"조금 있으면 깨어나실 거야. 너무 걱정하지 마."

승태는 소영의 어깨를 안아 주었다. 소영은 그의 목에 매달리며 더 섧게 울었다.

"어떻게 해. 나 어떻게 해야 되는 거야. 무서워서 죽겠어. 무서워서 죽어 버릴 것 같단 말야."

너무도 커다란 소영의 울음 소리 때문에 주영의 마음은 다시 우울해졌다.

"그래, 실컷 울어. 실컷 울고 나면 정신이 맑아질 거야."

승태는 소영의 어깨를 다독거려 주었다. 언제나처럼 따뜻한 손길이었다.

"너무 불효만 하고 살아서 이제라도 잘해 드리려고 했는데. 정말 효도하려고 했는데. 주영이 몫까지 효도하려고 했는데."

"그래, 그래……."

"아버지 저렇게 가시면 불쌍해서 어떻게 해. 우리 아버지 불쌍해서 어떻게 해, 승태 씨."

"아냐, 돌아가시지 않아. 내가 절대 돌아가시지 않게 할게. 무슨 수를 써서라도 아버님 다시 기운 차리시게 할게."

승태는 소영의 얼굴을 두 손으로 감쌌다.

"약속할게. 아버지 절대로 돌아가시지 않게 해 줄 게."

눈물 범벅이 된 소영의 눈이 승태의 얼굴을 바라보았다.

"당신 속썩인 거 잘못했다고 비는 거야. 아버지 어떻게든 살릴 테니까 나 용서해 달라고."

승태의 눈이 웃고 있었다. 소영은 눈물 범벅이 된 얼굴로 승태를 바라보았다. 놀란 표정으로.

소영은 다시 승태의 가슴에 고개를 묻고 흐느끼기 시작했다.

주영은 말없이 어머니가 누워 있는 방으로 들어갔다.

역시 정화 말이 옳았다. 산 자들의 일은 산 자들이 충분히 해결할 수 있다는. 한 인간이 어떤 경위로 죽었건, 세상에 남겨진 모든 일은 인간들이 해낼 수 있었다. 마치 헝클어진 방 안을 정리하듯이. 그렇다면 주영 자신의 죽음도 남은 사람들에게 뭔가 정리할 기회를 주기 위해 운명적으로 엮어져 있었다는 것이 되었다.

어머니의 숨소리는 약하기는 해도 고른 소리를 내고 있었다.

…엄마…….

주영은 어린 시절 어머니에게 그랬던 것처럼 큰 소리로 말했다.

…엄마, 이제 아무 걱정 말고 편안하게 살아, 응? 아버지도 많이 달라지실 거야. 나랑 약속했거든. 그러니까 엄마도 아버지한테 조금만 잘해 줘, 응?

주영은 될 수 있으면 명랑하게 떠들려 애썼다. 이제 이곳을 나가면 영영 돌아올 수 없었다. 마지막인데, 슬픈 마음으로 돌아서기는 정말 싫었다.

…엄마, 눈 나빠지니까 작은 글씨로 쓰인 책은 될 수 있음 보지 마. 그리고 좋은 일만 생각하고 살아. 엄마가 너무 슬퍼하면 내가 힘들어지잖아. 옛날처럼 예쁜 옷 사입고, 헬스클럽도 다니고, 골프도 치고 그래. 그렇게 사는 게 엄마한테 어울린다는 걸 이제 알겠어.

주영은 어머니 얼굴에 자신의 얼굴을 부비어 보았다.

…엄마…….

주영은 가만히 엄마, 불러 보았다. 아무리 불러도 정겨운 말, 엄마…….

…엄마를 많이 사랑하지 않아서 미안해. 엄마나 아버지 원망만 할 줄 알았지, 내가 뭘 잘못하고 있다는 생각도 못하고 살았거든. 엄마, 내가 인제 철드는 것 같지? 엄마가 나한테 그랬지? 언제 철들 거냐구. 히힛, 나는 엄마 앞에서 영원히 철 안 들었음 좋겠어. 그냥 언제까지나 철부지 아이로 살았으면 좋겠어. 그게 정말 좋았거든.

더 말을 이을 수가 없었다.

주영은 어머니 앞에 넙죽 큰절을 올렸다. 그리고 어머니 얼굴에 쪽, 소리 나게 입을 맞추었다. 개구쟁이처럼. 하지만 볼을 타고 흐르는 눈물은 어쩔 수가 없었다.

…나중에 우린 다시 만날 수 있어, 엄마. 그러니까 너무 힘들어하지 마, 알았지?

이제는 정말 시간이 없었다. 모든 것이 다 해결되었다는 것을 깨닫는 순간, 너무 많은 시간을 지체했다는 것을 느낄 수 있었다.

…안녕.

주영은 현관 앞에서 뒤도 돌아보지 않은 채 식구들을 향해 작게 읊조렸다.

주영은 현관에 서서 개와 멀찍이 떨어져 있는 정화를 바라보았다. 그녀는 어려서부터 유난히 개를 무서워했다는 생각이 들자 괜히 웃음이 나왔다.

…왜 들어오지 않았어?

주영이 물었다.

…나는 아직도 주영 씨 아버지가 무섭거든. 우리 엄마도 없는데, 뭐.

정화가 말했다. 주영은 정화에게 아버지의 사랑이 누구였을까, 물으려다 그만두었다. 모두 끝난 일이었다. 죽음 앞에서 모든 것이 무

의미하고 부질없는 것처럼, 한 남자가 한 여자를 사랑했던 긴 세월도 이미 끝난 뒤였다. 남은 것은 가슴에 거미줄처럼 얽힌 세월밖에 없었다.

그래도 이제는 걱정하지 말자, 주영은 스스로를 달랬다. 그렇게 얽힌 세월을 올곧게 풀어낼 수 있는 능력은 이미 주영에겐 없었다. 저 세상에도 없었다. 꽃이 피고, 새가 우는 이 세상에 사는 인간밖에는.

…무슨 일 있었어요?

밝아진 주영의 표정을 살피며 정화가 물었다.

…나중에 이야기해 줄게.

주영은 건성으로 대꾸했다. 그리고 덧붙였다.

…마지막으로 할 일이 있어.

주영의 말이 무슨 뜻인지 이미 알고 있는 것처럼, 정화는 뭐냐고 물어 오지 않았다.

…민희한테 마지막 인사를 하게 해 줘.

…….

…부탁이야. 그 애 얼굴을 한 번만 더 보고 싶어. 마지막으로.

마지막이라는 말이 다시 마음을 우울하게 했지만, 주영은 그녀에게 그런 표정을 들키지 않으려 밝은 웃음을 지어 보였다.

…그래요.

정화가 흔쾌하게 대꾸했다.

…고마워, 정화야. 정말 고마워.

주영은 진심으로 말했다.

…천만에요. 주영 씨 덕분에 나도 우리 엄마 얼굴 한 번 더 볼 수 있으니까요.

그녀의 음성은 밝았다.

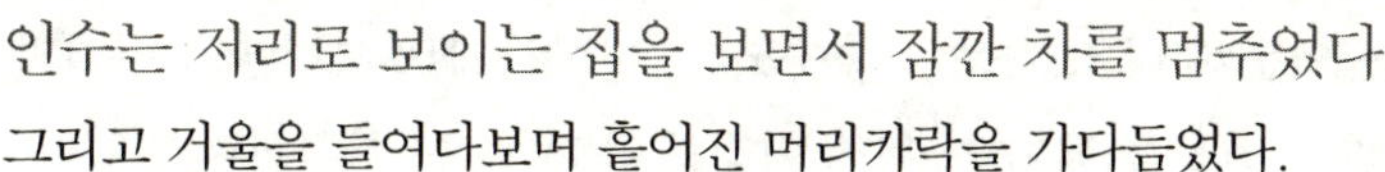

19

인수는 저리로 보이는 집을 보면서 잠깐 차를 멈추었다.

그리고 거울을 들여다보며 흩어진 머리카락을 가다듬었다.

오늘 모든 수속이 끝났다. 그리고 한 달 후면 프랑스로 떠날 수 있었다. 민희를 잊을 수 있는 유일한 방법은 그것밖에 없었던 것이다.

그녀를 버릴 수 있다면 프랑스 아니라 더 먼 나라도 갈 수 있었다. 그녀를 버릴 수만 있다면. 불행해진 그녀 옆에서 더 지체한다면 자신이 너무도 비참해질 것만 같았다.

아직도 기억을 되찾지 못하는 그녀를 보면, 어쩌면 민희는 지금의 현실을 인정하지 않기 위해서 애써 아무것도 기억하지 않고 있을 거라는 생각이 들고는 했다. 주영의 죽음을 인정하지 않기 위해서 말이다. 그것이 인수를 더욱더 힘들게 했다.

이제 떠난다 해도 염려할 것은 없었다. 그녀 곁에는 정화 어머니가 있지 않은가. 그리고 그 괴한들에 대한 염려도 이제는 없었다. 정화 어머니가 곁에 있는 한 민희는 안전하게 지낼 수 있을 것만 같았다.

정말이지 자신이 그녀 곁에 있을, 어떤 이유나 명분도 없다는 것이 인수를 더욱 못 견디게 했다.

"그래, 이제는 떠날 거야. 보기 좋게 너를 배신해 보겠어."

인수는 마치 그녀가 곁에 있기라도 한 것처럼 단호하게 말했다.

아까는 몰랐는데 희끗희끗한 물체가 차 앞에서 어른거렸다.

"어, 눈이잖아?"

인수는 혼자 감탄했다.

아직 눈이 내리기에는 일렀다. 하지만 분명히 눈이었다. 눈은 금방 송이송이 눈꽃 송이를 이루며 하늘에서 땅으로 내려오기 시작했다.

눈 때문에 다소 기분이 좋아졌다. 이상하게도 그녀에게 마지막으로 좋은 선물을 해 주기 위해 이리로 온 것 같은 착각까지 일었다.

"왜 이제야 오는 거야?"

골목에다 차를 세우고 있는데, 어느새 나왔는지 정화 어머니가 반갑게 맞아 주었다.

"바빴어요."

"바쁘다고 그럴 수 있어? 무심한 사람 같으니."

정화 어머니는 인수의 등을 가볍게 때려 주었다.

"죄송해요."

인수는 들고 간 과일 봉지를 내밀며 어색하게 변명했다.

민희는 마당에 있었다. 그녀는 인수가 들어서자 어색한 미소를 지었다. 문득 그 웃음이 촌뜨기 같던 대학 시절의 모습을 연상시켰다. 그 생각을 했을 뿐인데 다시 가슴이 아팠다.

"오랜만이네."

그녀를 보자 여지껏 다잡았던 마음이 무너지는 것 같았지만, 인수는 태연하게 말했다.

"눈이 와, 함박눈이."

그 말에 정화 어머니와 민희는 동시에 손바닥을 내밀어 눈을 받았다.

"어제 김장하길 잘했네. 묻을 김치라 따뜻할 때 한다고 해 버렸더니."

"누가 먹는다고 김장을 묻으셨어요?"

"무슨 소리야. 방학 되면 인수도 여기 많이 와 있을 거잖아. 아무래도 김치는 묻어야 제 맛이 나거든."

정화 어머니의 말에 인수는 아무 대꾸도 하지 않았다. 정화 어머니가 의아하게 인수를 바라보았다.

"왜 무슨 할말이 있어?"

"실은 드릴 말씀이 있어서 찾아왔습니다."

"무슨?"

정화 어머니는 편하게 물었다. 손바닥에 눈을 받고 있던 민희가 불안한 시선으로 이쪽을 바라보았다. 인수는 애써 그 눈길을 피했다.

"말씀 안 드렸던가요? 저 프랑스로 떠나요. 당분간 돌아오지 않을 겁니다."

"이게 무슨 소리야? 그럼 민희는 어떻게 하고?"

정화 어머니가 놀라 인수와 민희를 번갈아 바라보았다.

"민희를 놔두고 갈 생각이야?"

"민희는……."

데리고 가고 싶어도 그녀가 절대 따라가지 않을 거라고 말하려던 참이었다. 주영의 넋이 그녀 가슴에 영원히 머물러 있을 것이고, 그러니까 그녀는 떠날 수 없을 거라고 말하려던 참이었다.

그러나 정화 어머니가 빠르게 민희에게로 돌아서며 손을 잡았다.

"그냥 따라가. 여기 있지 말고 따라가. 갔다가 돌아오면 여기서 널 기다리고 있을 테니까 제발 인수 따라서 가라, 응?"

너무도 간절한 부탁이었다. 민희는 그냥 눈만 크게 뜨고 정화 어머니를 바라보았다.

"네가 다시 돌아온다면 언제든지 기다리고 있을 테니까, 이러고 있지 말고 꼭 따라가거라. 따라가서 잃어버린 말도 찾고, 기억도 찾고 그래. 그 대신 아픈 기억은 모두 잊어버리고 즐겁고 행복한 기억만……."

정화 어머니는 더 이상 말을 잇지 못했다. 민희는 정화 어머니 손에 손을 붙들린 채로 가만히 있었다.

정화 어머니가 다가와 두 사람의 손을 포개 주었다.

"네가 돌아오고 싶으면 언제든지 돌아올 수 있도록 내가 기다리마. 꼭 여기서 기다리고 있을 테니까 아무 걱정 말고 따라가. 우리 정화 대신 너를 내 딸로 여기고 기다리마."

민희가 정화 어머니를 와락 껴안았다.

"그래, 나도 그냥 하루하루 사는 것보다 누구를 기다리면서 살고 있다고 생각하면 훨씬 외롭지 않겠구나."

정화 어머니는 민희를 안고 어깨를 다독거려 주었다.

민희는 소리 죽여 울고 있었다. 안으로 안으로 삼키려는 그녀의 울음은, 금방이라도 그녀의 가녀린 몸을 으스러뜨리고 말 것만 같았다.

"그만 울어라. 너무 울면 신세가 곤곤해져서 못쓴다고 했잖아. 이제 그만 울고 명랑하고 활기 차게 살어."

정화 어머니가 인수의 팔을 민희 앞으로 끌어당겼다.

인수는 그녀 어깨에 손을 얹었다. 그리고 가만히 그녀의 가냘픈 어깨를 끌어다 가슴에 안았다. 가엾은 여자를.

그래, 나는 이 여자 곁에서 영원히 달아날 수 없어. 영원히.

인수는 눈을 감고 그녀의 머리카락에 입을 맞추었다.

눈은 점점 드세지고 있었다. 이 세상을 온통 눈바다로 만들어 버릴 것처럼.

그 눈 속에서 바라보는 세상은 너무도 아름다웠다. 세상의 온갖 것들을 순백의 색으로 치장하고, 그보다 더 새하얀 천사가 몸을 숨기고 이 세상에 내려올 것만 같았다.

정화 어머니와 인수가 마당의 수도를 지푸라기로 감싸는 동안 민희는 혼자서 대문을 나서고 있었다.

주영은 그녀의 뒤를 천천히 따라갔다.

그녀는 냇가 쪽으로 가고 있었다. 뽀드득, 뽀드득, 그녀가 발짝을 내디딜 때마다 눈이 부서지는 소리가 들려 왔다. 참 듣기 좋은 소리였다. 뽀드득, 뽀드득……. 주영은 그녀가 밟은 자리만 골라 밟아 보며 그 소리를 흉내내 보았다.

그녀는 앙상한 가지만 남아 있는 버드나무 아래에서 걸음을 멈추었다. 그리고 그 나뭇가지에 걸린 꽃 바구니를 말없이 응시했다. 언제부턴가 그녀의 방에 있었던 그 장미꽃 바구니였다.

그녀는 눈을 한 주먹 쥐어 그 바구니 위에 쌓았다. 그리고 또 허리를 굽혀 많이 쌓여 있는 곳에 있는 깨끗한 눈을 골라, 다시 한 주먹 쥐어 바구니 위에 쌓았다. 정성을 다해.

그 꽃 바구니가 그녀에게 무엇일까, 주영은 그녀의 너무도 정성 어린 행동을 말없이 바라보았다. 어쩌면 그녀는 저 죽은 장미꽃이 언젠가는 살아날 것이라고 믿고 있는지도 몰랐다. 지금은 겨울이라 어려울 테지만, 내년 봄이면 버드나무가 눈을 뜨듯이, 그렇게 꽃도 피어나리라고.

…정말 잘됐어요, 주영 씨. 모두 주영 씨 뜻대로 됐군요. 민희 씨 는 슬픔을 기억하고 싶지 않아서 무의식 중에 말을 잃고 살았지만 이제 더는 슬퍼하지 않고 살 거예요. 주영 씨가 마음에 남아 있으니 까요. 또 인수 씨랑 우리 엄마도 있고.

정화가 말했다. 그러면서 다시 주영을 재촉했다.

…이제 정말 떠날 때가 됐어요. 너무 많이 기다리게 했어요.

…누굴?

주영이 물었다.

…주영 씨를 마중 나온 영혼들이죠. 보세요, 빨리 오라고 손짓을 하고 있잖아요.

주영은 정화가 가리킨 곳을 바라보았다. 그러나 하얀 눈밖에 보이 지 않았다. 정말로 순백의 천사가 흰 눈 속에 몸을 감추고 내려왔을 까.

주영은 정화를 바라보았다.

…그런데 정화야, 부탁이 있어. 미안해, 정말.

…미안하다는 말은 안 하기로 했잖아요.

정화는 이렇게 말하면서도 바짝 긴장해서 주영의 말을 기다렸다.

…정화를 따라갈 수가 없어.

…주영 씨!

…나를 아주 오랫동안 기다리고 있었다고 했지?

…….

그녀는 대답하지 않았다. 영리한 여자니까 주영이 무슨 말을 하려

하는지 이미 다 알고 있을 테지만, 주영은 힘주어 말을 이었다.

…만약 내가 정화와 만나야 하는 것이 운명이라면 그 운명을 조금만 더 뒤로 늦춰 줄 수 없을까?

…왜 그래야 하죠?

…정화가 나를 기다렸던 것처럼 나도 민희를 기다리고 싶어.

…….

…정화가 고마운 건 알겠지만 나는 민희를 기다리고 싶어. 나를 찾아올 때까지. 나를 찾아왔는데 아무도 없으면 얼마나 실망하겠어.

…그 세월 동안 기다리는 일이 쉽지는 않아요.

정화는 차분하게 말했다. 하지만 그 목소리는 실망감으로 작게 떨리고 있었다.

…알고 있어, 쉽지 않다는 거. 하지만 정화도 해냈잖아. 정말 민희가 날 찾아왔을 때 내가 없어서 실망하게 하고 싶지 않아.

주영은 애써 담담하게 말을 했다. 그녀에게 이런 부탁을 한다는 것이 얼마나 무리인지 모르지는 않았다. 다시 그 긴 세월을 기다려야 한다는 것이 그녀에게 얼마나 큰 고통일지, 모르지도 않았다. 그러나 주영은 민희를 떠나 다른 곳으로 갈 수가 없었다. 언제까지나.

…알겠어요. 주영 씨 뜻대로 하세요.

그녀가 천천히 입을 열었다. 그리고 다시 덧붙였다.

…대신 미안하다는 말은 다시 하지 말아요. 내가 너무 가엾어지거든요.

…알았어, 안 할게.

…고마워요.

그녀가 울까 봐 주영은 혼자서 마음을 졸였다. 그녀가 눈물을 보인다면 너무도 마음이 아플 것 같았다. 그녀만은 주영의 마음을 아프게 하지 말기를, 욕심처럼 바랐다.

…이제 어떻게 할 거야?

쓸데없는 질문인데도 이렇게 묻고 말았다.

…저는 주영 씨를 다시 기다리고 있을 거예요.

…왜 그래야 하지?

…주영 씨가 민희 씨를 사랑하는 것처럼 제 사랑은 주영 씨니까요.

그녀는 서서히 멀어지기 시작했다. 태양 같은 그러나 전혀 뜨겁지 않은 하얗고 커다란 빛을 타고 서서히 사라지기 시작했다. 그녀는 그렇게 빛 속으로 사라졌다.

…정화야…….

주영은 그녀를 소리쳐 부르지도 못했다. 그녀가 사라진 자리로는 하얀 눈만이 소복하게 쌓여 있을 뿐이었다.

하지만 주영은 눈발 어디에선가 들려 오는 그녀의 마지막 목소리를 들었다.

…안녕, 내 사랑.

눈발은 더욱 거세지고 있었다. 주영은 눈 속에서 한동안 꼼짝하지 않았다.

갑자기 추워진 날씨에 잠자리들은 어떻게 될까.

하지만 내년이면 어김없이 잠자리도 다시 돌아올 것이다. 한 생명이 다시 태어나는 것처럼.

인수가 민희가 있는 곳으로 걸어오고 있었다. 아직도 민희는 눈을 쥐어 바구니 위에 쌓아 올리고 있었다. 이제 더는 쌓이지 않고 그대로 아래로 쏟아졌지만, 그녀는 눈 쌓는 일을 멈추지 않았다.

"내가 도와줄게."

인수가 다가와 말했다. 그리고 바위 위에 놓인 하얀 눈을 잔뜩 집어 그 바구니 위에 얌전하게 놓았다.

"뿌리가 너무 추워서 얼어 버리면 어떡하지?"

인수의 말에 민희가 잠깐 긴장하는 표정을 지었다.

"하긴 알뿌리는 겨울에 춥게 있어야 다음해 봄에 예쁜 꽃을 피운다고 했어."

인수의 말에 민희는 그때서야 안도의 표정을 지었다.

그녀의 머리에도 인수의 머리에도 흰 눈이 하얗게 내렸다. 그렇게 계속 쌓인다면 두 사람의 모습은 오간 데 없이, 두 개의 눈사람만이 거기 서 있을 것 같았다.

인수가 나뭇가지 하나를 뚝 꺾었다. 그리고 그것을 둘로 잘라 하나는 어깨에 터억 걸치고, 하나는 다른 손에 쥐었다.

그는 그 나뭇가지를 가지고 바이올린처럼 켜기 시작했다.

그대 곁에 머물 수 있다면
한 점 바람이라도 좋소
그대 곁에 머물 수 있다면
한 뼘 그림자라도 좋소

그는 민희가 가장 좋아했던 노래를 불러 주고 있었다. 그 모습을 바라보고 있던 민희의 얼굴에 희미한 미소가 번졌다.

주영은 결혼식 날처럼 손나팔로 색소폰을 불었다.

그대 곁에 머물 수 있다면
한 점 바람이라도 좋소……

두 사람이 나란히 집으로 걸어가는 동안에도 주영은 혼자 남아 그 노래를 계속 연주했다.

그러다가 문득 하늘을 보았다. 정화가 사라진 하늘을. 너무도 새하얀 눈이 쏟아지고 있는 하늘을.

주영은 그녀가 방금 전에 수북이 눈을 쌓아 놓은 장미꽃 바구니 앞에 쪼그려 앉았다. 그리고 그녀가 그랬던 것처럼, 그 바구니 위에 눈을 쌓기 시작했다.

아주 오랫동안…….

작가의 말

한 문인이 이런 말을 했다.

"저승길에서 돌아오는 길이 어떤지 알아요?"

물론 알 턱이 없었다.

"그런 게 어딨어요?"

"설마?"

모두 한 마디씩 했다. 그렇다고 우리는 그 문인이 거짓말을 하고 있다고 는 여기지 않았다.

"지나온 길은 정말 샛노랗지만 아직 지나가지 않은 길은 너무도 까맣죠. 그리고 나는 까맣다고밖에 표현할 수 없는 부드러운 구름 위에 서 있는 거 예요."

그 문인의 말을 빌리자면 이렇다. 다섯 살쯤인가. 경기가 심해 한 이틀 정도 깨어나질 못했단다. 그런데 어느 한 순간, 자신이 마을의 끝에 서 있 고, 발 밑에는 까만 융단 같은 구름이 깔려 있었다. 그리고 그 구름이 아주 서서히 움직이는 순간 지나왔던 곳은 표현할 수 없을 만큼 샛노란 모습을 드러냈고, 아직 지나가지 않은 길은 아무것도 보이지 않는 어둠 속이었다 고 한다. 그리고 그 구름은 자신이 집 앞에 섰다고 여기는 순간 감쪽같이 사라져 버렸고, 그리고 눈을 떴다는 것이다.

그 이야기를 들으면서 묘한 생각을 했다. 어쩌면 죽음의 세계는 우리 인 간이 생각하는 것보다 훨씬 따뜻한 빛으로 감싸여 있고, 오히려 이 세상이 깜깜한 어둠 속이 아니겠는가, 하는.

인간은 누구나 죽음에 대한 두려움을 지니고 산다. 많은 사람들이 종교 에 매달릴 수밖에 없는 것도 어쩌면 죽음에 대한 두려움 때문이 아닐까. 이 세상에서의 일쯤이야 어떻게 해 본다지만, 저 세상의 일은 미지의 세계이 기 때문에 자연히 두려울 수밖에 없을 터였다. 그래서 종교의 힘을 빌려 좀

더 편안한 곳에서 안주할 수 있기를 바랄 것이다.

하지만 어쩌면 죽음은 그렇게 두려운 것이 아닐지 모른다는 생각을 어느 순간부터 하게 됐다.

아버지의 죽음 때문이었다. 숙환으로 몹시 고생하셨는데, 숨을 거두신 뒤 당신의 표정은 너무도 평온했다. 천사 같았다. 적어도 그렇게 편안한 표정을 지을 줄 아는 것은 천사 아니면 불가능했으므로. 그래서 조금만 슬퍼하기로 했다. 죽음을 맞이하는 당사자에게 저 세계란 전혀 두렵거나 겁나는 곳이 아닐 것 같아서였다. 다만 살아 있는 사람들의 절망과 애도가 그 죽음을 슬프게 만들 뿐일지 몰랐다.

환생. 그것에 대한 관심이 나를 그렇게 조금만 슬퍼하게 했을지 모른다.

전생에 못다 이룬 꿈과 사랑, 희망을 다시 완성하기 위해 인간은 이 세상에 다시 태어난다고 했다. 그리고 그 태어남의 가장 큰 목적은 사랑일 것이다.

저 세상은 너무도 평이하고 안이한 나날이 계속되기 때문에 희로애락이 가득한 이 세상에서 인간은 증오, 절망, 미움, 슬픔 따위를 뛰어넘은 사랑을 배우게 되는 것이다.

지금이라도 내 주변의 사람이 전생의 사랑을 다시 완성시키기 위해 내 곁에 와 있다고 여긴다면, 이 세상은 미움이 사라진 대신 사랑으로 충만하지 않을까.

이 책의 1997년에 원작 제목은 〈착한 영혼〉으로 출간되었다가 2003년에 수정 보완하여 다시 출간하게 되었다.